浩劫雙城記：
從海德堡到上海（上）
FROM HEIDELBERG TO SHANGHAI
中文版
陳介中——著/譯
Jay-Chung Chen

◎ 重要聲明 ◎

《從海德堡到上海》是虛構的文學作品，除了歷史及公眾人物外，書中所有人物、事件和對話皆來自於作者的想像，而不可當成事實。

當歷史人物和公眾人物出現在書中時，所有和他們相關的情況、事件和對話皆為虛構，絕非描述真實事件，或是改變本書為虛構的本質。在所有其他的考慮下，如與現今或已死去的個人有雷同之處，則純屬巧合。

目錄

Contents

第二部 尋找逝去的愛情 155

人物誌

山姆・李 美軍情報軍官，戰略服務處外勤特工

安娜・布門撒 山姆的青梅竹馬戀人，海德堡大學同學

馬修・西蒙 海德堡大學同學，山姆好友

葛蓓蕾・蘭伯特 海德堡大學同學，嫁給馬修

沃夫岡・科納斯 海德堡大學同學

莎莉・霍夫曼 海德堡大學同學，嫁給沃夫岡

海蒂・斯玨勒 去海德堡學音樂的小姑娘，安娜好友

羅爾夫・斯玨勒 柏林居民，海蒂父親，憎恨納粹

卡洛琳・斯玨勒 羅爾夫妻子，海蒂母親，柏林著名美女

阿克塞・戈茨 羅爾夫的化名

葛麗塔 斯玨勒家中女僕

阿伯特・斯皮爾 納粹軍備部部長，羅爾夫好友

赫爾曼・戈林 德國空軍總司令，納粹二號首領，卡洛琳前男友

海因里希・希姆勒 納粹黨軍軍頭，納粹三號首領

漢斯・馮・利普曼 安娜丈夫，納粹原子彈科學家

香黛兒・卡里達 馬修前女友

海倫・馮・霍德巴克 羅爾夫前女友

迪特・厄哈德 德軍情報官，山姆的柏林臥底

奧爾加・亨特・菲利波夫 蘇聯秘密警察駐巴黎代表

比爾・唐納文 將軍，美國戰略服務處主任

武藤元一郎 日本帝國將軍，裕仁天皇心腹

武藤晴子 山姆的耶魯大學同學，日本駐柏林使館法律參贊

東條英機 日本帝國內閣總理大臣

大島浩 日本駐柏林大使

禾田一郎 日本皇宮警衛師隊長，武藤元一郎副官

田中健二 日本皇宮警衛師隊長

吉美翔子 上海國際猶太聯合救濟總署負責人

作者的話

陳介中

退休之後，突然發現自由的空間變得很大，隨心所欲的自由度幾乎可以無限的膨脹。從年輕時就一直思念著的嗜好，終於可以開始了。

在十年裡，作者出版了六本小說，由於個人的偏好，選擇了驚悚間諜的異類主題，雖然它的讀者群很小，但是都有欣賞的經驗和能力，沒有點真功夫去創作故事情節還真過不了關。與讀者們切磋成為最大的收穫與喜悅。

在美國求學和就業所認識的同學和朋友，有一大部分是猶太人。輾轉介紹，在紐約的一家出版社找上門來，希望我寫一本以二次大戰為背景的間諜小說，作為慶祝以色列建國七十周年，文化活動的一部分。

在提供了故事概要和人物描述後，就簽了書約。用非母語的文字寫作異國文化背景的小說是很辛苦的，也很費時。書成後，參加了在北京舉辦的一年一度國際書展，事後「上海中國文學出版社」詢問，是否有意將此書翻譯為中文。思考後，中文作者的外語書，請人翻譯為中文，似乎不合邏輯，就決定自力更生。與此同時，英文版進入二版，內容變異甚微。中文版增改著墨較多之處，是在故事的結尾前，德日軸心國企圖使用原子武器，其發展過程中和台灣歷史背景有絲絲縷縷的相關之點。

愛因斯坦在德國柏林大學任教時，曾收過兩名優秀的日本學生；湯川秀樹和荒勝文策。前者在一九四九年成為第一個獲得諾貝爾物理獎的日本人，後者是日本在二戰時，發展原子彈的負責人。

一九二六年荒勝文策被台灣總督府，任命為台灣高等農林學校（後來併入台北帝國大學，也就是今天的台灣大學）的教授。他開始前往歐洲留學，除了德國柏林大學外，還去到瑞士蘇黎世聯邦理工學院，以及英國劍橋大學的卡文迪西實驗室。全是跟在著名的物理大師身邊，專心研究。

一九二八年十二月，荒勝文策回到台北帝國大學，開始擔任物理學講座的首任教授，開設普通物理學和原子論等相關課程。物理學講座設在一九三一年建成的台北帝國大學物理化學教室，也就是現在的台大二號館，內有台大物理文物廳，就是當年荒勝文策建造加速器之處。

一九三四年年七月二十五日，荒勝文策在台北帝大二號館所建造的加速器，成功的完成了人工撞擊原子核實驗。此為亞洲的第一次，也是世界上第二次的成功實驗。

但是最終由於美軍對日本的猛烈空襲，毀掉了大部份的原子武器研究設備，日本的鈾堆和重水的生產，完全陷入停頓。另外，日本的原子彈計畫也飽受鈾礦短缺的困擾，日本軍方在本土、中國、朝鮮、緬甸等地搜刮鈾礦，同時要求德國送來鈾二三五的氧化物，來製作原子彈，但納粹德國很快就投降，無法送達。

根據美國歷史學家約翰・道爾的觀點，由於當時日本政府內部的混亂以及資源的相對缺乏，致使日本核計畫未能如美國、英國與納粹德國一樣迅速的發展。

七〇年代台灣為發展核子技術，包括核子武器，曾派遣教育部次長前往日本訪問荒勝文策，邀請他到台灣協助發展原子科學研究，但未成功。

作者將真實的歷史背景成功地融入了本書最後的結局。

小說裡的場景和作者的親身經歷有關，多年前因工作需要，曾赴德國多次，主要是去哥廷根大學和海德堡大學。哥廷根小鎮是在當年東西德國警戒森嚴的邊界，鐵絲網、探照燈，以及全副武裝的士兵和警犬，為德國真實寫照。退休後，曾住上海的浦東，但是講課的大學在浦西，外灘、陸家嘴、十六鋪和黃浦江成了常去之地。在著名的猶太難民區：上海隔都，消磨了不少時間。這些經驗成為此書的重要內容。

第一部：徘徊於毀滅邊緣

第一章：紐約長島情起緣落

山姆・李是出生在紐約的歐亞混血兒，父親是葡萄牙裔的美國人，母親是華裔美國人。他的父母分別來自里斯本和上海的富裕大家庭。他有一個哥哥，兩個姐姐，是四個兄弟姐妹中最小的一個，給他取了母親的中國姓，而不是他父親的葡萄牙姓：羅薩里奧。

從上了小學一年級開始，山姆就對集郵產生了濃厚興趣。羅薩里奧先生是紐約一家大型貿易公司的老闆，羅薩里奧夫人的許多親戚朋友都住在上海，很自然的，長輩們和他們的親朋好友都成為這小兒子的重要郵票供應者。

在山姆念高中時，他的父母曾帶著一家人去里斯本、澳門和上海探親，同時遊覽歐洲和中國。在柏林舉行的歐洲集郵展覽會上，山姆看到一個女孩也在參觀展覽。除了漂亮的臉龐和明亮的衣服，她還有兩條緊緊紮在腦後的辮子，有兩個鮮紅的蝴蝶結綁在辮子的末端，隨著她身體的移動，兩條辮子也來回晃動。這讓他想起了他母親年輕時照片上的髮型。

山姆去到郵票交換區，在那裡，集郵的人可以進行郵票交換。他非常驚訝的看見梳辮子的女孩也來了，她拿出一個裝有十張郵票的信封，開始和他交換。最後，一張中國郵票和一張德國巴伐利亞郵票互換，同時也交換了姓名和聯繫方式。從此開始了一個十五歲男孩和一個十二歲女孩之間，如童話般的友誼。

第二年夏天，安娜．布門撒和山姆又在柏林再次相逢。除了交換郵票，他們還發現了另一個共同愛好：閱讀古典文學。他們驚奇地發現，同樣的故事可以用不同的文字寫成，他們還討論了對這些故事的感受。

山姆和安娜之間的交往一直持續著，現在是通過飄洋過海的郵寄信件。山姆高中畢業的那個夏天，安娜的父母把她帶到紐約市，讓她進入茱莉亞音樂學校，選修鋼琴高級課程。山姆非常興奮，他擔當了熱心的導遊，帶她參觀了市區和鄰近郊區有趣的地方。山姆剛剛拿到他的駕駛執照，可以借用家裡的汽車，但是他說服了比他大八歲的哥哥，讓他借用他嶄新的敞篷跑車。山姆很開心地炫耀這輛漂亮的車，還有坐在車上的漂亮女孩。安娜有一張迷人的臉，頭髮飄逸，皮膚光滑。但是他認為最吸引他的是她那優雅的體態，完美的身材曲線，散發著女性的魅力。和許多第一次到紐約的人一樣，安娜驚歎的說：

「這地方真大，有那麼多摩天大樓，還有那麼多的人。我們的柏林看起來就像一個村莊。」

「安娜，你知道嗎？在紐約，人們使用八百多種不同的語言。」

「哇！你怎麼知道的？」

「我查了官方的人口普查。這就是我決定要去大學念語言學的原因。」

在參觀了幾家集郵商店後，他們決定到郊外去。安娜曾讀過，長島是美國毗鄰地區最長和最大的島嶼，但她驚訝地發現它是紐約市的一部分。在歐洲大陸的背景下，她很難想像世界上最大城市的一部分建在一百多英哩長、二十多英哩寬的島上。

山姆向她解釋說，紐約市的主要部分是建在曼哈頓島、斯塔頓島和長島三個島上，大都會區的核心是曼哈頓島，長島的東部是紐約市的農村地區。在長島的西端，他們看到了市中心的布魯克林高樓大廈和背景的天際線，布魯克林大橋，以及橫跨在東河的其他幾座大橋。他們經過了拿索縣鮑德溫灣的弗里波特村，然後繼續前往位於長島東端的蒙塔克燈塔，看到了大西洋，和滔天巨浪衝擊著的海岸。在回去的路上，他們在薩福克縣的漢普頓海灘停了下來。在那裡，有些人在白色沙灘上玩耍，也有人在水中游泳或在海浪中戲水。安娜看了似乎很激動：

「哦，這是個好地方。我們可以在海裡游泳。下次，我會帶上泳衣。」

山姆向她保證說：「我們早一點來這裡看日出，它是個引人的景點。早餐後，我們就可以去游泳。」

「我們現在能脫掉鞋子，把腳弄濕嗎？」

山姆和安娜脫下鞋子，走在海灘上。她抓住他的手走到淺水區，另一隻手把裙子拉起來，好幾次，她露出了漂亮的大腿。當安娜看到山姆盯著她的大腿時，她笑了笑，把水潑在他身上。漢普頓海灘酒店就在海濱，他們在那裡停下來用咖啡和點心。他們就座後，服務員端來一壺咖啡和蛋糕，安娜啜飲著飲料。

「紐約的咖啡總是很好喝，比起我們柏林的，要好得多。」

「布門撒太太也對我母親說了同樣的話。她買了三大袋夏威夷的科納咖啡，等你的音樂學校結束後，讓你帶回家。」

「她真是太好了。我需要寫個短信感謝她。我非常喜歡羅薩里奧夫人。」

「我媽媽也喜歡你。」

安娜聽到這意外的恭維，臉紅了。

「是的，在你家吃飯的時候，她告訴我了。」

安娜把蛋糕推給山姆。

「你不喜歡巧克力蛋糕嗎？」他問。

「我喜歡，但是你看起來很餓，所以你可以吃我的。」

「你說我看起來很餓是什麼意思？」

「自從我們在紐約見面以來，你就一直帶著饑餓的表情看著我。」

「安娜，饑餓的表情是什麼？我不明白。」

「它就像動物吞食獵物前的表情。」

「那我的獵物是什麼？」

「我想是我的身體。現在你告訴我，你想吃我的身體嗎？」

山姆嚇了一跳，驚訝安娜的提問是如此直截了當。他想了一會兒，然後，帶著微笑回答：「但是巧克力蛋糕不能治癒那種饑餓。」

「我知道。我要說的是你不要在別人面前，那樣的看著我，很尷尬。」

「這是一種表達情感的方式，這是對女性的讚美，和深刻的欣賞。」

「我知道。事實上，其他女人可能會嫉妒一個英俊的男人在看我，讓我感到尷尬。現在，如果你保證不那樣盯著我看，我會穿著游泳衣來這裡，讓你隨意的看我，看個夠。」

「好吧，安娜，那就一言為定。」

「現在我可以把我的巧克力蛋糕收回來嗎？」

「我可以保留一半嗎？我真的很餓。」

安娜突然大笑起來。

「哦，山姆，跟你說話真有趣！和你在一起讓我很快樂。」

山姆覺得他們的友誼達到了分水嶺。安娜牽著他的手走在海灘上，向他炫耀她漂亮的大腿，他決定了要安娜當他的女朋友。

山姆的家離茱莉亞音樂學院不遠，很自然的，安娜經常被邀請來吃飯或只是去拜訪。她很高興，因為山姆家裡的每個人都喜歡她。

羅薩里奧斯夫婦有一個大家庭。除了山姆以外，還有一個比他大八歲的哥哥，加上比山姆大六歲和四歲的兩個姐姐。前三個孩子都相隔兩年，四年後山姆來了，顯然是個意外的孩子。全家人都疼愛最小的弟弟，因為他很聰明，帶給全家歡樂。安娜和同齡的大多數女孩一樣，比山姆更成熟，更容易與他家人交往。

安娜白天上課時，山姆在一家華爾街銀行做辦公室助理。但是晚上和週末，他們會在一起，漫遊城市或待在山姆家裡。也許是因為他們對文學和語言的愛好，他們繼續互相寫信，表達他們純真而強烈的感情。這些信不用寄，而是直接送到對方公寓的門房。山姆反覆閱讀安娜的信，沉浸在她話語所產生的溫暖。他覺得這一定是許多文學作品所描述的「永恆的愛」。

山姆把安娜帶回到長島的漢普頓海灘，沿著海岸線，他們發現了一條小溪，緩緩的流著淡水。他們沿溪而上，走到一個水池，清澈見底，他們決定在那裡游泳。安娜脫下裙子時，山姆看到她已經穿了一套泳衣。它的尺寸一定是小了一號，緊緊地包裹著她的身體，更突顯出了她優美動人的身材。山姆的眼睛一直沒有離開她，直到她跳進游水池。很快，山姆換上泳褲，跟著也跳進水裡。

安娜是個游泳健將，他必須努力的游動才能趕上她。幾圈後，安娜在淺水地方停了下來。她站起來走向山姆。薄薄的泳衣材料就像第二層皮膚緊貼著她的身體，散發著性感。陽光透過樹葉反射到一位裸體的女神，這是他有生以來第一次看到一位近乎裸體的美女，出現在他面前。他似乎是癱瘓了，靈魂出竅，全身定住不動，只是眼睛盯著她，直到安娜碰了碰他的胳膊，然後說：

「你看夠了嗎？」山姆突然被拉回到現實中，他若有所思地說：「安娜，你真漂亮，我以為我在夢裡看到了女神。」

「太好了。我還在擔心，你看到我的身體會失望的。」

「不可能。」

「山姆，你想抱抱我嗎？」

當山姆又一次目瞪口呆，無法做出反應時，安娜擁抱了他。她用被水潤滑了的皮膚蓋住了他，過了一會兒，他有了反應。他的胳膊緊緊地抱著她，想和她身體的每一寸地方接觸。她把頭靠在他的肩上，雙手開始撫摸他的胸部和背部。當她抬起頭看著他的眼睛時，她意識到她在書本中讀到過的描述，她明白了「眼睛裡充滿了愛」的意境。她說：「現在我餓了。」

「好吧，我們去酒店咖啡廳吃巧克力蛋糕。」

「但是我正經歷著你上次經歷的那種饑餓。巧克力蛋糕沒有用。」

山姆笑著說：「那麼，我就給你一個大大的吻。」

「傻小子，你終於明白了。」

這是年輕情侶親密關係的開始。

距離安娜學校不遠處的一個小巷子裡，有一家名叫「交響樂咖啡館」的飲品店，那是一個獨特的地方，店裡有一套極好的音響系統，適合播放不是坊間熱門的古典音樂，包廂裡有高靠背的兩人情侶座，前面有一張小桌子。

當燈光變得暗到幾乎伸手不見五指的漆黑時，服務員不得不用手電筒為顧客找到合適的桌子。雖然有一些客人確實是為了在黑暗中欣賞古典音樂慕名而來，但很明顯的，多數客人都是為了尋求隱私的情侶。

山姆宣稱，安娜是在那裡教他如何欣賞古典音樂的美好。但實際上，他們是在尋找另一種「欣賞」，他們在那裡體驗了親吻和愛撫，山姆可以侵犯她身上的「禁區」，使她呻吟。安娜很享受他們在黑暗中的聚會，經常主動要求去「交響樂咖啡館」。

山姆是一個讀書狂，他可以不停地講他書中的故事，讓她歡笑或是讓她流淚。她也會偶爾觸碰他的「禁區」，把手放在他雙腿之間，或讓他的舌頭侵入，互相「濕吻」。在每一次的肢體接觸後，他們都會把感受和對未來的願望寫下，在下次見面時交換。另外一件事似乎使安娜非常高興，顯然，山姆的母親羅薩里奧夫人把她對兒子的愛擴展到安娜身上，把她當作自己的女兒對待。

一個星期天下午，山姆和他的兄弟姐妹去了洋基球場看一場重要的棒球比賽。安娜和山姆的母親單獨在一起。喝了一杯茶，她們看了看家庭相冊，看了四個兄弟姐妹在不同成長階段的照片。

安娜說：「羅薩里奧太太，山姆是個可愛的孩子！」

「當山姆出生時，」他母親說，「我希望是個女孩。結果來了個男娃娃。」

「我想您已有了兩個女兒，應該想要一個男孩。為什麼還想再要個女孩？」

「我想女孩們和母親更親近。但事實證明，山姆給我們家帶來了很多歡樂，每個人都喜歡他。」

「我覺得他很聰明。他小時候也是這樣嗎？」

「是的。他兩個姐姐想把他打扮成一個女孩。」

安娜笑了。「他會同意嗎？」

「等到他足夠大了，他就堅決抵抗。現在他已經變成一個英俊的男孩了。」

「學校裡一定有很多女孩子喜歡他。」

「是的，有些人喜歡捏他，他很討厭。有時他的姐姐們還得把她們趕走。」

「我可以看得出來，山姆和他的哥哥、姐姐們非常親近。」

「他們都想寵壞他。」

「我羨慕他有這麼快樂的童年。」

「你呢？」

「我是家裡唯一的孩子。雖然我父母非常愛我，但我也感到很大的壓力。」

「當我遇到你的父母時，他們似乎很隨和。」

「在某種程度上，他們是的。我的父母親來自一個非常嚴格的正統猶太家庭。我祖父是一個非常傳統和虔誠信仰宗教的人。只要我們遵守教規，一切都沒問題。」

「安娜，有大量的美國東正教猶太人居住在紐約州，特別是在紐約大都會區。這裡有許多猶太教堂和著名的猶太熟食店。山姆帶你去那些地方了嗎？」

安娜解釋說：「我的祖父母去世後，我們的家庭變得不是那麼嚴謹。山姆帶我去帝國大廈和克萊斯勒大廈，而不是猶太教堂和熟食店。這些地方很現代化，很迷人。山姆告訴我，那是在過去十年內建成的。」

「安娜，他帶你去唐人街了嗎？那是一個古老的地方，也是山姆最喜歡去吃飯的地方。」

「昨天，我們在唐人街東方明珠餐廳吃了晚飯。我喜歡菜單上的糖醋肉，但山姆堅持說是鴨肉。山姆很體貼，他不想我對父母說我吃了豬肉。」

「我丈夫也很虔誠，」羅薩里奧夫人說。「我們是天主教徒，每個星期天都去做彌撒。但當山姆宣佈在某些星期天他有更重要的事情要做時，他的父親並不堅持。」

「他很幸運能有你們這麼寬容的父母。」

「事實上，山姆提出了我們難以拒絕的理由。」

「真的嗎？他星期天不去教堂的原因是什麼？」

「當他的哥哥姐姐們反對他的理由時，山姆會說上帝會理解並同意他的。」

安娜說：「真聰明！上帝是最終的權威。」

「當被問到他如何知道上帝的同意時。山姆說，他會在禱告的時候，報告上帝，但是他從來沒有得到過反對的意見。」

「羅薩里奧太太，您有一個淘氣，但是非常聰明的兒子。」

「現在告訴我，安娜，他對你調皮了嗎？」

安娜的臉突然紅得像顆番茄。她非常尷尬，低下頭，低聲回答：

「是的，但是他從沒有傷害過我。您是怎麼發現的？」

「山姆說，他要你做他的女朋友，你同意了。他和其他男孩沒什麼不同，會對他喜歡的女孩調皮。」

「我非常喜歡他。」

「只是喜歡嗎？」

「我很愛他。」

「很好！那我就把這個給你。」

山姆的母親從咖啡桌下面的架子上拿出一個盒子。安娜在裡面發現了一套郵票，那是有六張精美印刷的「美國印第安人」紀念系列郵票。

「山姆告訴我，你也收集郵票，當他帶你去集郵商店時，你一直站在這套郵票前面。所以我想把它給我的女兒。」

安娜來到了她身邊，「哦，您不該這麼做，」她說。「這是一套非常昂貴的郵票，我喜歡它的設計和印刷，但我也喜歡那些美國原住民的故事。羅薩里奧夫人，我會很珍惜，非常感謝您。」

「我很高興你喜歡他們。山姆有一套三角形的郵票，來自『好望角』。他很珍惜它們。」

安娜用一張面紙拿起印第安人郵票，仔細觀看後，再放回去。她說：「『好望角』三角郵票系列是很有名的，他讓我看過了。山姆以前有別的女孩嗎？」

啊！終於，女孩的嫉妒心來了，母親說：「是的，他有過，但沒有維持很久的。最久的不超過兩周，最短的差不多兩小時。」

「您知道她們為什麼維持不久嗎？」

「他說，她們沒有頭腦。安娜，山姆喜歡說話，他告訴我，你知道的很多，這就是他喜歡你的原因。還有，你也比其他女孩漂亮。」

安娜說，「我喜歡讀書，我從書本裡學到了很多。」

安娜停了一下，再繼續。

「您知道，」安娜回想著，「幾年前，當我們第一次在柏林交換郵票之後，他的下一個問題就是：你在看什麼書？我猜他很小的時候就開始讀書了。」

「你可能也是如此。讀書是個很好的習慣，一個人可以從中受益，因而改變他的人生。」

「我羨慕山姆，他有那麼多書放滿了自己的房間。他告訴我，他會花很多的零用錢在買書上。」

山姆的母親說：「他五年級的一位老師告訴他：書是獨一無二的，可以幫助人們改變與世界的關係。書是一個人或一組個人的表現，他們會一次又一次地和你說話。我想這就是山姆從小就一直喜歡書的原因。」

「這是非常真實的，」安娜同意，「我還發現，當你閱讀時，你必須簡短地表達自己的信念和偏見，並傾聽別人的聲音。即使你不同意這本書，你也可以在邊緣上寫，或者甚至把它從窗戶丟出去。但是你不能改變書本裡的文字。」

「山姆是一個快捷的讀者，他也思考得很快。但是他會讓書的內容沉澱在他的思維裡。他會用不同的時間來理解和吸收不同的主題。」

「山姆告訴我，閱讀是他獨自完成的事情之一，但不是孤獨。這是一項孤獨的活動，將他與他人連接起來。」安娜回應。

「安娜，你和山姆很幸運，」他母親說。「你們先找到彼此，然後發現了很多共同的興趣。這些是任何友誼或愛情的基礎。」

兩個女人靜默了一會兒，羅薩里奧夫人說：

「安娜，你知道海德堡大學接受了山姆嗎？他決定在夏天過後，就到那兒去報到。」

「是的，他告訴了我，他將在海德堡專修語言學。我也會晚些時候去到海德堡。」

「你知道，他原本計劃去耶魯大學，那是他父親和哥哥的母校。但因為你，他決定去海德堡。我們不擔心他的教育，因為海德堡也是一所好大學。但我擔心他可能遠離家庭會孤獨。現在我相信你會好好照顧他。」

「別擔心，我會盯著他的，我也有朋友在那裡。」

「很好。這讓我鬆了一口氣。安娜，我非常喜歡你，我期待看到你和山姆走到一起。但是你們兩個還很年輕，什麼事都有可能發生。尤其是現在的世界，你永遠不知道下一個改變是什麼。無論如何，不管你和山姆發生了什麼事，我都希望你記住，我將永遠是你的朋友。」

安娜非常感動。她抱著山姆的母親說：「您是我見過最善良的女人。我永遠不會忘記您。您似乎有話要說，能告訴我嗎？」

「因為他的生意，我丈夫經常出國旅行，特別是到歐洲。他認為德國和美國有可能成為敵人，特別是如果德國擁抱了法西斯主義。當山姆讓你當他的女朋友時，他答應照顧你，保護你。我知道我兒子，他不管發生了任何事，一定會去做他承諾了的事。即使兩國處於戰爭狀態，山姆也會履行他的諾言。如果你成為敵人的女人，當你需要他的時候，而且會傷害到他時。我就會同時成為他的母親和你的朋友。」

當山姆看完棒球比賽回來時，他發現安娜異常安靜。

第一章：海德堡成長和巴黎定情

海德堡大學位於德國巴登－符騰堡州的海德堡市，靠近萊茵河及內卡河的岸邊，與附近的曼海姆市相連。它是在一三八六年在教皇烏爾班六世的指示下建立，是在神聖羅馬帝國建立的第三所大學。十九世紀末，大學具有非常開放的精神，到了魏瑪共和國時期，大學被廣泛認為是民主思想的中心。

山姆很高興他能被海德堡大學所接受，他時常想像著他可以和世界著名的學者和教授們，在校園裡交談和散步。僅僅是在一個知識豐富的環境中做一名大學生，他就會感到很開心。他能學到很多新知識，這會激起了他極大的好奇心，讓他想要學更多的東西。

除了英語外，由於家庭和紐約社會的影響，山姆還能說一口流利的葡萄牙語和西班牙語，以及他高中時學過的德語和法語。入學了不久，山姆在外國學生中很受歡迎。他遇到了馬修・西蒙，一個主修交通管理的法國學生。

馬修的父親和祖父都是法國鐵路公司的終身雇員，也是工會成員。他的家庭並不富裕，他是帶著獎學金來到海德堡學習。馬修成為山姆最要好的朋友是因為他們的性格很相似。

海德堡是一個有著豐富歷史和文化的城市。除了大學，附近還有許多教堂和城堡，如曼海姆和路德維希港。馬修發現，即使在大學裡，他也需要一個有經驗的嚮導。

沃夫岡・科納斯是一名來自柏林的德國學生，主修政治學，他已經找到了山姆和馬修這兩個外國學生，來發洩他情緒上的挫折，因為他的德國同學們，大多都擁抱了法西斯主義。沃夫岡向山姆和馬修說，在海德堡大學，人文和社會科學課程大多是在這古鎮裡的許多建築物中進行，距離大學廣場步行不到十分鐘。

山姆被社會科學大樓地下室一個小圖書館旁邊的「卡澤」迷住了。沃夫岡告訴他，這個房間是一個指定的禁閉室或拘留室，用來懲罰監禁學生。山姆想知道，在誰的管轄下，這所大學可以把學生關在監獄般的房間裡。

沃夫岡說，在早期的大學教育中，男學生們認為，有被監禁的經驗，是一種榮譽。就如同當時的年輕人會認為，在決鬥中留下面部傷疤，就像是佩戴了榮譽徽章。許多「卡澤」牆壁上有塗鴉，見證了當年學生們在牢房裡是如何打發了他們的青春。最著名的，有著令人難忘的卡澤是在古亭根大學。

在山姆敦促下，沃夫岡帶他和馬修去那裡參觀，看一些著名人物，在當「階下囚」時，都寫了些什麼。奧托・馮・俾斯麥是一位保守主義的普魯士政治家，也是德意志帝國的第一任總理，他在十九世紀六十年代統治德國和歐洲事務長達三十年。俾斯麥的「現實政治」外交，以及他在國內的強硬統治政策，使他獲得了「鐵血宰相」的美名。德國的統一和快速的經濟發展是他的外交政策基礎。

山姆驚訝地發現，這樣一位偉大的政治家，年輕時也會為了一些瑣碎的事情和他的同學決鬥，當時在大學校園裡決鬥是違規的，所以被關進了「監獄」。山姆認為去古亭根大學訪問是他在德國留學的一個亮點，他和馬修以及沃夫岡成為了好朋友，他們的關係非常親密。

兩年後，安娜被海德堡大學音樂系錄取。她住在女生宿舍，葛蓓蕾・蘭伯特和莎莉・霍夫曼也住在那裡。她們分別是馬修和沃夫岡的長期女朋友。還有一個小女孩，海蒂・斯珏勒，她的父母是安娜家人的朋友。她在附近的一所寄宿學校登記入學。

那時，山姆和安娜還很年輕，深陷愛河，非常幸福。為了方便和隱私，羅薩里奧夫婦為他們的兒子山姆在校園附近租了一套有三間臥室的公寓，山姆邀請他的兩個好朋友和他一起分享免費的大學公寓。但是他們的頭上籠罩著一片烏雲，整個歐洲，尤其是德國，都在經歷著政治動盪。

一九三〇年初，德國的經濟危機使納粹成為執政黨，阿道夫・希特勒被任命為德國總理，成為德國的新英雄。然後，通過一些巧妙的操縱、宣傳、恐怖戰術，以及納粹黨赤裸裸的暴力行動，促成國會放棄了它的政治責任。從此，德國的獨裁者「元首」就位了。

與此同時，海德堡大學裡也湧起了一股黑暗勢力。當時，納粹物理學家菲力浦・萊納德，是物理研究所的所長。在當時，德國有一位猶太人部長沃爾特・拉特諾被暗殺後，他拒絕在研究所下半旗，引起學生們的猛烈抨擊。一般來說，海德堡大學像當時所有的德國大學一樣，支持納粹主義。然而，對山姆和他的朋友們來說，這些政治人物似乎並不重要。畢竟，他們只是想在大學裡好好念書和學習的學生。但是他們無法迴避政治議題，經常在一起討論。有一天，山姆問學政治的沃夫岡：「為什麼德國年輕人會擁抱法西斯主義？」

但是，馬修搶先回答：「我認為，很多德國人以為：一個狂熱的政治領導人，很可能會為德國創造某種奇蹟。這就是為什麼納粹黨領袖阿道夫・希特勒被認為是新的德國英雄。」

隨後，沃夫岡發表了他的意見：「馬修說得對，希特勒曾寫了他的自傳，《我的奮鬥》。他敘述了他統治德國、歐洲，甚至整個世界的雄心壯志，他主張優秀種族優先的政策，還包括了謀殺個人，或是消滅所有被認為不受歡迎的族群。他的統治手段非常可怕。」

山姆說：「我也讀過他的自傳，確實非常可怕。希特勒表達了對猶太人的仇恨，譴責俄國社會民主工人黨的布爾什維克。並且他對如何執行大眾宣傳的手段，發表了令人不安的看法。」

當沒有人再發表評論時，沃夫岡又說：「希特勒的自傳實際上是納粹黨的宣言。它強烈地表示，民族情緒會提供一個獲得政治權力的機會。希特勒把所有的經濟問題都歸咎於情緒化的種族問題上。不幸的是，許多德國人都相信他，還包括了他如何讓德國解決種族問題，來達到種族清洗的建議。」

馬修補充說：「在他們的宣傳冊中說到，在被征服的領土上，德國的純種雅利安人，將使選定的當地婦女懷孕，無論是自願或是強迫，都要以增加優勢種族的數量為目標。這只是個宣傳說法，實際是德國士兵一旦征服了這個國家，就可以合法的隨意強姦所有的當地婦女。」

山姆說：「我知道希特勒是在一九二二年開始寫自傳《我的奮鬥》，當時他是因叛國罪在監獄服刑。沒有人會想到，當希特勒完成了他的政治遺囑時，他就將控制和指揮一個新的野蠻文明。」

沃夫岡又喝了一口啤酒，接著說：「納粹黨的報紙一直在吹噓說，即使在監獄裡，希特勒的命令也得到服從。當進入他的牢房時，監獄長會高喊『希特勒萬歲！』」

突然，馬修笑了起來，他說：「現在我終於明白了，這個德國新英雄希特勒的問題所在。在他的牢房裡沒有一個女人和他在一起，寂寞孤獨的男人，如囚犯，是不能正常思考的。如果時間長了他們就會發瘋，出現異常行為。沃夫岡，現在我找到了解決你們國家危機的方法。」

沃夫岡說：「馬修，你完全沒希望了。你是個典型的法國佬，以為只要有女人，就能解決一切問題。」

「不，不，不，這是有科學證據的，你聽說過一個著名的實驗嗎？在沒有雌性猴的籠子裡，時間一久，雄性猴就會發瘋，傾向於自我毀滅，會吃掉自己的生殖器。」

山姆說：「馬修不是在開玩笑！我也讀過那篇論文。」

馬修大笑：「也許像我們的哥兒沃夫岡這樣的好德國人，會更願意看到，這個瘋子希特勒吃掉自己的老二。」

但是沃夫岡反應說：「事實上，我更感興趣的是，為了解決希特勒的寂寞和孤獨，而被帶到牢房去陪伴他的女人，進去時，需不需要踩一下高跟鞋，然後高喊，希特勒萬歲！請允許性交。」

沃夫岡接著說：「你們不要笑，說不定，有一天德國的民法會被修改，加入這一條。」

馬修用更嚴肅的語氣說：「沃夫岡，你是說，德國男人想要上德國女人，還需要希特勒同意才行嗎？」

山姆說：「我就知道你會很關心，因為你每天要和葛蓓蕾做愛好幾次。」

「你怎麼知道葛蓓蕾和我在做什麼？」

山姆面帶微笑地說：「我的意思是，馬修，你們法國人和女人早上第一件事就是做愛。然後在下午我們的英國朋友喝茶的時候再做一次。最後，你在睡覺前還有第三次。我說得對嗎？此外，安娜也告訴我，葛蓓蕾證實這是你們兩個在做的日常行為。」

馬修不好意思地說：「我們法國人很愛我們的女人。」

山姆接著說：「那麼，你認為做愛就會趕走像希特勒這樣的瘋子嗎？但是有一件事是肯定的，馬修和葛蓓蕾確實是很快樂的一對。」

在海德堡大學，教職員和學生們參加了納粹黨在大學廣場舉行的焚書抗議活動。山姆、安娜和他們的朋友，以及一些外國學生都去觀看。之後，安娜去了山姆的房間。她顯然很沮喪：「山姆，我是猶太人。發生的這些事情，讓我很不舒服，也許我們應該搬到別的地方去。」

「沒錯，現在看來，德國不是猶太人居住的好地方。你應該和你的父母討論是否應該離開。」

「山姆，說是很容易。但正如一些猶太學者所說，現在的世界分為兩部分：一部分是猶太人不許居住的，另一部分是猶太人不能進入的。我們該去哪兒？」

「你可以考慮我居住的美利堅合眾國。」

「但那是屬於第二部分，我們猶太人不能進入的。」

「沒錯，但是如果你是山姆・李的妻子，你就可以了。」

安娜沉默了一會兒，然後說：「是的，但我必須先問一下我父母。」

山姆拿出一封電報說：「今天下午，我收到了我母親的一封電報。她要我問你一個問題。」

「什麼問題？」

「你是否同意我父親向你父親求婚，讓你成為他們的兒媳婦。」

「為什麼先問我？」

「顯然，如果你不同意，整件事情就沒有意義了。」

「你是在告訴我，你父親對我是否同意有疑問嗎？」

「他可能不知道，他兒子有能力抓住一個漂亮女孩的心。」

「那他就太不瞭解你了。」

「不是的，他沒有我聰明。」

「哦，山姆，別取笑你的父親，也別取笑我。說真的，讓我先和父母商量一下去美國的事。」

「別忘了，還有做我妻子的事。讀我母親的電報，她有個信息要告訴你。」

我親愛的安娜，

我的朋友海倫・凱勒，她是一位盲人作家，給德國學生發表了一封公開信。她寫道：「你可以燒了我的書和歐洲最優秀作家的書，但是那些書中的思想已經通過了數百萬個管道，繼續的傳播下去。」安娜，請不要絕望。

安娜擁抱住山姆說：「我要你吻我。」然後，她張開了嘴。

過了一會兒，他們鬆開了擁抱，安娜說：「山姆，我愛你。你知道嗎？我跟我的父母說過，從我們在柏林交換郵票的那一天起，我就想嫁給你了。」

對安娜來說，海德堡的社會環境變得越來越困難。她是來自柏林一個著名的猶太人家庭，在父母的催促下，她決定回家。但是她答應山姆，在他海德堡完成學業後，她會申請到美國的大學念書。

他們的愛情還在繼續，除了交換情書，年輕的情侶們偶爾還會在高山滑雪場、地中海沿岸和巴黎人行道咖啡館見面。在春假期間，他們計劃再去巴黎度假兩周。山姆和安娜愛上了這座城市，這一次，他們住在瑪律貝夫街的莫拉加酒店，這是一條離香榭麗舍大街不遠的死胡同，位於凱旋門和協和廣場之間。

像一對典型的年輕夫妻，他們手牽手漫步，偶爾親吻。在協和廣場附近，他們看到了臭名昭著的斷頭台。山姆告訴安娜，曾有多少國王和王后的頭顱在那裡被砍下。然後他們經過了埃及方尖塔，這是巴黎最古老的紀念碑。再往下就是文登廣場，安娜被著名的時裝店、豪華酒店和珠寶店所吸引。雖然山姆沒有什麼興趣，但是他很有耐性，也很在意安娜的興趣，她意識和感覺到山姆對她的愛情。他們還走訪了不少著名時裝設計師的「沙龍」。

在巴黎最令人賞心悅目的就是在市中心閒逛，沿著綠樹成蔭的聖蜜雪兒－蘇爾－塞納大道，徘徊在好幾英哩長的塞納河畔舊書書店，它吸引著世界各地來的遊客和學者。山姆和安娜曾多次過訪，偶爾，他們會在舊書中找到舊郵票出售。

山姆把安娜帶到離美國俱樂部和莫拉加酒店不遠的河邊酒吧，那是一個很受歡迎的觀光客熱點，可以看到塞納河和上下遊弋的玻璃船。大多數的乘客都是成雙作對的情侶或夫妻，山姆賄賂了一個服務員後，替他們上樓找座位。

山姆走上狹窄的樓梯，兩人的身體緊緊地擠在一起，發現在她薄薄的衣服下面，只有她的皮膚。樓上的座位安排都是兩人的包廂座位，前面有一張小桌子，類似於紐約的交響樂咖啡館。所有的座位都面對巨大的法國式落地窗，可以看到塞納河。在河上，玻璃船帶著耀眼的燈光，在河邊酒吧前來回穿行。他們點了白蘭地和威士忌酒，山姆說：

「有人告訴我，河邊酒吧是巴黎晚上遊覽塞納河最好的地方。遊客們很喜歡，所以很難找到座位。」

安娜深情地握著他的手：「謝謝。我看見你賄賂了服務員，很貴嗎？」

「還算合理。另外，我們酒店的迎賓經理也為我們打了電話，幫了大忙。」

「山姆，你一直在想方法讓我開心，你是在寵壞我。」

「沒問題，這就是度假的主要定義，希望你喜歡。」

安娜說：「當然。就是時間過得太快了。」

「你似乎對玻璃船很感興趣。明天我們去乘船遊覽，好嗎？」

「太好了。有人給我講了一個關於玻璃船的有趣故事。山姆，你想聽嗎？」

「從你臉上的笑容看來，我最好是聽聽你的故事。」

「故事說，儘管玻璃船上的乘客都聲稱想看巴黎夜景，但女人們卻在想別的事情。」

安娜喝了一小口白蘭地酒，繼續說：「許多女人是在巴黎有了她們的初夜，她們無法忘記這段激情。在玻璃船上，他們重溫這段經歷，想想那難忘的夜晚。

這就是他們再次回到玻璃船的最大原因。」

「安娜，這是個好故事。是誰告訴你的？」

「我不能告訴你。這是個秘密。」

「安娜，你說你愛我，但是對我保守秘密，這不是愛我的正確方式。」

「山姆，你會從我這裡得到你想要的。但你必須為我保守秘密，同意嗎？」

「沒問題，我同意。」

「是葛蓓蕾告訴我的。她說馬修有一些外國遊客朋友，是他們說的。」

山姆笑著說：「也許就是馬修本人，讓那些女遊客失去了童貞。」

安娜說：「我一點都不會感到驚訝。法國人喜歡這一套。有一次我看到葛蓓蕾和馬修在浴室裡做愛，但是他們卻沒有把門關上。」

「馬修告訴我，他們明年從海德堡大學畢業後就會結婚了。」

「山姆，我再告訴你一個秘密，我覺得葛蓓蕾喜歡你。我覺得她會有意無意的在你面前賣弄性感。」

「什麼?不可能。你一定是搞錯了。」山姆回答說。

「當葛蓓蕾發現我們還沒有睡在一起時，她說，如果我改變了對你的看法，就馬上告訴她。」

「我不明白，葛蓓蕾是什麼意思。」

「她說，她想和你睡覺，我確信她是喜歡你。」

「你告訴她，別想了。因為要麼是你會殺了她，或者是馬修會殺了我。」

「還有一個秘密。小女孩海蒂，她在柏林的反納粹運動中非常活躍。我想她也愛上你了。」

「別嚇唬我，安娜。那是另一個不可能的事。她還只是一個小蝦米。」

「你沒注意到嗎？海蒂已經長大了，美豔動人，很像她的母親，卡洛琳·斯玨勒夫人。海蒂總是愛問我關於你的事。」

「那只是懷春少女，很多都有哈巴狗式的，見人就愛的初戀。每個小女生都會經歷過這個階段。」

「我想海蒂對你是動了真情。順便說一句，多年前，她的母親曾是赫爾曼·戈林的女朋友，他是繼希特勒之後的納粹第二號人物。」

「那他們是怎麼分手的呢？」

「斯玨勒夫人是猶太人，當戈林擁抱了納粹後，她就移情別戀，並且很快就結婚，嫁給一個正統雅利安人種的德國人，所以海蒂是半個猶太人。我很喜歡她，如果我出了什麼事，我會請她來照顧你。」

山姆握住安娜的手吻了一下，另一隻手撫摸著她的手臂。安娜發現他們周圍的情侶都在親吻，享受彼此的身體。在黑暗中，她能辨認出一對男女站在牆角靠牆的地方，他們的身體劇烈地融合在一起。從下一個包廂座位上，可以聽到一個女人滿足的呻吟。安娜轉過頭想看，但是高高的後背擋住了一切，只能看見一個跪著的身體的輪廓，肩膀上還有一對白色的大腿。

安娜說：「現在我明白了，你為什麼要賄賂服務員在這裡找座位。你是想讓我進入情況。」

「當你在巴黎的時候，你一定要做巴黎人要做的事。」

安娜假裝生氣地說：「你是個壞孩子。我要把這件事告訴你母親。」

但是她沒有真正的生氣，相反的，她非常溫柔地擁抱了他。立刻，山姆感覺到她的胸部壓在他身上。他說：「是你要我找個地方，讓你可以看到玻璃船和它的乘客們，在回憶他們的初夜。」

「是的，沒錯，我是很喜歡。」

酒精和周圍的情緒大大放鬆了他們。安娜閉上了眼睛，身體靠在他身上，享受著山姆咄咄逼人的愛撫。過了一會兒，安娜問：「山姆，你在想什麼？」

「嗯，我喜歡美酒和美食，當然，我在想之後要如何享受身邊的美女。」

「你知道嗎？你不可以太自私。你有沒有想過？身邊的美女在美食和美酒之後，會喜歡和一個英俊的男人有更激情的歡愉。」

「對不起。我會盡力不讓這位美麗的女士失望的。」

「很好！現在你的第一個任務是再次親吻我。別忘了，這是巴黎。我們剛吃過法國菜，喝過法國酒，現在我也想要一個法國親吻。」

在一個充滿激情的長吻之後，他們停下來呼吸一下空氣。安娜臉上帶著淘氣的微笑說：「我完全知道你在想什麼。」

「那你就告訴我吧。」

「你一定在想，如何脫我的衣服，一件又一件，我現在是赤身裸體了嗎？」

「你想知道我會如何對待赤身裸體的美女嗎？」

「你一定會要穿刺被你脫光了衣服的美女。」

山姆對安娜的回答感到驚訝，她又說，「帶我回酒店去，我要你。」

安娜去浴室淋浴，她不僅化妝後煥然一新，而且穿著山姆以前從未見過的衣服，一件半透明的魚網披肩，披肩只遮住了她一半的誘人身材，勻稱的雙腿踩在一雙高跟鞋上，兩個高挺而結實的乳房和深紅色的乳頭似乎快要從魚網裡冒出來，下身是以絲線綁住的小小比基尼三角褲。她一步步的走到山姆面前，他已經被震驚得說不出話了。安娜說：

「親愛的，你是想要和我做愛呢？還是只要看著我？」

「我的天哪，你果然是希臘愛神阿佛洛狄特和羅馬女神維納斯的結合體。」

「那麼我就是愛情、美麗和性感的女神。你還在等什麼？」

當他抱著她並親吻她時，他的手在披肩下摸索著去撫摸她光滑、灼熱的皮膚。當他的手伸向她的乳頭時，她微微張開嘴，喉嚨發出低沉的呻吟聲。山姆很快的佔領了她的嘴，讓她安靜下來。他的親吻來勢凶猛，變得更饑渴了。安娜開始撫摸和擠壓他，但是他已經準備好了，挪動到床邊，互相幫助脫掉對方的衣服。赤身露體的女神展示了她堅實的胸部、細腰和修長的腿。她散發出完全成熟的女性氣息。安娜說：「讓我躺下，我已經準備好了。今晚，你要讓我成為一個真正的女人。」

「你真的確定嗎？會有一些疼痛的。」

「我知道，我已經準備好很久了，等著你來把我帶走。」安娜張開了雙腿，閉上眼睛。

他跪在她兩腿之間，抱著她的腰說：「我的愛人安娜，你將要把你的初夜給我，而我將要拿走你的處女。當你和我成為一體時，我希望你睜開眼看著我。」

突然，安娜尖叫起來。「啊！天哪！痛死我了！」

山姆回答：「安娜，沒關係，我不動了，不會有事的，我們有的是時間。」

安娜的臉上流下了眼淚，那不是因為痛苦，而是因為她感覺到了幸福。

「山姆，你知道我有多愛你嗎？從我們相遇的那一天起，你的每一個舉動和每一句話都銘刻在我的心上。當我想起你和我一起度過的快樂時光時，這些時刻已經成為我人生的終點。你將是我生命中唯一的男人，我喜歡聽你說話，聽你講故事。今晚將是我們一千零一夜的開始。」

她臉上帶著很大的笑容和淚水說：「我要你給我一個吻。」

安娜把他拉到她身上，張開嘴，深深地吻了他。她把腿緊緊地纏在他的腰上，用力把骨盆向上一挺。他們的濕吻抑制住了她的尖叫聲，他完全的進入了，開始和她做愛。他非常的溫柔，給她講了無數的愛情故事。他描述了對她日益豐富的濃情蜜意，也說到在來日裡他們要去做的事。最後，山姆是用他的愛情征服了她，佔領了她。安娜•布門撒終於成為一個完整的女人。

早上天亮後，他們又做愛了，但這次是非常緩慢的，在前戲中她最興奮的時候，他深深的進入。兩個汗濕纏結的身體，用了很長的時間才同時達到高潮。汗水潤滑了他的撫摸，給了她前所未有的感覺。山姆在安娜的耳邊說：

「我會和你共度我的一生。」

「這是你在做愛後的評論，還是一個承諾？」過了一會兒，安娜繼續說，「我再問你一件事。你見過蜻蜓漂浮在空中做愛嗎？」

「你是說蜻蜓在空中飛行時交配嗎？」

「是的，在春天的時候，你會看見兩隻蜻蜓，一上一下，牠們的頭和尾連在一起飛行，同時也在交配。這不是很神奇嗎？」

「不知道是公的還是母的，是飛在上面，牠要負擔伴侶的體重，還要交配，達到高潮，工作很艱苦。」

安娜說：「我以為牠們是同時飛行，不是嗎？」

山姆回答說：「我想不是，你見過鳥或昆蟲倒著飛嗎？」

「也許牠們是輪流飛行，是不是？」

山姆說：「我不知道。你為什麼要問蜻蜓做愛的事？」

「因為牠們和我們一樣，在做愛的時候總是親吻。你知道嗎？你的吻最會吸引女人。」

「所以肯定有很多男人吻過你，而你把我排在第一位。」

「別傻了。葛蓓蕾、莎莉和我曾談到被男朋友親吻的感覺。當我描述我的感覺時，她們都同意你是最棒的。但當她們要求我也讓她們吻你時，我拒絕了。」

「是嗎？那真是太可惜了。」

「你就別想了！現在回到那些達到高潮的蜻蜓，牠們會從空中掉下來嗎？」

「我沒注意到有蜻蜓從空中掉下來過。你為什麼問這問題？」

「你看，當我達到高潮時，我的肌肉會失去了控制。事實上，我失去了對一切的控制，甚至昏迷了。」

過了一會兒，安娜接著說：「山姆，當你在我身體裡的時候，你對我說了很多話。那都是真的嗎？」

「安娜，你忍受了巨大的身體痛苦，把你的初夜給我，讓我征服了你。這是女人能給男人的最終禮物。我們相遇後，我情不自禁地向你傾訴我對你的愛情，我把你昨晚所做的一切，視為對我真誠的肯定，同時接受了我。我對你所說的一切，一定會永遠不變。」

在假期剩下的幾天裡，他們大部分時間都待在旅館房間裡，像蜜月裡的新婚夫婦一樣做愛。隨著最終實現的身體親密，這對情侶之間，從前無法言喻的緊張關係消失了。他們用他們的愛情和承諾使彼此安心。

山姆覺得他終於找到了他愛了這麼多年的女人，他很高興，儘管現在他覺得他對安娜的幸福負有更大的責任，他期待著完成學業，取得一技之長，然後可以去掙錢，把安娜娶來，成立家庭，從此過上幸福的生活。

他們上街購物回來時，安娜突然說：「山姆，比起來，我們很幸運。」

他很困惑：「你在說什麼？」

「葛蓓蕾和莎莉都告訴我，開始的時候，他們的做愛並不那麼愉快。他們花了幾個月的時間才達到彼此之間的和諧。」

「安娜，比起那兩個法國佬和德國佬，我的床上功夫是他們沒得比的。」

「別做一個大男人的美國佬，我是說真的。山姆，你讀過勞倫斯寫的《查泰萊夫人的情人》那本書嗎？」

「我在高中的時候就看過了。每個男孩都會看那本書，但是很可能只看其中某些選定的章節。儘管如此，這本書在男孩中還是非常受歡迎的。你讀過嗎？」

「它在德國是禁書，但是葛蓓蕾不久前給了我一本。」

「安娜，你心裡一定有什麼想說的，是嗎？」

「你說得對。山姆，我們生活在一個困難和不確定的世界裡。尤其是對猶太人來說，這是最糟糕的時期。在過去的一年裡，我住在柏林，很明顯的感到，任何事都可能會發生在我身上。我們相愛了這麼久，而幾天前我們的激情，很清楚的告訴我，沒有你，我會活不下去的。事實上，我也不想過沒有你的生活。」

「安娜，我也有同樣的感覺。我想你就跟我一起去美國吧。」

「我希望事情會是這麼簡單。勞倫斯認為，男人和女人之間必須要有肉體上的親密，才能有持久的相愛。如果因為某種原因，我不能和你在一起一段時間，它也許會是很長的一段時間，我們之間的愛情會如何呢？」

「至少我不會有什麼改變。我會等著你的。」

「如果另一個人佔有了我怎麼辦？如果他穿刺了我，進入我的身體，你還會愛我嗎？還會想要我回來嗎？我相信，你會有很多像海蒂和葛蓓蕾那樣的好女人，同樣的愛你。」

山姆看著安娜，發現她是認真的。他們沉默了一會兒，然後他看著她的眼睛說：「你聽著，安娜。我對你的愛情和我要照顧你的承諾是無條件和永遠的。不管發生了任何事，都不會改變。只要你還愛我，我會走遍天涯海角，世界的盡頭，把你找回來。」

眼淚從她臉上滑落。安娜無法控制地哭了起來。她說：「山姆，請你帶我上床，和我做愛。」

安娜從巴黎回柏林的旅程很長，他們訂了從巴黎到斯圖卡的快車票，在斯特拉斯堡過境，從法國進入德國。他們在車站的自助餐廳，悠閒地吃了一頓午餐，手牽著手，面對面地繼續談著關於他們未來的計劃。也說到紐約市、長島、漢普頓海灘和比薩餅，安娜的心情既興奮又悲傷。

山姆看見她眼裡的淚又出現了，他關心的問：「你還好嗎？」

「是的，我很好。這是你第三次問我這個愚蠢的問題。」

「那就請你別哭了，你會讓我也想哭。」

「通常當好朋友說再見時，是會哭的。山姆，答應我你會好好照顧自己，別讓我擔心。」

他笑著回答：「這是你第三次說這樣的話。」

「山姆，記住，不管發生什麼事，你是我唯一會愛的人。」

「是的。你也要記得，無論何時何地，當你需要我的時候，我都會來找你。你必須記住，我不會允許任何人，我指的是這世界上所有的人，不管他是誰，來破壞我們的愛情。」

開往柏林的特快列，響起了即將出發的長長汽笛聲，他們才停止了熱情的親吻，山姆幫助安娜登上頭等車廂。他覺得安娜有了改變，也許只是失去了她的童貞，但是他不能確定。

火車開走後，安娜拿出紙筆，開始給山姆寫信。火車到站後，她會從柏林車站寄出這封信。

和以前一樣，短暫的相聚後，她會寫下自己的感受，不僅是為了山姆，也是為了她自己，來重溫那些難忘的時刻。她特別的確保了複寫紙與信紙一致對齊。安娜把信投進郵箱後，很高興在柏林火車站見到了來接她的父母。在回家的路上，她很高興的敘述了她和山姆在巴黎度過的美好假期。

當時安娜不知道，她下一次見到山姆時，是在十年以後，在一個非常遙遠，叫做上海的地方。他們的愛情幾乎完全毀滅了。

巴黎度假一年後，山姆在海德堡完成了學業，回到美國。

他就讀於耶魯大學法學院，但是安娜沒有按照他們的約定，來到美國。

她在信中寫道：她的家人暫時需要她。她的信裡還是充滿了火熱的愛情。她問說：「你還是會裸睡嗎？」但是在字裡行間，流露出一絲傷感。

歐洲日益惡化的政治局勢和洶湧的法西斯主義浪潮，似乎影響了山姆和安娜的情書交流頻率。也許是因為法學院的繁重功課，山姆沒有太多的關注。直到有一天，他的世界完全崩潰了。他才注意到他們已經慢慢的分開，遙遠的變成陌生人了。

安娜給他寫了一封非常簡短的信：

親愛的山姆，

帶著我最沉重的心，我必須告訴你，我下個星期就要結婚了。

不管發生了什麼，你必須相信我永遠不會忘記我們的愛情。

我非常的抱歉。

永遠屬於你的，

安娜

山姆極度的傷心，但是他活了下來。他變了個人。他不再天真和信任，在做出決定之前，他從所有可能的角度來考慮一切，這是一個成熟，有著深刻思維者的標誌。

山姆投入到繁忙的課業中，以全班最高的成績畢業。在他的同班同學中，緊隨其後的是一位來自日本的外國學生，武藤晴子。

像山姆一樣，晴子是一個歐亞混血兒，非常美麗。他們花了很多時間在一起討論學校的功課和活動，兩個人都是耶魯大學划艇校隊的隊員。儘管山姆很欣賞她的美貌和聰明才智，晴子對他也是熱情有餘，但是因為幾千英哩外的安娜，山姆並沒有試圖發展與晴子的友誼。在耶魯大學法學院的畢業典禮後，她就匆匆忙忙，失望的回日本去了。

律師考試結束後，山姆替一位最高法院的法官當了一年書記員，然後就加入了紐約市一家著名的律師事務所。

毫無疑問，他是法律界的後起之秀，年輕英俊的單身漢。但是他很少出現在任何社交場合。

他把所有的業餘時間都用來寫一本書。《山姆和安娜》是一個跨越十多年的愛情故事。山姆和安娜之間的數百封情書附在書的末尾。

山姆是這本書唯一的讀者，但是他會經常的讀。他會告訴他的朋友，他已經有了一個豐富的愛情生活，那將是永恆的。

也許是因為他的成熟，先前他對安娜的怨恨，甚至憤怒的感覺已經不再存在了。山姆認為安娜的婚姻與對他的背叛，或是因「更綠的草坪」而見異思遷，都無關。她只是需要一個愛情生活。

儘管這是不合邏輯的推理，但它使山姆冷靜下來，以新的勇氣，再度面對新的世界。事實上，世界處於混亂之中。當美國正在辯論是否要捲入歐洲的衝突時，歐洲大陸正陷入於火海之中。德國入侵了波蘭、捷克斯洛伐克、比利時、荷蘭和法國。它吞併了奧地利，用飛機空襲英國。山姆決定投筆從戎，和其他許多美國人一樣，他認為美國無可避免進入歐洲戰爭。山姆向國防部報到。

第三章：隱藏在柏林的愛情

羅爾夫・斯玨勒從來不是一個暴力的人。

事實上，認識他的人都認為他是一位紳士，對別人溫和也很熱情。在他五十五年的生命裡，他從未傷害過任何人，甚至沒有傷害過任何生命。但是，現在他決定要殺死兩個人。

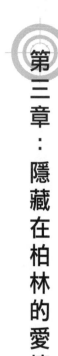

在過去的三個月裡，羅爾夫非常痛苦，他進行了一次嚴格的自我檢查，回顧從開始到現在的生活。他得出的結論是，他必須要做點什麼事，否則他會自我爆炸而自行毀滅，而那個「什麼事」就是促成這兩人的死亡。

一旦清晰的決定了他未來道路和目標，羅爾夫又回到了以前的自我，心情平靜和精神鎮定，並且他認為這不是謀殺，而是在執法。他現在所要做的就是制定一個詳細的計劃。然後，在他離開這個世界之前再去見一次他的女兒。

羅爾夫曾經認為自己是地球上最幸運的人，他是一名專業的計量師，從他的業務量和長期客戶的人數來看，他的事業是很成功，同時他也受到同行業者們的尊敬。

他有一位老客戶，後來也成為要好的朋友，他是個著名的建築師，阿伯特・斯皮爾。他為柏林市設計了許多標誌性的建築物，但也是納粹領袖希特勒的忠實追隨者。羅爾夫為他做了許多專案調查工作，估計了材料、勞動力和物流成本，以及項目的實際施工時間表。

羅爾夫估算的準確性，是柏林許多大型建築和基礎設施項目能在預算內及時成功完成的一個重要因素。當斯皮爾成為納粹德國的主要建築師時，羅爾夫成為了斯皮爾成功的幕後推手。

羅爾夫本人出身於勤奮工作和虔誠教徒的中產階級家庭，有一位美麗體貼的妻子和一個可愛的女兒，兩個女人是他生命的中心。這些年來，他積累了足夠的財富和地位，可以讓他住在柏林最富裕的地區之一的達勒姆。

那是位於柏林西南部的澤倫多夫區，是著名的柏林弗雷大學的所在地，大學的文獻圖書館有個「大腦」的別號。

達勒姆西部包括著名的文藝復興時期的葛蘭諾瓦爾德森林，樹林中許多古老的狩獵屋是建於一五四三年。

羅爾夫寬敞的房子座落在柏林植物園旁邊一條綠樹成蔭的街道上，羅爾夫過著舒適的生活。他的家裡有兩個女僕，他的賓士轎車由專屬司機駕駛。附近有許多個博物館，是他的藝術家妻子卡洛琳經常出現的地方。

儘管達勒姆是一個安靜得如同田園詩歌似的地區，但是在周日時，會有不少年輕的學生乘坐地鐵來此地，包括了他們女兒海蒂的朋友。他們在海蒂家裡，有歡笑輕鬆的聚會，或是嚴肅的辯論。

很多人說海蒂繼承了她父母中最好的一面；她母親的美貌和父親的智慧。無論如何，她的父母似乎和年輕一代一樣，很喜歡這種場合。

羅爾夫一直非常憎恨的一件事，就是法西斯主義。雖然他不是政治人物，但是希特勒和他的納粹政黨得到政權時，羅爾夫非常不高興，隨後，納粹德國又提出了種族政策的宣示。

雖然羅爾夫本人是純粹雅利安血統的德國人，但他的岳母是猶太人，因此，妻子卡洛琳是半個猶太人，女兒海蒂擁有四分之一猶太人血統。根據納粹的種族法，他最愛的兩個女人都是不值得擁有生命的次等人類。羅爾夫感到他被毀滅了。這是他有生以來第一次質疑德國是否會成為他和他的家人將來生活的國家。

羅爾夫與卡洛琳進行了長時間的討論，他們決定移民去瑞士，申請書裡寫的理由是需要擴大自己的業務。但是令他吃驚的是，申請被拒絕了。他發現反對意見不是來自外交部，而是來自內政部和令人恐懼的德國安全部門蓋世太保。

很明顯，羅爾夫別無選擇，他必須立即採取行動，拯救他的家人，甚至他自己。正如執行他的專業計劃一樣，首要任務是收集準確的信息。

羅爾夫接觸了一些與納粹安全組織有聯繫，但是可以信任的老朋友，他得到的消息不是很好，事實上，是很不好。羅爾夫肯定了，他在蓋世太保的監視名單上，原因是：首先，他的猶太家庭自動成為納粹黨的種族消滅目標。其次，他的專業技能對納粹德國的未來至關重要。

作為希特勒對猶太人「最終解決方案」的一部分，政府已經制定了時間表，列出了具體的猶太人被逮捕和遣送到指定集中營的時程。他的女兒海蒂是在一個特殊的類別，因為她的反納粹活動，而被列為首先處理的目標。六個月後，蓋世太保將開始大規模掃蕩，將柏林所有的猶太人聚集起來，並將他們送到集中營。

例外的是那些受政府各部會保護的猶太人。當然，卡洛琳的名字是在逮捕名單上，而不在被保護的名單上。

至於羅爾夫本人，他被認為是一個「政治罪犯」，將被拘留在一個特殊的勞工營，直到他不再是納粹帝國的威脅。儘管卡洛琳同意他拯救女兒海蒂的計劃，但她強烈反對羅爾夫拯救她的計劃。她哭著說：

「簡單的離婚，就像許多混合婚姻的德國夫婦一樣，足以讓他自救。之後，她可以沿著海蒂的逃跑路線出走脫逃。」

但是羅爾夫認為，海蒂失蹤後，蓋世太保肯定會加強監視，關閉所有可能的脫逃路線。此外，任何失誤或企圖逃跑的跡象都會導致蓋世太保立即逮捕她。她唯一的出路是找到一個強有力的保護傘。

他還說，他很可能會死在納粹手中，但是只要能確定他生命中的兩個女人，卡洛琳和海蒂，是安全的。他會毫不後悔的離開這個世界。他一生珍惜自己對他們的愛，而不是自己的生命。

羅爾夫眼裡含著淚水，聲音顫抖，跪著求她。卡洛琳意識到他是多麼害怕失去女兒和她，因為這是羅爾夫第一次在她面前哭著流淚。卡洛琳的心碎了。

多年來，阿德倫酒店一直是柏林市的社交中心。羅爾夫和卡洛琳是酒店的常客。斯玨勒一家坐在阿德倫酒店的咖啡廳，等著大舞廳的門打開。著名的電影明星瑪琳・迪特里希將會出現，談論她的電影生涯。

這是由電影公司主辦的活動，宣傳她的最新電影。門票熱門，但羅爾夫為海蒂買到了一張。與柏林其他年輕人渴望見到他們崇拜的女明星心情不同，海蒂感到非常的悲傷。她正要和父母道別，也不知道什麼時候能再見到他們。

海蒂穿著一件鮮紅的連衣裙，一頂大帽子幾乎把半張臉遮住。她戴上和拿下了帽子好幾次。經過酒店大廳的人們注意到這兩個非常漂亮的女人，顯然是母親和女兒。許多人開始聚集在大舞廳附近，他們大多數像海蒂一樣的年輕。羅爾夫說：「酒吧附近站著兩個人。現在不要回頭看他們，也許以後再看。我不想讓他們知道，我們已經注意到他們了。」

卡洛琳問：「他們是誰？」

「他們是穿著便服的蓋世太保。穿皮夾克的是高級士官，皮特・西格。穿深色西裝的是總士官長奧托・伯納。他們是派來監視我們的，所以不要讓他們發現，我們已經注意到他們了。」

「羅爾夫，你確定你給海蒂的計劃能夠奏效嗎？你的瑞士銀行家朋友來了沒有？」

「是的，保羅‧亨特已經到了。我見過他，我們的司機現在和他在一起。」

停頓了好長一會兒，卡洛琳又說：「我還是不喜歡你給我的計劃，我們能再考慮一下嗎？」

「卡洛琳，我們已經討論很多次了。現在，我們必須把注意力集中在努力拯救我們的女兒上。」

卡洛琳憤怒地說：「羅爾夫，你只是想把我從你的生活中推走。你再告訴我一次，你還愛我嗎？」

「當然，卡洛琳。請相信我。永遠，你是我唯一的愛。無論發生在你身上還是我身上，我對你的愛將永遠不變。」

海蒂打斷了他們：「那我呢？你們兩人要拋棄我，不是嗎？我什麼時候能夠回家？」

她好像要哭了。羅爾夫迅速俯下身來，緊緊地抓住她的肩膀：「海蒂，親愛的，你真的認為你媽媽和我會拋棄你嗎？」

海蒂握著她父親的手：「當然不是，爸爸。我知道你和媽媽很愛我，永遠不會拋棄我。但是你拒絕告訴我，什麼時候我可以回家，這讓我覺得被遺棄了。」

羅爾夫緊緊地抱著她，回答說：「海蒂，仔細聽我說。首先，請不要哭。你讓我們所有人，包括你自己和你母親，都處於嚴重的危險之中。我們必須要讓蓋世太保們明白，我們是在等待一個快樂的時刻。」

她感覺到情況的嚴重性，就挺直了身子。羅爾夫繼續說：

「正如我所說，我們的國家已經改變了。我們成為被逮捕的目標。我們甚至可能會失去生命。」

「爸爸，我知道你說的是真的。但我還是不明白。我們從未傷害過任何人。他們為什麼要殺我們？」

「因為世界已經改變了。但是我認為這個邪惡的時期會過去。對我們來說，重要的是生存下來，等待納粹主義的終結，然後我們可以再次在一起。我們要把你送到保羅叔叔在瑞士的住處，這樣你就不會受到傷害了。」

海蒂問：「那我們為什麼不能一起去呢？」

「我們試過了，但不可能。保羅叔叔已經來了，他會開車帶你去蘇黎世。你所有必要的身分證件都準備好了，你的身分是他的女兒。保羅叔叔會告訴你，如果邊防人員提出問題，你該怎麼回答。」

海蒂焦急地問：「您和媽媽怎麼辦？」

「我已經有計劃了，但是你知道的越少，對我們大家就越有利。保羅叔叔有辦法和我聯繫，我會告訴你我們的情況，如果你必須寫信給我們，請把信給保羅叔叔，他會設法轉給我。但是你必須明白，這不是正常情況。我們必須將我們的來往信件保持在絕對最低限度。」

卡洛琳說：「海蒂，媽媽擔心你會一個人待在異國他鄉。你需要照顧好自己，聽保羅叔叔的話。他是爸爸最好的朋友，會像對待自己的女兒一樣對待你。所以不要表現得像個被寵壞了的孩子。」

海蒂回答說：「是的，媽媽，別擔心。我現在是個大女孩了。」

羅爾夫補充道：「記住，海蒂，去到瑞士後，你必須保持低調，因為那裡也會有蓋世太保的特工。保羅叔叔會為你安排工作，你不應該和他們一家住在一起。我們的親密友誼是一個眾所周知的事實，他很可能會在蓋世太保的監視中。我不想把他們置於危險之中。」

大舞廳的門開了，人們開始走進去。

海蒂站起來，擁抱她的父母，戴上大帽子，加入了人群。

就在走進舞廳之前，她舉起手來，揮手示意，但沒有回頭看她的父母。海蒂像是一個典型的無憂無慮的年輕女孩，正準備去聽一位魅力四射的熱門女明星瑪琳．迪特里希的演講。沒有人注意到海蒂的眼裡充滿了淚水，她在默默地啜泣。

羅爾夫和卡洛琳又點了一杯咖啡，靜靜地互相握著手過了很久。最後，她說：「羅爾夫，你認為你可能無法保護我，使我免受蓋世太保送我去集中營的後果。你確定這信息是正確的嗎？」

「是的，信息絕對可靠，並且逮捕令已經迫在眉睫。」

「所以，你想把我推給另一個人，而且此人足夠強大，蓋世太保們不會碰他。對嗎？」

羅爾夫說：「是的，我就是這麼想的。」

「你知道一個有權勢的人會對我做什麼嗎？你不在乎？」

「我當然知道。我是男人，我知道別的男人會對像你這樣漂亮的女人做什麼。我恨我自己這樣做，我也知道你可能不會原諒我。但是如果我不救你，我會自殺的。」

「羅爾夫，你知道如果一個女人是男人的愛情目標，而男人每晚都要她，她會如何反應嗎？」

「我知道我可能會失去你。但你會得救，這是我不能做到的。卡洛琳，這些年來你給了我幸福，還有一個漂亮聰明的女兒。我來自一個貧窮的家庭，從未想過我會有這樣的生活。我非常感激你。你還年輕漂亮。任何人都會想要你的。」

卡洛琳說：「但我瞭解我自己。我不可能再去愛另一個人了。」

「你是個藝術家，我知道你在生活中總是喜歡愛情。你喜歡一切美麗的事物，你喜歡愛的感覺和藝術似的迷人做愛。如果你把自己交給一個真正愛你的人，那就好了。」

卡洛琳傷心地說：「但是羅爾夫，我只愛你，沒有人能擁有我。這些年來，儘管有人試圖勾引我，我卻一直忠於我的丈夫，作為你的妻子，我不能讓其他男人擁有我。你為什麼不跟我離婚來拯救你自己？很多其他的德國猶太夫婦也都這樣做。」

「在我的生命中，這是不會發生的。所以就別想了吧！」

手裡拿著票，海蒂找到了她的座位坐下。那是一個靠走道的座位，就在一個出口側門的邊上。她旁邊的座位是空著的，但就在燈光變暗，觀眾期待著瑪琳・迪特里希的出現而開始鼓掌之前，一個年輕的女人走過來坐在海蒂旁邊。她立刻抓住海蒂的手，緊緊地握住。

海蒂急切地問：「葛麗塔，一切都順利嗎？」

「是的。我站在一個大的室內花盆旁邊，我有看見你，還有斯玨勒先生和夫人。他們沒有表現出來，但是我知道他們很傷心難過。」

「我們都很難過，這都是因為納粹。我恨死他們了！」

「小姐，你真的必須要走嗎？能不能躲在什麼地方？到我家來，我會把你藏起來的。」

海蒂說：「葛麗塔，別天真了。蓋世太保並不愚蠢。此外，你也會帶給別人麻煩的。」

「那你什麼時候會回來？」

「我真的不知道，但是希望很快就會知道。」

「斯玨勒先生告訴我，不要問你要去哪裡。我想一定是離得很遠的地方。小姐，我很擔心。誰來熨你的衣服呢？」

「別擔心我，葛麗塔。我要你答應我，你會好好照顧媽媽的。」

「小姐，我一定會的。」

「聽著，葛麗塔，我所有的衣服和鞋子現在都是你的了。我們的尺碼是一樣，所以你可以穿。我也為你準備了一個袋子，媽媽會交給你，讓你帶回家。」

葛麗塔突然意識到，小姐是不會回來了。人們一直以為海蒂和葛麗塔是姐妹，因為海蒂從來不把葛麗塔當作女僕。葛麗塔很愛她，開始哭了。最後，大舞廳一片漆黑，除了舞台上的燈光還亮著，瑪琳・迪特里希上台時，觀眾掌聲雷鳴。這是給海蒂的信號，她離開的時候到了。

海蒂說：「葛麗塔，現在是時候了。」

葛麗塔很快脫下她的棕色外套，交給海蒂，海蒂在黑暗中穿上它。葛麗塔裡面是穿著同樣的鮮紅色連衣裙。她抓住海蒂的大帽子。海蒂對著葛麗塔的耳朵低聲的說：

「再見！我會想念你的，葛麗塔！」

葛麗塔又開始哭了，她自言自語的說道：「海蒂，我愛你。」

海蒂靜靜地站起來，從側面的出口走出大舞廳。一個人站在不遠處的牆邊，他向海蒂點點頭，海蒂跟著他，很快走進附近的洗衣房，然後離開到阿德倫酒店的大停車場。他們被一輛帶有瑞士車牌的賓士大轎車接走了。

一小時後，所有大舞廳的門同時打開。一大群年輕人一湧而出的衝出來，進入酒店的大堂，向四面八方散開。羅爾夫朝著頭戴一頂大帽子，穿著鮮紅的連衣裙的年輕女子，揮手致意。然後兩個女人牽著手，跟著斯玨勒先生來到他們的大賓士轎車等著的酒店門口。

蓋世太保的特工們聚精會神地看著酒店的門衛打開車門，讓他們上車。蓋世太保的特工沒有跟蹤他們，但很快收到了同事的確認，說羅爾夫一家人已經回到家了。

當天晚上很晚的時候，斯玨勒夫婦去了亞歷山大廣場的警察局，報告他們的女兒海蒂失蹤了。

警察去了達勒姆的斯玨勒住所，發現一切都很正常。他們向女僕證實，父母帶海蒂去阿德倫酒店參加一個活動，然後把她帶回家，蓋世太保也能證實這一點。女僕們說，晚飯後，斯玨勒小姐接到一位大學朋友的電話，然後，過了不久就離開家，再也沒有回來。

蓋世太保發佈了一項秘密搜查令，要求將一名年輕的猶太婦女海蒂・斯玨勒，扣押接受審訊。

阿伯特・斯皮爾是希特勒的首席建築師，後來成為納粹德國的軍備和戰爭生產部部長。他是希特勒最親密的知己之一，許多人認為他是一顆冉冉升起的新星，達到了和希姆勒、戈林和戈培爾同等的頂峰。

儘管他知道羅爾夫厭惡納粹，但斯皮爾從來沒有忘記，在所有成功的建築項目中，他在幕後所做的貢獻。多年來，他們一直是朋友，但是由於明顯的原因，他們的聯繫減少了。他們聚在一起時，會選擇在幽靜的地方碰面，這一次是在柏林北方一條小巷裡的啤酒香腸餐館裡。他們熱烈握手，坐下來點了菜。

斯皮爾先開口說：「羅爾夫，我們上次見面是什麼時候？太久了，這是我的錯。我不該藉口太忙而看不到老朋友。」

「沒關係。我知道你的工作忙。總之，很高興見到你。家人怎麼樣，都好嗎？」

「謝謝，他們沒事。但是他們不喜歡柏林的寒冷，所以他們在巴伐利亞花了很多時間。羅爾夫，你看起來不太好。有關於海蒂的信息嗎？」

「阿伯特，卡洛琳現在當然很擔心，因為她有猶太背景。我們沒有關於海蒂的信息。」

斯皮爾深深地看著羅爾夫，帶著理解的微笑說：

「不要再談論海蒂了。我明白，我知道的越少越好。但是你和卡洛琳呢？你知道時間很急迫，你需要儘快行動，越快越好。」

「是的，我明白。拯救卡洛琳，我是有一個計劃，如果她能堅持下去，她應該是安全的。你對這個計劃瞭解得越少，對我們倆就越好。」

「很好，那你呢？你打算怎麼辦？」

「阿伯特，我來找你幫忙，就是為了要救我自己。」

斯皮爾還沒來得及回答，食物就來了。啤酒很好，香腸更好，他們開始狼吞虎嚥。

過了一會兒，斯皮爾說：「實際上，就在你打電話之前，我正要和你聯絡，給你提個建議。」

羅爾夫驚訝地看著他，斯皮爾繼續說：

「再過幾個月，紐倫堡種族法將被宣佈成為德國民法，德國人擁有猶太配偶是違法的。我知道，在任何情況下，你都不會和卡洛琳離婚。因此，你會被當成罪犯逮捕，關進集中營。我已經為你考慮了一個解決方案，希望你會接受。」

「阿伯特，我不知道該說什麼。你是我的救命者。告訴我吧！」

「我不知道你如何拯救卡洛琳的計劃，也不知道她會在哪裡。但是你必須離開柏林。對你的威脅是來自一個人和他的部下團隊，就是那個瘋子希姆勒和他的蓋世太保。在德國，現在只有一個組織是蓋世太保不敢碰的，就是軍隊。你需要隱藏在那裡。」

羅爾夫問說：「阿伯特，你是說國防軍嗎？為什麼希姆勒在那裡沒有影響力？」

「因為軍隊有自己的情報和安全部門，正式的名稱是『德國軍事情報局』，又稱為『阿布韋爾』。德國軍事情報局由卡納里斯海軍上將領導，他非常憎恨希姆勒。羅爾夫，你必須向我保證，除了你自己，你絕對不會告訴任何人，我將要告訴你的一切事，可以嗎？」

「你是在救我的命，當然可以。」

斯皮爾看著羅爾夫的眼睛，變得非常嚴肅：「德國將進行一個大規模軍事行動，它涉及大量的人員部隊和設備。這是需要後勤和基礎設施的支持。為了進行準備工作，必須有人根據調查做出準確的估計。你是最有資格做這件事的人。你有興趣嗎？」

「如你所說，如果國防軍能為我提供保護，我當然感興趣。」

斯皮爾說：「你明天在家等我，我來接你去見一位將軍。」

阿伯特・斯皮爾帶著羅爾夫去見弗朗茨・霍爾德將軍，他是一位戰功赫赫的四星上將，現任在柏林的德軍最高指揮部（簡稱OKH）的總參謀長。當他們到達時，霍爾德將軍正拿著一壺熱咖啡等著他們。看來，他和斯皮爾是老朋友，經過正式的介紹後，霍爾德將軍立即明白了他們來訪的目的。

「斯玨勒先生，我們知道您的專業能力和聲譽，這是阿伯特聯繫我之前的事。但是你的困難，或者我們應該說是政治局勢，阻止了我們去接觸你。」

羅爾夫禮貌地說：「將軍，謝謝您的美言。」

「現在情況不同了，我同意阿伯特的意見，我可以安排你做我的私人助理，而不暴露你的真實身分。但是在我繼續之前，我希望你能保證，你不會向任何人透露我們之間的任何事情。斯玨勒先生，你能保證嗎？」

羅爾夫說：「是的，當然。」

「很好。要明確的是，如果你違反了你的承諾，你將被逮捕，並被控間諜和叛國罪。現在我們可以進入主題了。但首先，讓我們在咖啡變冷之前，先喝一杯。」

喝了一杯咖啡後，霍爾德將軍繼續說道：

「我們接到元首的命令，起草一份進攻蘇聯的初步行動計劃。我已經把任務交給了埃里希·馬爾克斯將軍。他是一位非常有能力的年輕炮兵軍官。德軍最高指揮部的參謀們進行了一些初步討論，也啟動了紙上的演練。」

霍爾德將軍停下來喝咖啡，然後繼續說：

「指揮部的參謀以德國防空的需要為理由，主張以『A-A線』作為進攻的作戰目標。這是一條從北冰洋的阿爾漢格爾斯克，經過戈爾基和羅斯托夫到里海的伏爾加河口的阿斯特拉罕港口城市的路線。這個計劃在軍事上是合理的，馬爾克斯將軍預計這場戰役能在兩個月內完成。但是，元首明確表示希望我們也能在這段時間內攻佔領莫斯科。」

霍爾德將軍又停頓了一下，斯皮爾提出了一個問題：「這在軍事上，是可能的嗎？」

「我們認為，如果部署足夠多的部隊，是可能的。但問題是，這是不是可取的？」

斯皮爾問：「為什麼這是不可取的？」

將軍回答說：「付出的代價會很高，我們的傷亡可能太高，以至於無法恢復。」

羅爾夫很好奇的問：「將軍，您是說元首不關心高傷亡率嗎？您的士兵是德國人，是我們的德國人，不是嗎？」

霍爾德將軍沒有回答，只是盯著羅爾夫。他臉上閃過憤怒的表情，但很快就消失了。他說：

「斯玨勒先生，我們的行動計劃要求將超過三百二十萬士兵、重型裝備、武器和戰爭物資儲備從德國邊境轉移到蘇聯的領土。這必須要有足夠的基礎設施，就是道路系統、鐵路系統和通信設施。我們需要您進行調查，並準確估計現有的基礎設施，以及如有需要時應做的改進。此外，我們還需要知道，任何對計劃軍事行動進展的潛在影響。」

羅爾夫說：「如果能安排我去做一次現場調查，這就不成問題了。」

「斯玨勒先生，雖然我不能告訴您我們計劃的細節，但您必須認識到，您的現場調查將涉及到不同的國家和地區，如斯洛伐克、羅馬尼亞、烏克蘭、波蘭，甚至白俄羅斯。現在，我可以告訴您，其中一些地區是不安定甚至危險的。這會是問題嗎？」

羅爾夫說：「不，這不是個問題。但是需要安排好我的行程。」

「我相信馬爾克斯將軍正在為您做這樣的安排。此外，我們還需要您提交一份盡可能詳細的報告。或許元首不信任OKH的參謀，但是會更信任斯皮爾的測量師。現在，斯玨勒先生，您什麼時候可以動身？」

「一旦馬爾克斯將軍安排好我的行程，我就動身。」

霍爾德將軍笑了：「太好了，那我可以請您儘快向馬爾克斯將軍報到嗎？他現在被派往總部在慕尼黑的南方陸軍集團。他急著想見您。那麼就在兩周後吧。我們的人員將為您提供交通工具，同時，我也將起草必要的文件。」

羅爾夫看著斯皮爾，正要開口，但是將軍揮手說：

「斯皮爾先生已經告訴我您的情況，我完全理解。向馬爾克斯將軍報到的測量師將攜帶不同的身分證件。在國防軍內部，只有我和馬爾克斯將軍知道您的真實身分。在外面的世界裡，您將是唯一知道您新身分的人，甚至斯皮爾先生也不會知道，只有這樣我們才能保護您。您還將攜帶一份官方身分證，作為軍事情報部門阿布韋爾的文職督察，官階是陸軍中校。」

斯皮爾說：「羅爾夫，你應該知道，德國軍事情報局頭兒是海軍上將威廉・卡納里斯，他非常討厭蓋世太保頭頭希姆勒。事實上，大多數的軍事情報局人員都很瞧不起蓋世太保。」

霍爾德將軍補充說：「斯玨勒先生，當你向馬爾克斯將軍報到的時候，羅爾夫・斯玨勒將完全從地球上消失。再一次提醒您，這是我們所能提供的最好保護，我們不想和希姆勒有白熱化的衝突。」

羅爾夫站起來說：「將軍，我不會忘記將軍對我的恩典，我會盡我最大的努力去完成任務。」

將軍也站了起來與羅爾夫和斯皮爾握手，然後敬禮：「斯玨勒先生，我謝謝您。」

第四章：與敵人戀愛

海倫・馮・霍爾德巴克和羅爾夫・斯玨勒是來自社會的不同階層，她出身於富裕的貴族家庭，而他出身於一般工人階級家庭。

儘管遭到家人的反對和社會的壓力，他們還是墜入了愛河。後來海倫擁抱了法西斯主義，加入了納粹黨，但是羅爾夫則強烈反對納粹主義和納粹黨的所作所為。所以他們只好分手，各奔東西。

海倫一直沒有結婚，她成為納粹黨高層中活躍的社會名流。多年來，她一直和家人住在一座世代相傳的豪宅裡。當她父母去世時，她繼承了這座位於一條小河邊上，綠樹成蔭住宅區裡的大宅院。

多年前，羅爾夫一直是這裡的常客，並被視為一個重要的客人，因為他是

「主人女兒的男朋友」。但是今天，羅爾夫像一個謙虛的小男人，一隻手放在心臟的位置，低聲下氣的來求見海倫，請求她的幫助。她在寬敞雅致的客廳裡接見了他。

「羅爾夫，這麼多年來，你沒有跟我打過任何招呼，只有冷漠甚至憤怒。但是你終於決定來見我了，有何貴幹？」

羅爾夫沒有看著她，而是看著自己的鞋子，回答說：「我是來求你幫忙拯救卡洛琳的。」

「你是在跟我開玩笑，是嗎？你從我的生命中消失了這麼多年，現在卻來找我救你的卡洛琳。你知道她是誰嗎？」

「她是我二十多年來的妻子。」

「是的，當然，她也是我二十多年來的頭號敵人。她奪走了我愛的男人，改變了我的一生。一想起來，我就恨。」

羅爾夫說：「對不起。這都是我的錯，不是她的錯。」

兩人都沉默了一會兒，然後海倫說：「你還記得上次我們在一起是什麼時候嗎？我是說真的在一起，而不是那些偶然的社交聚會。」

羅爾夫這次回答了：「海蒂現在快二十三歲了，那一定是三十年前的事情了。」

「不錯，羅爾夫。你上次吻我是二十八年零九個月前。時間過得真快，不是嗎？」

羅爾夫又一次沉默了。海倫繼續說：

「你離開我是因為我接受了法西斯主義，加入了納粹黨。你恨他們，這是可以理解的。但是我不明白，你為什麼也拒絕我們的友誼。當年我們很年輕，又有理想主義，政治信仰只是我們生活的一部分。我以為我們的愛情，或者至少是我們的友誼，會在這種情況下倖存下來。」

「對不起。你身邊總是有那麼多年輕英俊的納粹分子。很自然的，我以為你有了新男朋友。我不想成為你新愛情生活裡的累贅。」

「哈，事實上，是你很快就娶了卡洛琳。然後在將近三十年的時間裡，儘管我們住在同一個城市，你一句話也沒有問我過得怎麼樣。」

「對不起，海倫。卡洛琳總覺得你是我們婚姻的最大威脅。她要我保證不和你聯絡。」

「你能不能不再道歉？你快把我逼瘋了。卡洛琳是對的，如果我有辦法，一定會把你從她身邊搶回來。現在她請你來找我幫忙。她為什麼不親自來問我？」

羅爾夫說：「這是我的主意，她什麼都不知道。」

「好吧，在你告訴我之前，讓我問你，你有自己的計劃嗎？」

「我是有計劃的，因為它很敏感，我還不能告訴你任何的細節。我希望你能理解。」

「你知道，幾個月後，任何德國人有猶太人配偶都是犯罪行為。你可以和卡洛琳離婚，避免被起訴。」

「希特勒曾說過，納粹德國將持續一千年。不管我們做什麼，離婚還是不離婚，我們都不會活得那麼久。我所要求的只是讓我們不進集中營，而能痛苦的生存下去。」

羅爾夫站起來繼續說：「當我和卡洛琳結婚時，我答應要保護她。但現在，我發現自己無法做到。我想你可以幫我，無論我以前做了什麼傷害你的事，我都深感遺憾。任何能讓你感到舒服一點的事，我都會做。如果你想要我跪下來向你乞求，我也會的。」

海倫看到羅爾夫眼中含著淚水，她被感動了。

「羅爾夫，你給我坐下。我不是故意要對你無情的嚴厲。只是這麼多年來沒有收到你的任何信息，然後就突然出現了。希望你不介意我的情緒化反應。女人不像男人，總是理性的。羅爾夫，當我的父母反對我們在一起的時候，我曾告訴他們，有一天你會在你的專業上取得成功，成為一個高尚的人。羅爾夫，你沒有讓我失望。我希望我的父母還活著聽到你說的話。」

現在羅爾夫忍不住哭了起來。海倫走過來緊緊地抱著他，不讓他哭泣。

「羅爾夫，你知道嗎，這是我認識你以來，你第一次在我面前哭了，可是你是為了卡洛琳。三十年了，我還是在羨慕她。羅爾夫，當你哭的時候，你看起來很老，也不像以前那麼英俊了。」

「你在期待什麼？我已經是個老人了，還有一個成年的女兒。」

海倫說：「那你好好的看看我，我是個老女人嗎？」

羅爾夫摸了摸海倫的臉說：「你仍然像以前一樣年輕漂亮。」

「羅爾夫，奉承我，不會給你帶來任何好處。好了，說吧，你要我為你心愛的卡洛琳做些什麼？」

當他們回到座位上喝了咖啡後，羅爾夫說：

「海倫，你還記得嗎，當我們年輕的時候，卡洛琳有一個情人。他們曾經深深的愛戀過。」

「你是說那個肥胖的赫爾曼・戈林嗎？那是二十多年前的事了，你為什麼提到他？」

「他不時會給卡洛琳寫情書，表達他對她的渴望。最近一封是一年前寫的。你認為他會為卡洛琳提供保護嗎？」

海倫很驚訝，她說：「羅爾夫，你確定明白你想要做的事嗎？你拒絕和卡洛琳離婚，但你想把她推給另一個男人。這就是你想要的嗎？」

「是的，如果那個男人能夠保護她。」

「你知道他會對她做什麼嗎？而卡洛琳會如何反應嗎？」

羅爾夫平靜地回答說：「我是個男人，我知道男人會對她做什麼。我也知道她可能會重新點燃他們的愛情，我最終可能會失去卡洛琳。但是另一個選擇是集中營，她是絕對活不了的。」

海倫被感動了：「你過幾天再來這裡。」

赫爾曼・威廉・戈林是德國政治家、軍事領袖和納粹黨的重要成員。他曾是一名經驗豐富的王牌戰鬥機飛行員，第一次世界大戰時，他獲得了令人羨慕的「藍色馬克斯」勳章。

戈林曾被任命為著名的「飛行馬戲團」，也就是「德國空軍戰鬥機第一分隊」的指揮官，該分隊曾經是全世界最著名戰鬥機飛行員曼弗雷德・馮・瑞克霍芬，綽號「紅色男爵」，一手訓練成軍。

戈林是在一個頒獎典禮上遇見了卡洛琳，當時她還是一個年輕的少女，向戰鬥機飛行員獻花。他們戀愛了，但是當他和希特勒開始交往，並且加入了納粹黨時，卡洛琳離開了他。不久之後，她和羅爾夫就結婚了。

戈林是「國家社會主義德意志勞工黨，又簡稱為：納粹黨」最早的成員之一，一九三二年，他在被稱為「啤酒廳政變」的失敗行動中受傷。但是在次年，一九三三年，他終於幫助希特勒奪取了政權，他成為德國第二號最有權力的人物。戈林在一九三五年被任命為德國空軍總司令，他一直保持這職位到二戰末期。

一九四〇年，是他正處於權力和影響力的頂峰時期，作為負責四年計劃的部長，他監督德國經濟在第二次世界大戰前的運作。希特勒把他提升為帝國元帥，一個比所有其他國防軍指揮官都高的軍銜。

一九四一年，希特勒任命他為接班人和副手。蓋世太保是戈林創造的；在協商希特勒成為德國總理的條件裡，德國空軍未來的指揮官戈林被任命為普魯士內政部長。這使戈林成為德國最龐大的警察部隊領導人。

不久之後，戈林將政治和情報部門從警察部隊中分離出來，以納粹黨員來取代。一九三三年，戈林將這兩個單位合併為國家秘密警察，這就是眾所周知的「蓋世太保」。

後來，他將職位讓出給部隊希姆勒。

羅爾夫在兩天後又去見了海倫，看到羅爾夫焦慮的表情，她直截了當的進入話題：「我和胖子赫爾曼，談過了，他很興奮。他說他一定可以保護卡洛琳，也非常願意做這事。」

羅爾夫急切地問：「但是你覺得呢？他是真心誠意的嗎？」

「我認為他對卡洛琳的愛情渴望是真實的，他很想念卡洛琳。但是……」

羅爾夫變得焦慮起來。「但是你有疑問，對嗎？」

海倫平靜地回答說：「不是針對如何保護卡洛琳的問題，他非常清楚她的猶太人血統。但是我要告訴你兩件事：首先，他打算把卡洛琳永遠留下，而不僅僅是做他的短暫情婦。第二，戈林在保住自己的位置上面臨著挑戰，而保護一個猶太女人可能成為他的滑鐵盧。」

羅爾夫建議說：「我的朋友阿伯特告訴我，戈林和希姆勒正在爭取希特勒的寵信，但是我相信目前還沒有威脅到戈林的第二把交椅位置。」

海倫回答說：「可是你需要確保卡洛琳會注意到這種可能性。政治上的內鬥，是非常血腥和殘酷的。如果一旦發生，卡洛琳很可能是第一個受害者。也許她應該提前計劃好一個逃生路線。」

羅爾夫說：「你對逃生路線瞭解多少？」

海倫回答說：「可能會讓你驚訝，我知道的還真不少。不管如何，你還需要知道戈林目前的婚姻狀況。」

「當然，情婦的生存取決於情夫的妻子。卡洛琳必須要知道。」

海倫接著說：「戈林的第一任妻子是卡琳・馮・坎特佐女公爵，她和丈夫結婚十年後離婚，跟隨戈林來到慕尼黑，並於一九二三年和他結婚。戈林加入了納粹黨後，他們搬到了慕尼黑郊區。卡琳患有癲癇和肺結核，在一九三一年死於心力衰竭。」

羅爾夫說：「戈林是在卡洛琳離開他之後就結婚了，所以現在的妻子是第二任，是嗎？」

「在二十世紀三〇年代初，戈林經常和來自漢堡的女演員艾美・索尼曼在一起。一九三五年，他們在柏林歌劇院結婚。艾美在許多國家正式活動場合作為希特勒的女主人，所以她喜歡炫耀自己是『第三帝國的第一夫人』。作為歐洲最富有、最有權勢的男人之一的妻子，她受到了公眾的廣泛關注，經常被拍照，享受著奢華的生活方式。」

「希特勒的情婦伊娃・布勞恩怎麼了？希特勒為什麼不帶她去參加國家正式活動？」

「有傳言說，在每一個正式活動結束後，戈林的妻子都會留下來，打點一些後續工作。」

羅爾夫問：「你是說希特勒會帶戈林的老婆上床嗎？」

「你猜對了，謠言就是這麼說的。有一件事是肯定的：每當伊娃・布勞恩出城，希特勒都會讓艾美去他在巴伐利亞的貝格霍夫別墅，其實那裡離戈林和艾美剛結婚時住的狩獵小屋不遠。」

羅爾夫好奇的問：「戈林對這種安排有什麼看法？」

「也許他不在乎。他非常崇拜希特勒，也許他會覺得納粹頭號人物喜歡睡他的老婆是一種光榮。」

「世界之大無奇不有，也有人喜歡戴綠帽子。看來戈林是會讓我戴綠帽子，有朝一日，我要殺了他。」

「羅爾夫，我擔心的是艾美，她看起來是個很有野心的女人。因為卡洛琳成為她丈夫的情婦後，儘管她自己和希特勒有染，但她可能會傷害卡洛琳。」

海倫對卡洛琳表現出真正的關心，羅爾夫很感動。他看著她說：

「這些年來，你是個真正的朋友，你讓我為自己感到羞愧。」

海倫繼續說：「你應該知道，雖然胖子赫爾曼可能對卡洛琳有永恆的愛情，但他不是一個好人。作為一個政治家，他冷酷無情，會毫不猶豫地毀滅他的敵人。戈林在奧地利、德國和波蘭擁有豪宅、地產和城堡，他是納粹沒收猶太人和其他人所有藝術品和財富的主要受益者。他沉迷於藝術收藏，他認為自從你把卡洛琳從他身邊帶走後，你就欠他了。所以當你把卡洛琳還給他時，最好還送給他點東西。」

羅爾夫說：「我會想辦法讓卡洛琳給他帶些東西。」

海倫繼續說：「戈林在納粹黨內、總理辦公廳、國防軍等等組織裡都有敵人，甚至在他的德國空軍裡也有。如果有人想置他於死地，我是不會感到驚訝的。為了卡洛琳自己的安全，你需要告訴她，當子彈開始橫飛時，一定要保持警惕。」

羅爾夫繼續盯著她看：「海倫，你說話不像是德國的第一號納粹女人。」

「你為什麼那樣盯著我看？羅爾夫，當年你想欺負我時，就是這樣看我。」

「我是在想，我要如何感謝你的好意，為我著想。」

海倫得意地抿起嘴來：「你不必這麼客氣，我們是老朋友了。但是如果你堅持，你有兩個選擇。」

羅爾夫的好奇心被激起來：「別跟我淘氣，你有什麼整我的想法？」

「第一，你可以加入納粹黨。但是如果這對你來說太困難了，那你可以選擇和我一起到床上去。」

「是在樓上？哪個臥室？」

休眠了將近三十年的熱情火焰重新點燃，在外面，太陽光衝破了雲層，散落在河面上，光線穿過樹林，照亮了整個山谷。在新來的春天裡，陽光在水面上輕快地跳躍著。海倫的身體和外面的太陽一樣，散發出強烈的熱量，把他吞噬了。但是羅爾夫控制著他們的節奏，用甜蜜的言語交替著他的輕摸和愛撫。只有在她絕望似的懇求下，才穿刺了她。然後羅爾夫就開始了她渴望已久的行動，前一刻，他的穿刺是非常溫柔，充滿了深深的愛意，後一刻，他就無情的蹂躪她。當他們達到高潮時，她幾乎喪失了意識。他們一動不動，沉默了一段時間。她的第一句話是：

「你別動，待在我身體裡面。」

很長一段時間後，羅爾夫意識到他們重新體驗了很久以前全身接觸的感覺，特別是那些敏感的部位。長久以來所失去的愛情，曾經給過他如此多的快樂，也給了他極其愉快的智慧激勵和衝擊，這些都再次出現在他的腦海中。在過去的二十多年中，每當羅爾夫想到海倫，他總是得出這樣的結論：如果不是因為他們的政治分歧，現在躺在他身體下，緊緊包住他的女人，應該就是他的妻子，他遺憾地歎了口氣。

海倫看著他說：「你在想什麼？為什麼你花了二十多年才背叛了卡洛琳？你歎口氣是性交後的懺悔嗎？」

羅爾夫沒有回答她的問題：「你呼喊的聲音好大，不怕被你的僕人聽見嗎？你可是納粹黨的第一女人啊！」

「我已經把僕人打發回家了。但是我沒料到你會報復我。羅爾夫，你對我太不公平了。」

羅爾夫很困惑：「我不明白，你是什麼意思？我是哪裡不公平？」

「頭號納粹和第二號納粹的妻子做愛，第二號納粹就要和你的妻子上床了。

所以你要報復，就蹂躪了我這第一號納粹女人。我說錯了嗎？」

羅爾夫說：「我以為你很喜歡我的做愛技術。我記得很久以前，你大聲的呻吟是一種感激的表達。難道現在不是了嗎？」

海倫把他包得更緊：「我還是非常喜歡你穿刺我，但是你太用力，時間拖得太久，我擔心會昏過去。」

「下次我會很溫柔的。海倫，你好厲害，我差一點失控了。」

「你還盼望我像個小女孩，和一頭大野獸搏鬥，試圖保護她的童貞，是嗎？羅爾夫，我知道你對我是有看法，但是我想讓你知道，我犯了一個錯誤。」

這讓羅爾夫完全吃驚。他掙扎著要翻身下來，但海倫不肯，而把他夾得緊緊的。她說：「求你了。我喜歡你在我身體裡的感覺。很久以來我就想告訴你，我犯了一個錯誤，認為法西斯主義是德國人愛國的唯一途徑，所以我加入了納粹黨，但是沒想到納粹黨徒們只是一群有組織的暴徒。他們毀了我們國家的一切，還有你對我的愛情，以及人類的文明。我對自己很生氣，我想在我發瘋之前，我需要做點事情。」

「這是一個讓我非常愉快的驚喜，但是你不能單打獨鬥和納粹對抗，你需要想點辦法。」

海倫沒有回答他。相反的，她問：「羅爾夫，你能答應我一件事嗎？不管發生什麼事，你一定要活下去。希特勒錯了。納粹德國不會持續一千年。他們可以毀掉一切，但不能毀掉我最後的夢想。即使卡洛琳把你從我身邊帶走，我也夢想有一天，在這個世界上我會和你有一個未來。羅爾夫，求你了，你必須活著。」

羅爾夫被深深地打動了，他的身體又開始移動了。他撫摸著她的臉，將手放在她高挺的胸口上向下移動，無論他指尖移到哪裡，他都會畫出一條燃燒的火線，她的呻吟聲越來越大。事實上，正如他所承諾的，羅爾夫非常溫柔，在她耳邊低聲的說著愛情故事，直到他們達到高潮。夜幕降臨在河上，月光在緩緩流淌的水面上閃爍。在臥室裡，海倫的藍色大眼睛閃閃發光，就像夜空中懸掛的星星。羅爾夫發現她美極了，他深深地吻了她。當他們的身體還在緊繃的時候，羅爾夫問她：

「和你一樣，我不相信納粹會持續一千年。但是我也相信，我不能永遠的隱藏。我的朋友告訴我，希姆勒對我的案件特別感興趣，所以他拒絕了我向瑞士移民的申請。希姆勒甚至派了兩名蓋世太保官員來處理我的案子。」

海倫說：「真的嗎？我會去調查一下，再告訴你。」

「如果卡洛琳找到了她的新愛人，我想和你一起生活。但我不知道我能不能堅持那麼久。海倫，告訴我，你為什麼不結婚。」

海倫的眼睛裡充滿了淚水。她說：「羅爾夫，如果你真的不知道，我就不會告訴你。」

羅爾夫又吻了她。「對不起，海倫，請原諒我。」

「我不怪你。是我自己的愚蠢傷害了你，所以你離我而去，找到了卡洛琳。有時我情不自禁地看著身邊的人，他們都已結婚，都有了孩子，只有我是孤家寡人，讓我很難過。如果不是納粹，你會有一個完美的終身婚姻，一個可愛而美麗的妻子和一個女兒。羅爾夫，你很幸運。海蒂繼承了她母親的美貌和你的智慧。如果是反過來，那就有點遺憾了。」

羅爾夫非常驚訝：「你認識海蒂嗎？」

「是的，我們見過。」但是她立即改變了話題。

「你還記得嗎，有一次我們去樹林裡看鳥，看到很多大烏鴉長著黑色的羽毛？你告訴我，牠們是烏鴉，主要以腐肉為食。」

羅爾夫不好意思地說：「我記得我們去樹林裡是為了幹別的事。」

海倫緊緊地捏住他說：「認真點！後來我們看見一隻白色烏鴉，牠很好看，你告訴我，牠就是一隻烏鴉，但是因為牠的顏色，讓牠適應了市區環境，生存並且興旺。有時候因為饑餓，牠甚至會殺死其他鳥類和動物。羅爾夫，我想成為一隻白烏鴉。」

他們的火熱激情又回來了，又經歷了同樣的纏綿悱惻過程。最後，當他們平靜下來的時候，海倫說：「你太幸運了，卡洛琳一定是個很好的老師，教了你如何取悅女人。」

他開玩笑地回答：「哈，這只是我本事的一小部分，你等下一次再瞧吧！」

「羅爾夫，你得離開柏林。當卡洛琳的丈夫不在同一個城市時，她會覺得比較容易發展婚外情。」

「是的。我很快就要離開柏林了。」

羅爾夫和保羅第一次見面是在他們高中的時候，當時他們正在義大利小城倫巴第附近的科莫湖邊，一個度假勝地。

科莫湖是自從羅馬時代以來，一直是貴族和富人熱衷度假的勝地，也是一個擁有眾多藝術和文化瑰寶的旅遊勝地，它有許多別墅和宮殿。

羅爾夫是度假勝地的雜工，在暑假裡賺些外快。保羅和他的家人是那裡的度假客。儘管兩個年輕人的社會地位不同，但他們成為朋友。

保羅會在雜工下班後去找羅爾夫，他們會討論他們的共同興趣和對未來的夢想。很難說他們是安排去同一所大學，還是只是巧合，保羅就讀於慕尼黑大學的財務系，羅爾夫則就讀於會計與規劃系。無論如何，他們在一起已經過了四年，對他們來說這是一個重要的成長時期，鞏固了他們長久的友誼。

畢業後，羅爾夫去了柏林，開始了他計量師的職業生涯。保羅回到蘇黎世，加入阿爾卑斯銀行的家族事業。在他父親退休後，成為銀行的總裁。這些年來，他們一直保持著一個共同的激情：就是對納粹主義的憎恨。所以當羅爾夫求助保羅，讓海蒂逃脫蓋世太保的追捕，保羅立即採取了行動。

他動員了阿爾卑斯山銀行的三名安全人員，從日內瓦又雇了兩名私家偵探，以確保海蒂的逃亡計劃順利進行。阿爾卑斯銀行是歐洲最大的銀行之一，它也被納粹政府用作一個管道，為各種專案，包括他們的「秘密行動」所需的資金進出德國。

銀行有一個保持客戶交易完全隱秘的傳統，這正是納粹政府所尋求的。因此，納粹允許阿爾卑斯銀行在蘇黎世的總部和德國各城市的分行之間，用「傳送員」以密封袋運送「商業文件」，而無需經過蓋世太保的檢查。

阿爾卑斯銀行在慕尼黑分行的經理是奧托・亨特，他是保羅・亨特的遠親，也是一位值得信賴的密友。

保羅讓奧托在銀行為羅爾夫開了一個保險箱，但戶頭名字不是羅爾夫。保險箱只是用來做一個投信口，為羅爾夫接收信件，並通過銀行的「傳送員」將信息送出德國。保羅不止一次向羅爾夫暗示，他的朋友們，實際上是一些「特別的朋友們」，會非常有興趣瞭解德國的方方面面情況。

一天，羅爾夫回家時非常興奮。他給卡洛琳看了一張從蘇黎世寄來的明信片，它是寄給慕尼黑的奧托・亨特先生和夫人。簡短的信息看來是非常無辜的：

你們好！好久沒見了，我很想念你們。我一切都好。

我找到了一份非常喜愛的工作。希望你們身體都好，並且很快就會來看我。

愛你們的海蒂。

卡洛琳立刻認出了那是海蒂的筆跡。她高興地喊道：「啊！謝天謝地，海蒂安全了！」

「是的，老保羅真的辦到了。卡洛琳，我要把明信片扔到馬桶裡以防萬一。」

「但是讓我再讀一遍。我太高興了，我想要慶祝一下。」

「我也是！讓我們打開那瓶昂貴的香檳酒吧！」

「羅爾夫，我不想要香檳。」

「不？那你想要什麼？」

卡洛琳面帶著熟悉和迷人的微笑，用沙啞而誘人的聲音說：

「羅爾夫，我要你。自從海蒂離開後，你還沒有進到我的身體裡過。」

羅爾夫應該知道，卡洛琳對快樂時光總是以激情的做愛來慶祝。他不好意思的說：「什麼？天還亮著，屋子裡還有別人呢。」

「我不在乎。我喜歡在白天做愛。羅爾夫，你現在就帶我走，否則我馬上就把你擺平。」

她張開嘴，深深的吻他，她的手和身體開始行動，在這麼多年之後，羅爾夫仍然無法抗拒被卡洛琳激起來的男性荷爾蒙。

當激情消退時，一天的黃昏透過絲綢窗簾，覆蓋了整個房間。兩具精疲力竭、汗流浹背的身體糾纏在沙發上。暮色中的光線在卡洛琳美麗的臉上反射，使她看起來像是位女神。她是一個非常滿足的女人。

正是在這激情與奮過後的狀態下，羅爾夫開始乞求他的妻子和另一個男人發展婚外情。

「我想給你講一個故事，」他說，「一個七百多年前的愛情故事。你聽說過成吉思汗嗎？他是蒙古帝國的創始人，蒙古帝國是歷史上最大的帝國之一。」

「是的，我在歷史課本上學過，」卡洛琳回答說，「他和他的兒子們發起了蒙古人的入侵，征服了歐亞大陸的大部分地區。進行了對當地居民的大規模屠殺。成吉思汗和他的帝國有著可怕的名聲。」

「很少有人知道他也是一個偉大的情人，」羅爾夫補充說。

「你是說他有一個愛情故事？很難相信。」

「他在成為成吉思汗大帝之前，是一個名叫鐵木真的小部落首領，他是通過激烈的戰鬥，擊敗了其他部落首領，來團結和統一東北亞的許多遊牧民族，而成為部落族群的元首。控制和恐嚇是通過展示被擊敗的部落首領的可怕命運來實現的。被擊敗的部落首領會被關在籠子裡，被迫目睹勝利者將他們處決之前，在部落族人面前強姦他們的妻子和女兒。」

卡洛琳說：「歷史書說，蒙古人對他們的敵人非常殘忍。」

羅爾夫說：「西元一一七九年，鐵木真十七歲時，迎娶了幼年時定下的娃娃親，比自己大一歲的孛兒帖。她聰慧賢明，美麗健壯，兩個人情投意合，非常恩愛。在一場早期的部落戰爭中，鐵木真被蔑兒乞惕人部落擊敗，他和妻子孛兒帖兩人都被俘虜。鐵木真被關在鐵籠裡，看著篾兒乞惕部落首領，赤勒格兒孛可將要強姦他的妻子。」

卡洛琳說：「看到自己的妻子被別的男人強姦，肯定是最大的恥辱。羅爾夫，如果有人強姦我，你會怎麼想？」

羅爾夫沒有回答，但是繼續說：「孛兒帖是個非常美麗的女人，被帶到了赤勒格兒孛可面前。他立刻撕掉了她的衣服，一個赤裸而迷人的身體出現在他面前。他很快脫下自己的衣服，從喉嚨裡咆哮著，衝過來。孛兒帖沒有掙扎，他強壯的裸體完全是在興奮狀態。出乎意料，孛兒帖向赤勒格兒孛可敞開了自己的裸體，接受了他，擁抱了他的身體。立刻，孛兒帖把即將來臨的野蠻強姦轉變成了男歡女愛，她迎接他的穿刺，身體配合著上挺。孛兒帖給了他前所未有的歡愉快感。男女兩人已經不是在蹂躪和忍受了，在鐵木真面前，他們的互動是充滿了愛情和溫柔。」

卡洛琳聽得迷住了。過了一會兒，她問：「後來發生了什麼事？」

「孛兒帖開始說服赤勒格兒孛可，說她現在愛上了他，並且希望鐵木真續看著他們做愛，來懲罰他。結果是阻止了鐵木真被立即處決。」

卡洛琳問：「後來，孛兒帖是如何救她的丈夫呢？」

孛兒帖和赤勒格兒孛可成了情侶。她是如此的迷人和可愛，他用盡一切可能的時間和她做愛，她也以同樣的熱情回應。在此同時，她丈夫仍然留在籠子裡。他必須觀看他們的前戲，傾聽他們低聲訴說彼此的愛情承諾，以及她乞求她的新愛人，趕快來侵犯她。鐵木真看著他們長時間的做愛，直到他的妻子把他的敵人帶到了最後的高潮。」

卡洛琳說：「孛兒帖沒有救她的丈夫，她是在折磨他。」

「是的，但是她也在利用她的愛情，麻痹了赤勒格兒孛可的危機感，利用她的身體消耗他的力量。終於製造了機會，讓鐵木真得以逃脫。孛兒帖的丈夫重新組織了他的部族，打敗赤勒格兒孛可所領導的蔑兒乞惕人部落。」

卡洛琳問：「那孛兒帖怎麼了？」

羅爾夫說：「當然，她獲救了。她去探望在過去的幾個月裡，享受過她的肉體和愛情的赤勒格兒孛可。他被綁在籠子裡的一根柱子上，看著鐵木真無情而暴力的在強姦著他哀呼中的妻子。她告訴赤勒格兒孛可，她對丈夫的愛從未動搖過。她的所作所為都是為了要救她的丈夫。帶著令人眼花繚亂但是真誠的微笑，孛兒帖告訴赤勒格兒孛可，他是一個很好的情人。

「對於一個女人來說，將自己的情感用於其他目的並不容易。」卡洛琳回答說：「她可能會陷入愛情的陷阱。」

「我肯定是這樣的。孛兒帖被他臉上痛苦的表情所感動。只有情人才能理解，他的痛苦不是因為看到妻子被強姦，而是因為意識到他失去了孛兒帖的愛情。赤勒格兒孛可的眼睛乞求她，結束他的痛苦。她用溫柔的聲音對他低聲說，她是用她的心和她的身體，真心的愛過他。」

卡洛琳說：「但孛兒帖是真的喜歡赤勒格兒孛可嗎？她能和他達到高潮？」

「她必須這麼做。男人會知道女人是否在假裝。孛兒帖需要每次都達到高潮，否則她丈夫就會被殺。」

卡洛琳說：「如果男人是帶著真的愛情進入她的身體，大多數女人都會情不自禁地達到高潮。只有這樣，他們才能把身心融為一體，成為真正的愛人，就像你和我一樣。否則，就只是殘暴的性交，也稱為強姦。」

「卡洛琳，是的，你已經告訴我很多次了。但我仍然認為我能讓你瘋狂的主要原因是我的持久力和意志力，不是嗎？」

「你的持久力和意志力來自我們的愛情。羅爾夫。不要過度炫耀你的耐力，我知道你很擅長伺候女人，即使我把你緊緊地包起來，你還是能讓我一敗塗地。」

羅爾夫面帶微笑：「所以，你是很喜歡，太好了！」

卡洛琳臉紅了：「羅爾夫，住嘴。我想問你，鐵木真有沒有懷疑過他的妻子？有跡象表明她確實是愛上了他的敵人赤勒格兒孛可。」

「我不確定。也許他們的文化會讓一個女人愛上兩個男人。歷史上有很多這樣的案例。」

過了一會兒，羅爾夫繼續說：「看著他的妻子被鐵木真強姦，孛兒帖大聲的告訴曾將她帶進無數次高潮的赤勒格兒孛可：她要穿刺他。然後就把匕首刺進了他的胸膛。」

卡洛琳說：「如果她真的愛他，為什麼還要去殺了他呢？」

「野心和欲望會激發出很多行動，包括殺戮。一些歷史學家將這一事件描述為孛兒帖表現出對丈夫的忠誠，以及她作為堅定和有能力伴侶的能力。這是鐵木真的生命轉捩點。他找到了一個他不僅信任而且熱愛的人，可以留守下來統治蒙古國土。這使他能夠沿著征服者的道路前進。」

卡洛琳問：「鐵木真和孛兒帖在此之後，還深愛著對方嗎？」

「孛兒帖在赤勒格兒孛可的大營內被囚禁了八個月，在獲救時顯然已經懷孕了。她生下了一個兒子，鐵木真讓他留在家裡，並且把他當作自己的親生兒子對待。成吉思汗大帝一生共有十一個妻子，但是孛兒帖是他的大房。她受到蒙古人的崇敬，在鐵木真成為偉大的可汗之後，孛兒帖被加冕為大皇后。是的，卡洛琳，成吉思汗大帝在繼續擴大他的帝國版圖和影響，但是他和孛兒帖仍然是深深的互相愛著。」

卡洛琳說：「我記得在歷史書中，孛兒帖經常被描繪成一個美麗的女人，穿著白色的絲綢長袍，頭髮上戴著金飾，手持一隻白色的羔羊，騎著一匹白色的駿馬。」

「卡洛琳，你現在明白我為什麼要告訴你這個故事了嗎？」

「是的，我現在知道了。這是一個愛情故事，展示了女人的愛情是多麼的強大。我想你是想告訴我，去和另一個男人有一段戀情，做他的情婦，像我愛你一樣的愛他。但是，羅爾夫，我做不到。我是你的妻子。我不會讓別人給我丈夫戴綠帽子。」

羅爾夫說：「卡洛琳，如果你想救你丈夫的命，你就必須這樣做。你要去愛的那個男人曾經是你的情人，經過這麼多年，他仍然非常的渴望著你。」

她很清楚羅爾夫在說誰。過了很久，卡洛琳說：「你就不怕失去了我嗎？」

「我非常害怕。但是如果我能活下來，我會努力的把你爭取回來。納粹主義是一種疾病，它會被治癒的。這種安排只是暫時的。」

「他曾經因為擁抱了納粹主義而失去了我。如果他決定永遠和我在一起，而放棄他對希特勒和納粹主義的信仰呢？那我可能就回不來了。另外，你怎麼知道他還想要我？他已經結婚了。」

「有人聯繫了他並且進行了調查。赫爾曼・戈林仍然非常渴望你。」

卡洛琳生氣地說：「你去見了海倫，是不是嗎？我敢打賭她一定帶你上了床，擺平了你。一想到你要赤裸裸的在床上伺候一個納粹女人，我就來火。」

羅爾夫沒有回答，而是說：「如果戈林能讓你快樂，那就順其自然吧。我會照顧海蒂一輩子的。」

卡洛琳開始哭了。「哦，羅爾夫，我真的很愛你，你就別讓我為難了，我會死的。」

「不要再想了，不僅是我，海蒂也需要她的母親。」

「羅爾夫，你現在就帶我去床上。」

「我們剛剛才做過愛的。」

「但是我要你再做一次，不要停下來，一直到我死去。」

這是羅爾夫和卡洛琳最後一次做愛。

卡洛琳的熱情如此的強烈，羅爾夫幾乎被熔化了。

第五章：逃亡和毀滅

陸軍中校阿克塞・戈茨是德軍軍事情報局的督察員，被派往馬爾克斯將軍的駐紮地。他是在總部設在慕尼黑的南方陸軍集團完成報到手續。他看上去很聰明，有五十多歲。穿著便服，留著圓潤的海象式俾斯麥鬍子，像是個律師或會計師，而不是軍官。

在戈茨抵達慕尼黑後，他和兩名來自軍事情報局的助手開始遠行，前往外地進行調查工作。在接下來的十二個月裡，他們前往斯洛伐克、羅馬尼亞、烏克蘭、波蘭和白俄羅斯等地。甚至還越過了邊境，秘密進入俄羅斯境內，以拍攝風景照片為由，取得重要的軍事影像。

戈茨的詳細報告很快就接踵而至，他描述了將大量軍事人員和設備從德國轉移到俄羅斯所需的鐵路、公路和補給站等基礎設施系統的需求。馬爾克斯將軍和他的上級霍爾德將軍對戈茨的報告感到非常滿意和高興。

一九四〇年中期，隨著蘇聯和德國在巴爾幹半島領土問題上日益緊張的關係，希特勒似乎認為，唯一的解決辦法就是最終入侵蘇聯。雖然還沒有制定具體的計劃，希特勒在六月裡，曾告訴他的一位將軍，西歐的勝利最終解放了他的雙手，讓他完成了真正的任務，那就是和布爾什維克的共產主義攤牌。

隨著在法國戰役的成功結束，馬爾克斯將軍被派去向希特勒介紹蘇聯最初的入侵計劃。他的第一個作戰計劃命名為：「東方行動草案」。它的目標是減少俄羅斯轟炸機對德國空襲的威脅。

一九四二年的十二月，希特勒收到了入侵蘇聯的最後軍事計劃：「巴巴羅薩行動」。

這是以中世紀，羅馬帝國皇帝腓特烈．巴巴羅薩的名字命名的，他是十二世紀第三次十字軍東征的領導人。根據這一軍事計劃，希特勒發布了《第二十一號元首指令》，命令德國軍隊準備在一九四一年對蘇聯發動攻擊。

德國軍事情報局的阿克塞・戈茨當然是喬裝的羅爾夫。他為準備德國入侵蘇聯所做的工作使他的上級軍官感到滿意，慢慢地得到了國防軍高層的信任。羅爾夫被允許看到一些機密文件，使他能夠更有效地寫他的報告。

《第二十一號元首指令》是他有生以來第一次看到的機密文檔，留給了羅爾夫深刻的印象。這是一個非常周詳的一步步計劃，目的是摧毀蘇聯的軍事力量，征服國家和人民。

當他明白自己成功的隱蔽，而躲開了蓋世太保後的追捕，他感到如釋重負，但是他一直在想著卡洛琳。為了救她，他把妻子推回給她的老情人，每當他想到一個可惡的納粹，每天晚上和卡洛琳睡在一起，享受她的愛情，羅爾夫就痛不欲生，然後就怒不可遏。他意識到，在他發瘋之前，他必須要反擊，否則他也會被毀滅了。

羅爾夫想起了他在瑞士的好朋友保羅，他在幫助海蒂逃脫柏林蓋世太保的追捕時，曾暗示過，他的「特別朋友」將非常有興趣瞭解德國在各方面的活動。德國最高司令部讓他流覽的文件都是貼有「絕密」的標籤。

羅爾夫現在明白，標籤的目的就是要禁止納粹的敵人能夠看到。一個摧毀納粹的方法出現了。由於沒有人被允許從陸軍總部帶走任何機密檔案，羅爾夫不得不拍攝這些文件。

作為一名計量師，他也是熟練的攝影師。他用他的萊卡相機拍下了《第二十一號元首指令》。

羅爾夫的心臟怦怦的跳著，這是他第一次對自己的祖國，希特勒的第三帝國，進行間諜活動。他去了慕尼黑的阿爾卑斯銀行，把照相機的膠片放進了他的保險箱。

不久，阿爾卑斯銀行將膠片和其他的商業文件放在一起，用無需經過蓋世太保檢查的密封袋，交給「傳送員」立即把它帶到了蘇黎世銀行的總部。

令羅爾夫吃驚的是，蘇黎世在三天後就有回音。

它是寫在兩張薄紙上。

第一張紙是由瑞士的一位美國政府官員寫的：「優質的訊息，最高水準的情報。一個感恩的國家要感謝您的勇氣。請繼續努力，但要非常小心。」

第二張紙上寫的是：「我仍然不能告訴你我在哪裡，但你剛才讀到的便條是我老闆寫的。你現在是一個人了，請小心，照顧好自己。」

就像第一條訊息一樣，發送者沒有識別，也沒有簽名。然而，毫無疑問，筆跡是海蒂的。羅爾夫很高興。現在他確信海蒂不僅是安全的，而且為反對希特勒和納粹的組織工作。但是誰呢？是英國？還是美國？

羅爾夫也擔心海蒂是否知道他已經離開了她的母親，卡洛琳她已經成為一個高級納粹的情婦。羅爾夫不想海蒂恨她的母親，所以他必須向她解釋清楚。最後，很明顯的，他寄給保羅的文件已經被立即轉給了他的「特別朋友」，他們發現這些文件很有用，並且還想看到更多的文件。

羅爾夫感到有一絲帶著傷感的喜悅，他的努力抑制了希特勒和巴巴羅薩行動。但是，他是個叛國罪犯嗎？羅爾夫決定繼續他的一人間諜活動。

在接下來的幾個月裡，羅爾夫拍攝了所有經過他辦公室的機密文件，並通過阿爾卑斯山銀行送出去。他的情報被倫敦和華盛頓的官員們認為有很高的價值，而斷定羅爾夫是個有能力的間諜。他們頒佈了一項保護他的命令，如有必要，即刻執行撤離行動。

「巴巴羅薩行動」是人類歷史上最大的軍事行動，涉及的人員、坦克、槍支和飛機超過了以往任何時候在一次進攻中的部署。儘管最初取得了成功，德國的攻勢還是在莫斯科戰役中陷入僵局，並且被蘇聯的冬季反攻所擊退。

到了一九四一年底，德國已經完全失去了攻佔莫斯科的機會，入侵已經使得德國軍隊在戰鬥中傷亡、被俘或失蹤的人數，接近或超過了一百萬人。「巴巴羅薩行動」的失敗，是第三帝國命運的轉捩點。最重要的是，它開闢了東線的第二戰場。

戈林有一個組織，是專門負責收集歐洲各地猶太人的珍藏品，或是在被德軍佔領的國家中，從他們的圖書館和博物館裡，掠奪的藝術品和文化物件。該組織在巴黎有一個收藏中心，僅從法國就有兩萬六千多輛滿載被掠奪物品的火車車廂被送往德國。

戈林多次訪問巴黎，查看被盜物品，並選擇其中專門要運送到他的狩獵小屋和其他家中的物品。

沒收猶太財產使戈林有機會積聚個人財富。就納粹最高領導層而言，戈林有一個競爭對手，就是希姆勒。

他是在一九二三年加入納粹黨，一九二五年加入納粹黨軍。一九二九年，他被希特勒任命為黨軍元首。在接下來的十六年裡，他把納粹黨軍從一個兩千九百多人的一個營，發展成為百萬人的準軍事隊伍，並且直接聽從希特勒的指揮，建立和控制了納粹集中營。

黨軍在成長中，希姆勒開始將其轉變為只有年輕的北歐種族男性的精英隊伍。這項工作是由黨軍的一個新官僚機構，就是「種族問題解決辦公室」來負責完成，他們要決定申請入伍者是否屬於合格的種族。

希特勒任命希姆勒為第三帝國的總司令和全權代表。他是納粹德國最有權勢的人之一，也是對大屠殺負有最直接責任的人之一。從一九四三年起，他既是德國的警察首長，又是內政部長，負責監督，包括蓋世太保在內的所有內外部警察和安全機構。

希姆勒一生都對於神秘主義很感興趣，他解釋日爾曼新教徒的信仰，來促進納粹德國的種族政策，並將深奧的象徵和儀式融入了納粹黨軍。

「阿赫那比」是納粹德國的一個研究所，宗旨是在研究雅利安民族的考古和文化歷史。這名字的意思是「祖先的遺傳」。

最初，「阿赫那比」的官方使命是尋找日爾曼人種族遺產的新證據。它是在一九三五年七月由希姆勒建立，後來又進行了人種實驗並發起了在各地的探險，試圖證明北歐神話中的居民曾經統治過世界。

一九三七年，希姆勒決定，他可以通過調查，證明早期的雅利安人曾經征服過亞洲的大部分地區，包括西元前兩千年左右對中國和日本的攻擊和入侵，以及佛祖釋迦牟尼本身就是北歐亞利安人的一個分支。它提高了「阿赫那比」的知名度。

後來人們擴展了這一理論，認為希特勒的思想體系與佛陀的思想體系是一致的，因為兩者有著共同的遺傳。

希姆勒被亞洲神秘主義迷住了，他在「阿赫那比」的主持下，派出探險隊遠征西藏，研究以「阿赫那比」提出的冰川宇宙學科學理論為基礎進行研究。

他的第二項主要任務是「驗證希姆勒的納粹種族理論，就是一群純種雅利安人已經在西藏定居」。探險隊帶著一本一百零八卷的藏文《大藏經》和《曼陀羅》的完整版本返回德國。

《曼陀羅》是一個幾何圖形，用印度教和佛教的象徵來代表宇宙。其中還包括好幾頁的圖文，描繪居住在喜馬拉雅山的人，如何從事各種男女的親密行為。尤其是希姆勒對藏傳佛教裡，喇嘛們有超強的性慾和能力很著迷。但是，希姆勒最大的野心是成為第三帝國的二把手，並且盼望有一天會接替希特勒成為納粹德國的元首。

他面前最大的障礙是赫爾曼・戈林。

戈林的軍銜比所有其他國防軍指揮官都要高，因為他的英勇服役記錄而受到軍隊的尊敬。所以希特勒已經指定戈林為他的繼任者和副手。到目前為止，希姆勒唯一成功的策略，是說服希特勒把蓋世太保的全部權力從戈林轉移給他自己。他需要找點別的辦法，來徹底消滅戈林。

羅爾夫離開柏林四個月後，海倫安排卡洛琳去見她的初戀情人戈林。

傍晚時分，斯玨勒家的一輛大轎車把她送到戈林的一個狩獵小屋。他已經在門口等著她。兩人看起來都很緊張。他們在寬敞的客廳裡坐了下來，沉默了好一會兒。是戈林先說話：

「我很高興，你決定來看我。」

卡洛琳一開始沒有反應。一兩分鐘後，她說：「請給我一杯水好嗎？」

「啊，對不起。我忘了給你一杯飲料。你想要什麼？咖啡，茶？或者喝點香檳酒、白蘭地或杜松子酒？我去拿給你。」

「僕人不在嗎？」

「他們今天走了，我一個人在這兒。」

卡洛琳抬起頭，注意到他臉上露出尷尬的微笑。然後她記得海倫的主意，是讓她一個人去狩獵小屋。她說：

「請給我一杯水就行了。」

戈林走到酒吧為卡洛琳拿了一杯水，也給自己倒了一小杯杜松子酒。

「如果你改變主意，想要別的東西，」他說，「就告訴我。」

卡洛琳站起來接受他的水：「這就很好了，謝謝。」

戈林注意到卡洛琳穿著一件素色的深色連衣裙，和她的高跟鞋很相配。她脖子上戴著一條明亮的圍巾，展現出她的女性美。他搖著頭說：

「這麼多年來，你仍然很美，很有魅力。但是同時，我變成了一個又胖又醜的老頭子。」

「如果我按照法律的規定，衣服有一個識別猶太人的黃色星星，你還會覺得我很有魅力嗎？」

戈林變得嚴肅起來，他回答說：「卡洛琳，你拒絕我是因為我擁抱了納粹主義，這我理解，我也從沒有責怪你。我也希望你明白，我永遠不會因為你是猶太人而拒絕你。我愛你是因為你是卡洛琳，我仍然愛你。」

卡洛琳熱淚盈眶地說：「請原諒我……」

「你不會要哭吧？」

卡洛琳擦乾眼淚，露出一絲微笑。「不，我不會哭的。我知道男人討厭女人哭泣。羅爾夫就受不了了。」

戈林改變了話題：「你有他的消息嗎？」

「沒有。已經四個月了，片紙隻字都沒有。」

「羅爾夫的舊女友海倫，她是一個很好的納粹女人，告訴我你家所發生的事。我很抱歉。」

「首先，海蒂在蓋世太保來逮捕她之前失蹤了，我想她反對納粹的聲音太大了。後來羅爾夫拒絕和我離婚，並被列入了蓋世太保的名單，將要被送進集中營，所以他也消失了。上周，我去了警察局，他們告訴我，羅爾夫和海蒂仍然在蓋世太保的通緝名單上。所以，我猜想他們沒有被拘留，而且還活著。但是在哪裡？」

戈林沉默了一會兒，然後他看著卡洛琳說：

「我告訴海倫，我會保護你，你可以放心，你永遠不會被送去集中營。」

「你對我真好，但是會不會給你帶來麻煩呢？」

戈林自鳴得意地笑了。他說：

「你將會受到德國空軍安全部隊的保護。蓋世太保是不敢挑戰我的命令，即使是那個白癡的希姆勒也會明白。」

「但是你妻子呢？她不介意嗎？」

戈林用痛苦的語調說：「她為什麼會介意？」

卡洛琳很驚訝，她以戈林記憶裡的溫柔說：「威利，你得告訴我，你的婚姻生活。」

「你剛說什麼？你剛叫我威利！所以，你沒忘記，你曾經給我取的外號。」

「當然。我只有一個年輕時代，而你是其中很大的一部分。我怎能忘記？」

戈林變得很激動：「所以你記得當年我們在一起的時候。聽到你這麼說，我很高興。每當我想起那些日子時，我就想，你一定已經忘記我了。」

「我怎麼能忘記那個殘忍地奪走我童貞的人呢？」

戈林說：「卡洛琳，你得公平一點。我以為你很喜歡的。」

卡洛琳低下頭來，臉漲得通紅。她低聲說：「是的，威利，我沒有忘記，你很溫柔，很有愛心。現在，告訴我你的婚姻生活。」

「我結了兩次婚。你想聽我第一次結婚的事嗎？」

「是的。當我們年輕時，我們會做更多有趣的事。所以，你要從頭講起。」

「我的第一任妻子是來自慕尼黑的卡琳·馮·坎特佐。當我遇見她時，她已經和丈夫分居了，她有一個八歲的兒子。但是我們一見鍾情，然後我們又在斯德哥爾摩碰見了。」

「你是什麼時候娶她的？」

「當我去慕尼黑學習政治學時。卡琳離婚了，和父母住在慕尼黑。幾個月後，我們結婚了。我們的第一個家是在巴伐利亞阿爾卑斯山的霍奇克魯斯，靠近貝里什澤爾。」

卡洛琳說：「你快樂嗎？」

「我想你知道，你離開我之後，我很沮喪。我以為我永遠也不會愛上另一個女人了。但是卡琳的出現改變了一切。結婚後我是個很快樂的人。但是維持了不到十年。我們是在一九二二年結婚，卡琳患有癲癇症和肺結核。她在一九三一年因心力衰竭去世，當時我很哀痛。」

卡洛琳說：「威利，我很抱歉讓你想起了這個悲傷的故事。但你一定已經康復了。」

「是的，我確實是康復了。作為第三帝國的高層領導，我需要出席各種社會活動，需要有一位女主人在場，因為大多數與會者都帶著他們的配偶。我已經記不得細節了，艾美・索尼曼開始扮演這個角色。一件事導致了另一件事，她就成了我的第二任妻子。」

「聽起來，似乎你對身邊的人不太注意，對你的第二次婚姻也沒有經過深思熟慮。」

「卡洛琳，我是沒有。我的工作量很大，壓力大，我喝了很多酒。並且最重要的是，我感到很孤獨。我經常想起你，還有卡琳。」

卡洛琳非常感動：「哦！可憐的威利。為什麼你妻子不好好照顧你呢？」

「讓我告訴你原因，艾美是一位來自漢堡的女演員。她對名聲，燦爛多彩的盛會以及奢華的珠寶抱有很大的野心。最重要的是，她喜歡和富人及有權勢的人在一起。當年我們在柏林舉行的婚禮是件大事。前一天晚上是在柏林歌劇院舉行了一個大型招待會。在招待會的晚上和結婚儀式的當天，戰鬥機群在柏林上空編隊飛行。」

「好吧，為什麼不呢？畢竟，她嫁給了第三帝國的第二大最有權勢的人。」

「的確如此。她改名為艾美．戈林。有人告訴我，她是歐洲最富有和最有權勢男人的妻子。她受到了公眾的關注，享受著奢華的生活方式。我們在奧地利、德國和波蘭擁有豪宅、地產和城堡。她經常帶著一大群隨從去旅遊。」

卡洛琳說：「聽著你談論她的方式，我猜你的第二次婚姻並不理想。」

「卡洛琳，我還不如就告訴你，你可憐的威利，在這婚姻裡所受的苦難。艾美在許多正式場合擔任希特勒的女主人。她一直在大家面前說她是實際上的『第三帝國的第一夫人』」。

「希特勒對此怎麼說的？伊娃・布勞恩又會怎麼說？」

「當然，這造成了這兩個女人之間的仇恨。但是只要希特勒滿面笑容，誰也不敢說三道四。現在，你想知道第三帝國的最高機密嗎？希特勒為什麼滿面笑容？」

卡洛琳什麼也沒說，戈林繼續說：

「在每一次的正式場合結束之後，我的妻子都會留下，不回家。」

卡洛琳問：「你是說希特勒和你的妻子上床了？」

戈林沒有回答她的問題。相反，他說：

「當海倫告訴我，羅爾夫離開了你，而你需要我的保護，不受蓋世太保的傷害，我很高興。最後，你還是回來找我了。」

「威利，我還是羅爾夫的妻子，不是單身女人。」

「你原先就是我的，是羅爾夫把你從我身邊帶走了。」

「不，你說錯了！是你首先選擇了納粹主義，而捨棄了我。羅爾夫是後來才娶了我。無論如何，我是個猶太人，你是納粹黨的高級成員。你恨猶太人，所以我不得不離開你。」

戈林提高了聲音：「你知道那不是真的，卡洛琳，我愛你。」

「我非常清楚的認識你，威利。你這麼說就是因為你想帶我上床，看著我在被你蹂躪的時候，有沒有變的和以前不一樣。」

戈林一聲不響，卡洛琳繼續說：「我知道，你必須遵守你納粹黨的規則。」

「經過這麼多年，卡洛琳，你還是不明白我的內心。我加入納粹黨是因為我相信它是德國的希望，它是唯一能拯救我們國家的政黨，當時德國正慢慢地被我們的鄰國摧毀。我從不喜歡納粹的種族政策。事實上，我和我弟弟對猶太人有著非常美好的回憶。」

「真的嗎？你以前從沒告訴過我。」

「我當時是想把它隱藏起來，」他說。

卡洛琳說：「你現在能告訴我嗎？」

「我們的教父是赫爾曼・埃彭斯坦醫生，一位富有的猶太醫生和商人，我父親在非洲碰到他。我們家很窮，靠著父親微薄的養老金過活。埃彭斯坦醫生很喜歡我們兄弟兩人，他支持我們的教育費用。」

「他是個非常善良的人。你和你弟弟很幸運。」

「成為我們的教父後，他在財政上支持我們，並且在柏林為我們提供了一個家庭住宅。也許是為了報答他的好意，我母親成了他長達十五年的情婦，直到他去世。那期間我和弟弟度過了最好的童年。卡洛琳，我不能對猶太人有任何不好的感覺。我不是那麼冷酷無情的人。」

「啊！威利，對不起，我錯看了你，很抱歉，請你原諒。」

過了一會兒，戈林說：「實際上，我們的教父對我弟弟的影響更大。阿伯特鄙視納粹。他甚至幫助猶太人逃離集中營。到目前為止，阿伯特已經被逮捕了四次，每次我都得去保他獲釋。我知道他經常為許多猶太人提供經濟援助。」

卡洛琳說：「我想見一下你弟弟阿伯特。我也希望你能像你弟弟一樣。」

「有很多人批評我，說我貪婪，從歐洲各地的猶太人那裡，沒收了寶藏和藝術品，並對這事嗤之以鼻。我肯定你也聽說過。是嗎？」

「是的，我聽說了。威利，你為什麼要這麼做？這些東西既不屬於你，也不屬於納粹黨。」

戈林一言不發，因為卡洛琳的反感和強烈的憤怒很明顯。過了一會兒，卡洛琳恢復了他所熟悉的和藹態度。她說：

「拿走別人的藝術珍藏真是太噁心了。也許，你是為了安全起見而收集它們，因為你永遠不知道那些沒有文化的蓋世太保們，會如何處理這些珍貴的藝術品。」

他回答說：「阿伯特也對我說過同樣的話。」

「也許你弟弟更瞭解你。但我知道如果你是像另一個蓋世太保一樣，我是不會像從前那樣的愛你。」

在又一次長時間的沉默之後，卡洛琳繼續說：

「威利，也許你應該為它們整理出一份所有權索引手冊。當合適的時間到來時，你可以把它們物歸原主或是它們的合法繼承人。我相信無論戰爭的結果如何，歷史都會更好的對待你。我知道自從我遇見你以來，你就喜歡藝術。現在我知道，儘管他們是猶太人，你對藝術家也有一顆善良的心。」

戈林笑了：「所以你答應，如果我創建一個所有權手冊，你會像以前那樣愛我嗎？」

他的話再一次使她臉紅了。「我們走著瞧，威利。別逼我。」

「我把各種文件都放在箱子裡，現在已經有很多的箱子是用來儲藏這些與藝術品有關的文件。我要請人把它們整理好，做一本索引參考手冊。但是我信任的人都不是藝術家，也不知道怎麼做。卡洛琳，你是個藝術家，你認識誰會做這件事嗎？」

「這是為保護世界藝術文化而做出的巨大努力。威利，我為你感到驕傲。」

戈林顯然對卡洛琳的讚揚感到高興。

「謝謝你。但你能找個人幫我做索引嗎？」

卡洛琳說：「當然。我知道有一個人完全可以勝任這工作。」

「告訴我是誰，你想這個人願意為我做一份老老實實的工作嗎？」

她臉上露出淘氣的微笑：「現在你仔細聽著，那個人就是我。我很高興能為你做這個工作。」

戈林興奮得站起來，握住卡洛琳的手：「真的嗎？你不是在跟我開玩笑吧？我很高興你願意幫助我。但我必須警告你，藝術品存放在大堂旁邊的倉庫裡。灰塵太多了，你會把自己弄得很髒的。」

「我不在乎，我想看看偉大藝術家的作品。」

戈林握著雙手，渴望地看著她的眼睛：「卡洛琳，我想吻你。」

他靠近她，把胳膊摟在她的腰上。她說：「別忘了，我是已婚婦女。」

戈林收緊雙臂，吻了她。幾十年前的那些感覺突然又回來了。雖然她把手放在他的胸口，抗拒他，但是卡洛琳也張開了嘴，歡迎他入侵的舌頭。熱吻持續了一段時間，然後他讓她喘了口氣，又把骨盆頂著她下身，從喉嚨裡發出低聲說：

「我要你，卡洛琳。我必須在此時此刻要你。否則，我就要爆炸了。」

「我知道，我能感覺到。威利，別過分興奮和激動了，你現在需要冷靜下來。羅爾夫不喜歡你這樣。」

「你離開我的時候我很痛苦。你真的認為這次我會再讓你離開，而不收回屬於我的東西嗎？」

卡洛琳沉重地歎了口氣：「威利，你一點也沒變。你一定要以你的方法和我在一起，並且馬上就要，對嗎？」

戈林感覺到卡洛琳開始屈服了：「對你，這一點，我是永遠不會改變。」

她急忙說：「等一下。我送給你一幅畫，但是沒看見在客廳裡，你不喜歡它嗎？」

「你給了我《女神》。我非常喜歡它，所以把它掛在臥室裡。跟我來，我帶你去看。」

戈林拉著她的手，把卡洛琳帶到樓上寬敞的臥室。壁爐正上方是一幅女人的裸體畫。是畫一個性感的女人，她那勻稱的手臂緊緊的抱著她豐滿而勻稱的胸部，透明如絲的雪紡綢下顯得更是誘人。這位女神就是卡洛琳，她聽到戈林說：

「這麼多年了，我一直在渴望著看看，曾是屬於我的女神真身。」

在畫前，卡洛琳慢慢的脫下了衣服。一位長腿，高個子，柔軟的，但也性感的女人出現了。很快脫掉所有的衣服，赤裸的戈林把卡洛琳推到巨大的床上，他宣稱：

「卡洛琳，你是我的，我愛你。」

在完全的興奮狀態下，戈林穿刺了她，卡洛琳尖聲呼叫，戈林開始用力推進，蹂躪她。她在他的身下呻吟和扭動。戈林感到卡洛琳的腿緊緊的圈在他的腰上，她的胳膊摟住了他的脖子。她那火熱光滑的皮膚和與胸部的接觸，刺激了他身體的核心部位。當她的下腰有韻律的向上推著，來接受他的推進時，戈林感到他已經進了天堂。很快的，他的高潮來了。

恢復呼吸後，他說：「對不起，你太迷人，我失去了控制。」

她溫柔地回答。「沒關係，我很高興你喜歡。」

「讓我下來，我太重了。」

「你別動，威利。我喜歡你在我身體裡的感覺。」

過了一會兒，卡洛琳問：「你真的愛我嗎？」

「卡洛琳，請相信我。我會全心全意的愛你。」

戈林覺得卡洛琳又開始動了，很快的提升了他的快感，他又興奮起來。她用沙啞的聲音說：「威利，請你吻我。」

當她張開嘴接吻時，她又開始了下半身有韻律的上推。隔不久，戈林又完全興奮起來。卡洛琳輕柔的催促他放慢速度，他們的第二次，持續了更長的時間。這對多年前的情侶，終於筋疲力盡。在睡著之前，戈林緊緊的抱者她說：

「卡洛琳，我愛你。不管會發生什麼事，我都不會讓你再離開我了。」

卡洛琳開始為被沒收的猶太人藝術品做索引，她非常喜歡這份工作。她建議戈林，把一些精選的作品陳列出來，供柏林市民參觀欣賞。

在戈林的鼓勵下，一個狩獵小屋被改建成了畫廊。除了藝術家之外，這些作品的所有權也被清楚的註明。

為了紀念戈林的第一任妻子，她把展覽館命名為卡琳館。戈林非常感動，這是他有生以來第一次感到，他最關心的兩個女人也深深地愛著他。因為他不信任希姆勒或其他納粹分子不會再發動另一場反猶太暴亂，來摧毀這間藝術展覽館，所以他派了一支德國空軍安全部隊來保護此地。

卡洛琳找到了一個願意和有能力的助手來幫助她完成索引的建立工作，阿伯特・戈林很不像他的哥哥，是個溫文爾雅，說話溫和的人。卡洛琳喜歡他，而且他們合作得很好。

阿伯特感到她的溫暖性格，意識到她和艾美完全不同。兩人開始談論自己。卡洛琳感覺到阿伯特和他的兄弟之間有一種動態的衝突。一方面，阿伯特對納粹主義的強烈仇恨是真實的；另一方面，他對哥哥的親情之愛也是真實的。是阿伯特首先提出了猶太人的問題。

「卡洛琳，你知道，威利向我提到了你的猶太背景。」

「威利？你是說你哥哥？」

「是的，他告訴我，是你給他取的這個外號，我覺得很適合他。」

「太好了，現在會有兩個人叫他威利。」

阿伯特說：「威利有沒有提到我恨納粹黨，是因為他們的反猶太人的政策？」

卡洛琳回答：「是的，他有對我說過。我還一直在想你們兩個兄弟之間的感情怎麼這樣好。」

「我也在納悶，威利怎麼會成為納粹黨的大人物，因為他是永遠不會仇恨猶太人的。」

「威利說了關於你的猶太教父的事，以及你母親是如何愛上他的。」

「事實上，我們年輕時在日常飲食上還染上了一些猶太教規的習慣，那是我們兄弟最快樂的時光。」

「所以你不奇怪你哥哥和一個猶太女人成了情人嗎？」

「我哥哥是不會排斥猶太人的，但是你的情況不同，很多年前你們曾是戀人。自從我知道了男人和女人是怎麼回事的時候，他就一直在跟我談論你，他從來沒有忘記你。」

卡洛琳改變了話題：「威利告訴我，你和蓋世太保有些麻煩，他還得把你保釋出來。你是幹了些什麼事呢？」

「就只是一些小事，但是蓋世太保們不同意。」

卡洛琳好奇的問：「比如？」

阿伯特說：「我幫助過一些猶太人，逃離了集中營。」

「這不是小事，而是重罪。人們會受到嚴厲的懲罰。」

「對我來說，這是任何人都應該做的事。我哥哥也一定同意我的看法，因為他從未阻止過我。」

「他是個複雜的人。他把你，一個憎恨納粹的人，作為兄弟，我，一個猶太女人，作為他的情婦。但又在同時，他是納粹黨的第二號人物。」

阿伯特說：「卡洛琳，我能問你一個問題嗎？這和猶太人的逃亡有關。」

卡洛琳笑著回答：「當然可以。萬一我遇到了麻煩，威利會來救我的，對嗎？」

「那是肯定的。逃亡的猶太人需要證件。因為不能合法取得，就需要退而求其次，用偽造的。你知道有可靠的證件偽造人嗎？」

「我丈夫羅爾夫認識一位老工匠，以前他是為博物館和收藏家複製古代文獻，這方面做得非常出色。現在他為猶太人偽造護照。」

阿伯特問：「他自己也是猶太人嗎？」

「羅爾夫告訴我，他是一個來自捷克蘇台德蘭地區的人，他的家族世世代代都是工匠。雖然他是德國人，但是很同情猶太人。他做這些事，都只是為了朋友，他是可以信任的。」

「有一對猶太夫婦，丈夫是奧地利科學家，妻子是音樂老師。他們需要適當的證件才能離開德國。」

「他們為什麼不能去奧地利呢？從那離開要容易得多。」

「因為丈夫是能為納粹黨戰爭效力的重要科學家，蓋世太保奉命要阻止他們逃跑，但是允許他們維持體面的生活。因為德國和奧地利的所有進出機場和港口都在蓋世太保的控制之下，他們是需要有適當的證件。」

卡洛琳說：「如果是這樣的話，阿伯特，你把他們的照片給我，我會親自帶到這位捷克工匠那裡。我認為他會替他們製造必要的假證件。」

阿伯特很高興的說：「我會儘快，感謝你的幫助。」

「別高興得太早，雖然我的朋友可以製造假護照，但是他不能做假的簽證，因為簽證上有用手寫的序號。進出口管制的地方，只要查對，就一定會漏出馬腳。阿伯特，你有沒有辦法拿到真正的簽證？」

「卡洛琳，據我所知，有三個地方可以提供簽證。戰爭開始時，日本儘管是軸心國的一部分，也是德國的盟友，它被認為是一個安全的避難所。日本駐立陶宛的領事，會發簽證給任何持有護照的人。他不知道如何辨認護照是真是假，所以一概通發。因此，許多波蘭的猶太人在那裡獲得了簽證。」

「那在柏林的猶太人呢？」

「滿洲國是日本帝國的傀儡國。到目前為止，除了日本，只有德國和義大利提供了外交承認。駐柏林的滿洲國大使館秘書王提夫，會向任何護照持有人簽發簽證，而不提任何問題。同樣，在奧地利被納粹德國吞併後，中華民國駐維也納的總領事何鳳山，開始為任何護照持有人，簽發去向上海的簽證，他已經簽發了上萬份的簽證。」

「看來，如果我能為你拿到假護照，你的科學家朋友和他的妻子應該能拿到簽證了。」

「我同意，卡洛琳。我會儘快把他們的照片給你。」

「現在，阿伯特，我還可以問你一個重要但是敏感的問題嗎？」

「問吧！我一定會回答的。」

「你為猶太人提供的幫助，是你個人的努力，還是你有一夥志同道合的朋友？」

阿伯特突然變得警覺起來：「你為什麼要問這問題？」

「我丈夫羅爾夫和女兒海蒂已經失蹤一年多了。他們沒有一點消息。我非常想念他們。」

「這我能理解。」

「我發現他們仍然在蓋世太保的通緝名單上，這表示他們還沒有被逮捕，也沒有被關進集中營。但是他們還活著嗎？」

阿伯特說：「所以你是想，也許我有朋友會知道他們是否還活著，是嗎？」

「沒錯，我是這麼希望。威利也說，也許你的朋友中，會有人知道如何去探聽這種事。」

兩周後，阿伯特把一男一女的照片交給卡洛琳。

她盯著看了一會兒那女人的照片：

「我想我認識這個女人。她叫什麼名字？」

阿伯特說：「我從未見過此人，對她一無所知。」

「她看起來很面熟。我想我的女兒海蒂和她一起去了海德堡。好吧，我明天把這兩張照片交給那個捷克工匠。」

阿伯特笑著說：「卡洛琳，我有好消息要告訴你。」

「是關於羅爾夫和海蒂嗎？」

「是的，的確如此。白烏鴉說羅爾夫和海蒂都活得很好。」

卡洛琳急切的問說：「誰是白烏鴉？他有說明羅爾夫和海蒂現在是在哪裡嗎？」

「我從來沒有見過這個叫白烏鴉的人，只聽說他曾幫助猶太人逃亡。我的一個朋友遞給我信息，說是白烏鴉特別要我知道羅爾夫和海蒂很安全。很奇怪的是，這是在我放話要找你丈夫和女兒之前。大概是白烏鴉有先見之明吧！」

「感謝上帝，讓我感到欣慰和快樂。我非常感謝你，阿伯特，你是個很好的人。」

卡洛琳又自言自語的說：「他們為什麼不跟我聯絡呢？」

阿伯特說：「顯然，這是出於安全考慮。如果他們聯繫你，他們不僅會讓自己處於危險之中，也會讓白烏鴉，甚至你，都處於危險之中。」

卡洛琳說：「當然，我明白。阿伯特，再次感謝你。如果我能為你做些什麼，請告訴我。」

「對我個人，我沒有什麼需要，但我的朋友們，也許有需要幫忙的地方。」

「這也是來自白烏鴉的信息嗎？」

「是的，白烏鴉問你能否在我哥哥不知情的情況下，從他那裡獲得一些關於第三帝國的執政政策和計劃。」

「阿伯特，你有沒有告訴白烏鴉，我和威利是情人？」

「不，我沒有。但是白烏鴉似乎知道實情。」

「我想知道白烏鴉是怎麼發現我是赫爾曼•戈林的情婦。」

阿伯特說：「我想白烏鴉是個女人，你以前可能認識她。」

戈林深深的愛著卡洛琳，儘管她仍然思念著她的丈夫，偶爾也會和戈林討論羅爾夫的命運，但是戈林似乎並不介意。

戈林喜歡在任何情況允許的時候，都渴望和卡洛琳做愛。戈林是真心的關愛她，處處的體貼著卡洛琳，讓她很感動。卡洛琳並非好色，但是她喜歡親密，渴望她的情人經常愛撫她的身體。

她明白，在羅爾夫不在的情況下，她渴望有一個男人在她身邊，這讓她不可避免地再次墜入愛河。儘管她對背叛丈夫也感到內疚，並且也總是想著羅爾夫，她無法跳出戈林給她的強烈愛情。與戈林談論羅爾夫也減輕了她的內疚感。

戈林明白這一點，這使他更加愛她。但是，當卡洛琳開始為白烏鴉從事間諜工作時，出現了一個轉捩點。

戈林經常在書房工作到深夜。當他累的時候，他會把所有的東西都放在桌上，然後就去睡覺。

第二天早上，他常常不把前一天晚上留下的東西鎖進保險箱，就匆匆趕到辦公室。卡洛琳用她從羅爾夫那裡學到的照相技術，拍攝了戈林留在桌上的文件。

卡洛琳沒有想到，自己會成為盟國的一名情報人員。她的情報是來自納粹領導圈的最高官員，她說服了自己，她和戈林的愛情其實是在為白烏鴉收集抵抗納粹的情報，減少了她良心上對背叛丈夫和熱愛納粹黨徒的不安壓力。卡洛琳在戈林的床上終於被解放了，使戈林像是生活在天堂裡，興奮得使他瘋狂。

戈林知道他是個強有力的情人，女人們在床上會乞求他的憐憫。但是卡洛琳的歡愛是有韻律的，全身的肌肉都是有節奏的扭動，緊緊的包住他，讓他高度的興奮，甚至造成了他的過早高潮。但是戈林不是一個自私的情人，他會用手和嘴，繼續努力下去，直到卡洛琳也達到高潮。

戈林和卡洛琳在二十多年後的重聚，已經發展成為一場轟轟烈烈的婚外情，戈林的狩獵小屋是他們的愛巢，在那裡他們互相享受著對方的身體。也讓卡洛琳有機會拍攝戈林的文件。然而，無可避免的，戈林的妻子艾美遲早會對她丈夫的婚外情不滿，或造成衝突。

一天深夜，戈林回到自己的官邸，驚訝地發現妻子在臥室裡。

艾美先開口說話：「赫爾曼，你看起來很累。是不是你的情婦貪得無厭，要求太多，把你榨乾了？」

戈林回答說：「和你的愛人相比，也許她是要求多了些。」

艾美說：「所以謠言是正確的。她是個性慾旺盛的女人。」

「艾美，怎麼了？希特勒厭倦了德國空軍總司令的老婆，還是伊娃回來了？」

「兩者都不是。我只是覺得，是時候需要討論一下我們的處境了。」

「你是想告訴我，阿道夫終於決定離開伊娃，讓你成為真正的德國第一夫人了嗎？」

「我沒有那樣的運氣。伊娃回家照顧病重的母親，我想她可能已經死了。」

「那你想討論什麼？你想離婚，是嗎？」

「阿道夫知道你有了情婦，但是他明確的告訴我，他不希望我和你離婚。」

「我不明白，阿道夫養了伊娃這麼年，但是一直不娶她，只是一直和你上床，也不想讓你和我離婚，太不合情理了。」

「赫爾曼，如果你答應絕對保密，不告訴任何人，包括你的性感情婦，我就告訴你一個秘密。」

戈林說：「沒問題，說吧。」

「伊娃是納粹黨的寵兒，所以阿道夫不能拋棄她。但阿道夫無法使自己興奮到足以穿刺她，因此他很懊惱。」

「所以他就來穿刺我的老婆，是不是？我敢打賭，可憐的伊娃比阿道夫更懊惱。也許我應該讓她好好的享受一下真正的男人。你可以告訴伊娃，我會有空伺候她，並且提醒她，她和你不同，她不是一位已婚婦女。」

艾美說：「赫爾曼，你真噁心！」

「他媽的，和另一個男人的女朋友上床，絕對不會比給忠心耿耿的同事戴綠帽子，來得更噁心。」

「赫爾曼，請你嚴肅一點，阿道夫也要我和你討論這個問題。」

「現在你想討論什麼？」

艾美走近一點，抱住了他。她用低沉但是很溫柔的聲音說：

「赫爾曼，你知道我一直對你是什麼感覺。我現在所做的都是為了納粹黨和德意志帝國，元首的身心健康必須得到很好的照顧，這樣他才能成為我們的有效領袖。」

戈林笑著說：「從什麼時候開始，我們的虛榮心女王變得如此愛國，甚至願意為元首的福祉，提供自己的身體？我很高興聽到，你對爭取第一夫人地位，不再是優先考慮了。」

艾美對戈林的諷刺評論置之不理，她說：「有傳言在納粹高層流傳，阿道夫聽了很不高興。」

「什麼樣的謠言？」

艾美說：「基本上，謠言是說：因為戈林有了一個情婦，所以他的妻子和元首有了婚外情。」

「這不是謠言，這是事實。他們只是把時間順序搞錯了。但是關於誰和誰睡覺的部分是正確的。」

「你聽我說，這些謠言對元首和我們都沒有好處。元首辦公室和第一夫人辦公室都表示否認。」

「艾美，你不是真的要我放棄我的情婦，而你繼續和你的情人做愛，是嗎？」

「我太瞭解你了，你是不可能放棄你的愛人。我只想讓你明白，不要把她帶到官邸。因為你的身分，人們會來這裡參觀官邸，更可能會有記者在注意你，試圖拍攝你和情婦的照片。這會讓謠言進一步被煽風點火。你一定能理解，阿道夫會非常憤怒的。」

「艾美，我不知道你到底想要什麼。你想隱瞞阿道夫給我戴綠帽，還是我把一個已婚女人當成我的情婦？」

艾美很生氣：「赫爾曼，你想幹什麼就幹什麼，就是別把她帶到這間正式的空軍總司令官邸來。」

戈林說：「好吧，如果我沒弄錯的話，你是要和我做交換。就是你不反對我有情婦，交換我不能帶她進官邸。我親愛的艾美，別忘了，當你背叛我們的婚姻，開始和阿道夫睡覺時，我什麼也沒說。我當然同意不帶我的愛人來這所房子。不管怎麼樣，你還是這所房子的女主人，不是嗎？」

艾美被感動，她擁抱戈林，吻他的嘴：「哦，赫爾曼，我知道你有一顆善良的心，會幫助我的。我非常感謝，阿道夫也會很感激的。」

看著她半開的晨衣和裸露的身體，他說：「我知道他會的，他今晚在等你嗎？」

「他要去慕尼黑視察國防軍的南部司令部，明天才能返回柏林。」

「太好了，你今晚可以住在戈林的官邸了，當你經歷了一個真正的男人時，阿道夫會更加感激你。現在，你把所有的衣服脫下，跟我上床。」

艾美想拒絕，她說：「赫爾曼，求你了。我早上得早點走，他可能會早回來，我還要去打點一下。」

戈林把她按在床上：「你的意思是他會要你去伺候他，是嗎？真不幸，在納粹黨執政之前和之後，我們德國的法律規定，丈夫和妻子有履行婚姻的義務和權力，包括性生活。」

戈林毫不留情的穿刺了他的妻子。第二天早上，艾美光著身子躺在一張巨大的床上，睡得很香。但是她被一隻緩緩移動的手在她光滑如絲的背部皮膚上愛撫而醒了。她開始呻吟起來。

戈林輕聲問她：「艾美，你醒了嗎？」

她的呻吟繼續著，然後她說，「不要停下來。感覺真好。」

「別擔心，我跟你還沒完呢。我們還需要繼續下去。」

「赫爾曼，告訴我。你的女朋友教過你如何做愛嗎？她的床上功夫一定很好。」

戈林沒有回答她的問題，而是說：「從你的尖叫聲來看，你應該感謝她。」

「我沒有尖叫，只是呻吟。我是個女人，我會情不自禁。我問你，你昨晚是不是想謀殺了我？」

「你是什麼意思？我只是在履行我的婚姻義務。從你的尖叫聲來看，對不起，你的呻吟聲，我已經完成了我的任務。」

「那不是一個男人在履行婚姻任務，那是男人為了報復而在蹂躪女人。你只是在無情的穿刺我，我怎麼哀求，你都不停。最後我昏了過去，但是當我醒過來的時候，你還在沒完沒了的享受著我。你昨晚真是隻野獸！」

「艾美，我以為你到高潮時，就會像一條出了水的魚一樣，活蹦亂跳，大聲的呼喊。」

突然，艾美問說：「赫爾曼，現在幾點了？我真的非得走了。」

「艾美，你知道男人的荷爾蒙分泌在早上最高，所以你還需要繼續你的婚姻裡，當我老婆的義務。」

戈林騎上她，從後面穿刺，艾美大聲尖叫，雙手緊握著床單，但是亦步亦趨的配合著丈夫的韻律。

當德國空軍未能阻止盟軍對德國城市的轟炸時，戈林對希特勒的影響力日漸式微。尤其當德國空軍無法繼續補給陷入史達林格勒拉鋸戰的德國地面部隊時，他與希特勒的關係進一步惡化。

戈林基本上退出了軍事和政治舞台，多花些時間與卡洛琳在一起。他們甚至去了巴黎和波蘭的華沙，去清點財產和藝術品的收集情況，其中大部分是從猶太人大屠殺的受害者那裡獲得的。

但是有一個人卻非常密切的注意他，尋找機會把他擠出納粹的統治圈。那個人是希姆勒。

他既是德國的最高警察首長，又是內政部長，負責監督包括蓋世太保在內的所有內部和外部的安全機構。由於希特勒和戈林妻子的婚外情，他想成為第三帝國的二把手的野心似乎是停滯了。希特勒不太可能去激怒他情婦的丈夫。

然而，有一個情況似乎對希姆勒有利。戈林曾多次對納粹的種族政策表示反對意見，首先，許多傑出的德國空軍飛行員都是像他一樣獲得十字勳章的猶太人。相反的，希姆勒在他職業生涯的早期，就已經有了反猶太主義的想法，他欣然接受希特勒在自傳《我的奮鬥》中的宣言，同意種族地位低下的人沒有生存的權利。

大約在一九四一年十二月德國向美國宣戰的時候，希特勒最終決定「消滅」歐洲的猶太人。希姆勒成為大屠殺的主要設計者，並且用他對種族主義，以及納粹思想的深刻信仰，為謀殺數百萬「劣等種族」建立理論基礎，為謀殺行為辯護。

希姆勒建立了殺戮營。作為集中營的促進者和監督者，希姆勒是實際指揮和督導殺害猶太人、吉普賽人，以及波蘭和蘇聯的受害者。

但是最令希姆勒興奮的事，是有人告訴他，戈林身邊留下了一個猶太人情婦。他開始制定一個計劃，促成他實現取代戈林，成為希特勒副手的長期野心。

與他平時的做法不同，戈林沒有提前打電話，就出現到卡洛琳家來。

他顯然非常不安，看上去很生氣。他緊緊地抱著卡洛琳說：「給我倒一大杯威士忌。我需要和你談談。」

看著戈林一大口就喝下了半杯威士忌後，卡洛琳握住他的手，輕輕地把他放在沙發椅上：

「出什麼事了嗎？」

「艾美今早打電話警告我，希姆勒已經告訴希特勒，說我有一個情婦。」

「但是你以前告訴過我，希特勒在睡了艾美時，就知道你有情婦。」

「沒錯，但是他當時不知道你是猶太人。」

戈林對卡洛琳的平靜反應感到驚訝，她只是問：「希特勒的反應是什麼？」

戈林說：「希特勒給了我兩個星期的時間來擺脫你。但是我告訴他，如果我必須離開你，我也會和艾美離婚，理由是她與人通姦。」

卡洛琳說：「你這是在威脅希特勒，他是如何反應呢？」

「他說我和艾美之間的事是我們夫妻的事，他不會管。但是德國空軍司令有猶太情婦就是他的事了。所以希特勒是決定要毀了我，好讓希姆勒得逞。」

「希姆勒想逮捕羅爾夫，還要把我關進集中營裡。」

戈林說：「更糟的是，他是心理變態的人。我在蓋世太保裡的線人告訴我，希姆勒特別喜歡由他自己來執行『歡喜處決』，尤其不放過漂亮的猶太女人。」

「什麼是『歡喜處決』？」

「希姆勒相信性的力量，並且有特別的興趣，當德國空軍研究飛行員如何能在冰冷的水中生存時，他建議用裸體女性來救活飛行員。」

卡洛琳說：「僅此而已嗎？他還對什麼感興趣？」

「希姆勒對亞洲神秘主義著迷。他派『阿赫那比』遠征到西藏，研究雅利安民族，但是真正感興趣的是喜馬拉雅人如何進行各種男女親密行為，尤其是西藏佛教高僧喇嘛的性能力。」

卡洛琳沉默了，戈林繼續說：「西藏基本上是一個農奴社會，統治階級和藏傳佛教喇嘛對農奴有絕對的生殺大權。希姆勒採用了他們殺死叛逆農奴的方法，當農奴，無論男女，被強姦時，強姦犯會慢慢地扼殺他的受害者，就在窒息致死之前，受害者會體驗到性高潮的快感，因此被稱為『歡喜處決』。希姆勒一直喜歡親自執行處決，因為他相信當受害者達到性高潮時，處決者會獲得更多的性能力。」

卡洛琳說：「希姆勒知道你是在保護一個猶太女人已經有一段時間了，他為什麼要等到現在才向希特勒告發你？」

「他最近在一個偶然的場合看見你，發現你原來就是他夢寐想要的，那位卡洛琳・斯玨勒太太，他決定這次不再讓你逃出他的手掌。既然你是我的情婦，他敵人的女人，也是猶太人，他一定會自己動手的。」

卡洛琳說：「希姆勒還想要什麼嗎？」

「蓋世太保已經確定你丈夫羅爾夫還活著，並且隱藏起來了，你的女兒海蒂已經逃離德國。希姆勒命令他的特工們，追捕他們歸案。他很想讓羅爾夫親眼目睹他如何執行死刑。希姆勒是個變態的魔鬼。」

卡洛琳平靜地說：「赫爾曼，希特勒命令你除掉我，希姆勒想強姦並殺了我。你打算怎麼辦？」

「卡洛琳，首先，我要告訴你，希特勒和希姆勒想要的事情是絕不會發生的。我向你保證過，我會保護你不受任何傷害，不管希特勒和希姆勒怎麼說，世界上任何人都不會改變這一點。」

卡洛琳被感動了，她坐在他的腿上，擁抱了他。在一個充滿激情的長吻之後，她問：「所以你有一個計劃，能告訴我嗎？」

「我們不能等兩個星期，必須迅速採取行動。就在明天早上，我需要帶一些政府和納粹黨的官員參觀柏林北部的戰鬥機裝配廠。下午返回柏林之前，我們會在工廠吃午飯，這個活動是很久以前就計劃好的。我們不應錯過這個機會。」

卡洛琳問：「你要我做什麼呢？」

「在離飛機裝配廠不遠的地方，有一個軍用機場，除非有德國空軍司令部簽發的特別通行證，否則任何人不得進入。午飯後，我會在那兒等你。」

「但是我怎麼去那裡呢？希姆勒肯定會讓他的蓋世太保時刻的看著我。」

「那是毫無疑問。明天早上，你要穿上去柏林最大的百貨公司購物的衣著，你需要早點去，這樣你的車子就能停在路邊的顯眼位置等你。蓋世太保們無法跟隨你進入女裝區，所以他們會看著你的車。在適當的時候，一位女職員會帶你去更衣室，換上一套不同的便服。然後她會帶你去地下室，在那裡另一輛車會載你去軍用機場，我會在那裡等你。」

「所以我們會避開蓋世太保，但是你要帶我去哪裡？」

戈林緊握著卡洛琳的手，看著她的眼睛，他用充滿感情的聲音說：

「我們將飛往瑞士開始新的生活。卡洛琳，自從你回來找我，我就意識到希特勒和希姆勒永遠不會容忍我和一個猶太女人住在一起。但是我太愛你了，我不會再失去你的。如果我必須在你和第三帝國之間做出選擇，我會每次都選擇你。」

卡洛琳開始哭起來，無法控制地抽泣起來。她說：

「哦，赫爾曼，我非常的愛你。我們在多年前相識，那時你還很年輕，有很多理想，你把自己奉獻給了德國。你準備為國家犧牲自己。現在你真的為了救我，而放棄你所有的理想嗎？」

「羅爾夫愛你，但為了救你，他把你還給了我。我也非常愛你，我可以放棄德國來拯救你。我知道你仍然深深的愛著羅爾夫，但我只想要你知道，我對你的愛情，並不小於羅爾夫。」

「哦，赫爾曼，帶我去做愛，直到世界末日也不要停住。」

卡洛琳不斷地把戈林帶到天堂，當激情終於消退時，她在他的身下，緊緊的包著他，她的四肢也緊緊的摟住他。

「我認為希姆勒不會輕易放棄。希特勒不會原諒你拋棄他，會讓希姆勒追捕你。」卡洛琳說。

「是的，你對希特勒的看法是對的。我想是你的魅力，激起了希姆勒要睡你的欲望。有人告訴我，他在吹噓說，如果希特勒能睡戈林的妻子，他就能睡戈林的情婦。」

「我知道蓋世太保特工遍佈在歐洲各地。我們去哪兒都不安全。」

「別擔心，卡洛琳。正如我所說，我已經預料到了這一點，並且做好了準備。我們有新的身分證件和必要的文件，又有很多不同貨幣的錢，還有一些值得信賴的朋友。」

卡洛琳說：「我很高興你已經做了周詳的考慮。」

她的聲音沒有歡樂，充滿了悲傷。過了一會兒，卡洛琳說：「赫爾曼，請你再和我做愛吧。」

第二天，戈林在機場等著，但是卡洛琳沒有出現。他給她打電話，她的女僕葛麗塔回答，斯玨勒夫人已經自殺死了，卡洛琳把自己全身浸在浴缸裡，然後割腕。

葛麗塔還說，她給他留了一個信封。

在外信封裡，戈林發現了兩個小信封：一個是給戈林，另一個密封信，是給他的弟弟阿伯特。卡洛琳給他的那封信寫道：

我親愛的赫爾曼，

當你告訴我你打算放棄一切，離開你心愛的德國時，我終於意識到你對我的愛是多麼的深。但現實是我們不能阻止希姆勒和蓋世太保追捕我們。想想他們會如何對我，甚至會對你做的可怕行為，真讓人難以忍受。對我來說，離開希姆勒的唯一方法就是離開這個世界。

我一直想告訴你，有兩個赫爾曼·戈林。一個是軍人，他是德國的英雄，一個非常善良的人。這是我所愛的戈林。另一個戈林是我討厭的納粹分子。當然，我離開這個世界時，是想著我愛的戈林，和他為我生命最後一年所帶來的幸福。

永遠是愛你的，

卡洛琳

伊娃回到希特勒的官邸，接管了帝國第一夫人的職位。艾美被告知不要再踏上總理的官邸。

第二部：
尋找逝去的愛情

第六章：間諜首都里斯本

納粹德國入侵波蘭、捷克斯洛伐克、比利時、荷蘭和法國之後，他們吞併了奧地利，並且開始從空中轟炸英國的城市和工業設施，同時在大西洋以U型潛水艇襲擊英國的運輸補給船隻，及其護航艦隊。

一九四〇年七月，英國成立了特種作戰執行機構（Special Operations Executive, SOE），它的任務是在被佔領的歐洲，對軸心國進行間諜和破壞活動，以及從事偵察和協助當地人民的抵抗運動。它的活動也擴大到歐洲以外所有被軸心國軍隊佔領或攻擊的地區，甚至還包括了在中立國家進行活動，打擊和制止納粹德國的企圖。

因為它在倫敦的地理位置，英國特種作戰執行機構又被稱為是「貝克街的非正規軍」或是「邱吉爾的秘密軍隊」。

該組織在各地維持了大量的培訓、研究、發展和行政中心，加拿大安大略省的奧沙瓦市在安大略湖畔建立了一個突擊隊訓練中心。它位於安大略省的南部，多倫多市中心以東約六十公里。雖然這是個加拿大的官方機構，一些美國軍事人員被秘密派遣到那裡受訓，而當時美國在歐戰是保持中立。

山姆・李在喬治亞州的陸軍基地，本寧堡，完成了為期十二周的美國陸軍軍官候選人學校的培訓課程，被授予了美國陸軍少尉軍官的軍階，他的派令是要他在兩周後到華盛頓的軍事情報部門報導。

山姆回到紐約，在家裡好好的過了兩星期舒適日子，然後在全家人送行下，乘火車到華盛頓報到。山姆接到他的第二個派令，要他在一周內到「協調委員會」的單位報導，他從來沒聽過有這麼一個機構，但是當他看到他需要去報到的地點後，山姆哈哈大笑，因為單位的地址是在紐約市。

它是當時國防部的前身「戰爭部」和美國負責外交事務的國務院，聯合組成的單位，目的是針對正在進行中的歐洲戰爭。

當天晚上，山姆又回到了紐約。一周後，他在「協調委員會」接到了他的第三個派令，他被立刻送往加拿大多倫多市，在那裡有英國特種作戰執行機構人員等待，護送他到了他們的培訓中心，接受特殊的間諜訓練。

由於他的背景和語言能力，山姆被指派為美國駐葡萄牙首都，里斯本大使館的法律事務副領事。

葡萄牙共和國是一個獨裁的政權，雖然官方上它是一個中立國家，但它的政府卻經常被認為是擁護法西斯主義。里斯本被稱為「間諜之都」，因為幾乎所有歐洲國家的特工都會出現在里斯本。事實上，山姆是個間諜。他的責任是監視德國納粹的活動和意圖，特別是收集有關任何打擊英國的情報，包括攻擊英國在北非的行動，以及納粹德國企圖在西班牙和葡萄牙建立基地的計劃。但是在珍珠港事件發生後，德國向美國宣戰。山姆被調任到新成立的戰略服務處。

里斯本美國大使館的新任軍事武官，實際上是美國戰略服務處在葡萄牙的情報站站長，也是山姆的直接頂頭上司。山姆的任務已經不是被動地監視納粹活動，而是積極地阻止伊比利亞半島成為軸心國的一部分。戰略服務處指揮他以里斯本情報站為基地，利用不同的偽裝，對德國的佔領區，有時甚至深入到德國境內進行秘密行動。

在經歷了多次出生入死的近距離接觸後，他成為了一名有能力和經驗豐富的外勤特工，在戰略服務處組織裡，他是以具有創造力和勇氣而聞名。

儘管世界處於混亂之中，山姆卻從未忘記他的初戀，安娜•布門撒。儘管他告訴自己和朋友們，他的青梅竹馬女友已經嫁人，初戀結束了。但是在他的內心深處，安娜仍然是他生命的一部分。

很自然的，在歐洲的猶太人，尤其是德國的猶太人所處的困境對山姆是很重要的。他知道如果安娜和許多猶太人一樣逃出了德國，她一定會聯絡他。他擔心安娜是如何在當前納粹德國的環境裡生存。從他對納粹執行內部安全控制的第一手資料來看，他知道安娜可能無法生存。

山姆在暗中伸出了觸角，搜尋安娜的蹤跡或任何有關她的信息。在一次派往柏林的任務中，他在火車總站的留言板上，以及其他幾個類似的地方，留下了一張卡片。小卡片上寫的是：「尋找安妮塔，請聯繫在莫拉加的羅薩里奧。」

但是在長時間的沉默後，沒有任何反應。他意識到，實際上，安娜可能已經被捕，關在集中營，或者已經被害身亡。山姆陷入了極端的痛苦。

作為一個歐洲的國家，葡萄牙沒有被戰火波及，它最大的都市，里斯本，顯得是一片平靜，同時物質的供應一點都不缺乏。生活用的食品和日用品，在市場和百貨公司貨品架上，還是陳列有大量的銷售品。

當希特勒開始擴張他的納粹帝國版圖時，大量的難民湧入了里斯本。其中的「高級」難民，是指逃離巴黎或歐洲其他地方的美國人。

但是最大的難民群體是具有合法旅行證件的猶太人，他們在等待船位，漂洋過海，去到美國。但是只有四艘輪船有客艙，能夠接受旅客，定期穿越大西洋到達紐約。問題是它們的客艙載客量只有一百二十五人，幾乎是無濟於事。最後，美國國務院徵用了載客量一千二百人的曼哈頓號遠洋客輪，才真正的開始疏散被困的美國人，以及其他的難民。

當然，還有泛美航空公司的水上飛機：泛美快船航班，每週從里斯本附近的水上飛機國際機場飛往紐約。除非是外交官或重要貴賓，否則就是用金錢或是愛情來換取，但也是一票難求。

在第二次世界大戰開始後，這條航線是洲際空中旅行的主要門戶和逃生路線。山姆和其他情報官員的任務是從企圖去到美國的難民中，過濾出納粹間諜。他積極詢問德國的猶太人，尤其是在柏林的猶太人，探聽是否聽說過安娜．布門撒。有一個人回憶起一位猶太婦女最近與一位原子科學家結婚，並受到特別保護，因為她的丈夫對納粹的軍事行動有特殊貢獻。

一九四〇年六月法國向入侵的德軍投降後，赫爾曼・戈林曾建議希特勒佔領西班牙和北非，而不是準備入侵英國。

與此同時，德軍參謀本部敦促希特勒推遲與法國的停戰協定，以便德國陸軍的兩個裝甲師可以長驅直入西班牙，佔領英國控制的地中海戰略重鎮，直布羅陀。然後，就能輕而易舉的攻佔法屬北非。

他們向希特勒提出了一項正式計劃，通過入侵西班牙、直布羅陀、北非和蘇伊士運河，而不是入侵不列顛群島，來切斷英國與她東方帝國的聯繫。

八月份，希特勒批准了奪取直布羅陀的總體計劃。一九四〇年十月二十三日，西班牙獨裁者弗朗哥元帥，在法國距離西班牙邊界很近的亨代耶火車站，會見了希特勒，雙方的外交部長也出席了會議。

主要的討論議題是：西班牙作為軸心國的一員，來參加第二次世界大戰。希特勒的建議是：西班牙應該及早在一九四一年一月就宣佈參戰；而德國的特別部隊隨即進攻並佔領直布羅陀，將它移交給西班牙，收回失土。

但是，弗朗哥對西班牙在內戰結束後，這麼快就讓自己的國家捲入另一場戰爭感到不安，他拒絕了這一提議，強調西班牙還需要大規模的軍事和經濟援助。同時，弗朗哥對德國在英國本土作戰的可能性表示懷疑，弗朗哥認為，即使不列顛群島遭到入侵和征服，英國政府，以及大部分英國軍隊和強大的皇家海軍，可能會撤退到加拿大，在美國的支持下繼續在大西洋和德國周旋。

雖然希特勒同意了弗朗哥的援助要求，他感到非常沮喪。弗朗哥和希特勒在亨代耶火車站簽署了一份備忘錄，內容是：德國將向西班牙提供未指明的經濟和軍事援助，而西班牙將在未來宣佈參戰，攻打英國。

基本上，雙方都沒有得到想要的。幾天後，據報導，希特勒曾對義大利法西斯獨裁者墨索里尼說：

「我寧願拔掉自己的四顆牙齒，也不願再和那個弗朗哥會面！」

因此，儘管西班牙在很大程度上是一個傾向軸心國的政權，它維持了官方的中立。但是德國軍方將領繼續準備對直布羅陀進行大規模軍事行動。一個代號為「菲力克斯行動」的秘密計劃，以兩支德國軍隊穿過庇里牛斯山脈，從法國進入西班牙。一支部隊穿越西班牙，攻擊直布羅陀，另一支部隊保衛其側翼。該計劃還為佔領西班牙在北非的領土做出了詳細的考慮。

美國和英國情報部門從不同的獨立信息來源，獲得了關於秘密計劃存在的情報，並得出了結論。就是納粹德國決定入侵西班牙，目的是控制直布羅陀，然後再控制葡萄牙。

戰略服務處派給山姆的任務是：獲取納粹德國入侵西班牙和葡萄牙的時程計劃，以便制定應對措施。山姆計劃和他在柏林接觸到反納粹份子，請他設法取得他所需的情報。

迪特・厄哈德是德國軍事情報局，又稱為阿布韋的情報軍官。他的任務是為德國用各種方法，進口被同盟國管制，但是急需的戰爭物資。

他的名字出現在德國反納粹抵抗份子名單上，山姆在柏林與他取得了聯繫，發現厄哈德是一名典型的傳統德國軍人，有強烈的愛國主義，在第一次世界大戰，曾為德國立下輝煌的戰功，他是不可能做為德國的叛徒，去為美國從事間諜工作。但是厄哈德非常憎恨希特勒和納粹黨，他在德國軍事情報局，阿布韋的一些同事也是如此。他和山姆已有過兩次接觸，互相幫助，建立了良好的關係和相互信任。

厄哈德把山姆當成葡萄牙商人，山姆把厄哈德當成柏林的進口商。他們兩個都會說流利的葡萄牙語，但是從來沒有拆穿對方的真實身分。

在里斯本，蘇卡咖啡館是在那裡定居的外國人所喜愛的首選。山姆很早就到了羅西奧廣場，但在橢圓形的回轉路上，來回轉了兩圈。只有當他看不到熟悉的車輛時，他才把車停在一個巷子裡，然後下車，在路上漫步，走來走去，看看商店的櫥窗。他走進一家書店，翻閱了幾本陳列的書，同時觀看著在街對面的咖啡館。

在接下來的一個小時裡，山姆非常關注進出咖啡館的人，記住他們的面孔。當沒有人出現兩次時，他迅速離開書店，穿過街道，進入了蘇卡咖啡館。雖然反監視行動花了點時間，山姆還是早到了。他坐在靠窗面向進口的座位上，點了咖啡和一盤美味的法蘭西炸香酥餅。

二十分鐘後，迪特・厄哈德走進來，他打量了咖啡館裡的客人，然後走過來和站起身的山姆握手。

「早安，厄哈德先生，你好嗎？」

「早安，李先生。謝謝，我很好。」

「需要叫一份早餐嗎？」

「我想不用了，謝謝，只要咖啡就行。我看你已經點了一些酥餅。」

山姆叫了服務員，點了杯咖啡，他說：「這些酥餅很好吃，你應該試試。」

厄哈德拿起一個小酥餅放進嘴裡。山姆繼續說：「你什麼時候開始留起鬍子的？」

「我沒留鬍子，這是假的偽裝。順便說一下，我看到你走進咖啡館。」

「是嗎？你是在什麼地方監視？」山姆驚訝地問。

「就是你在的街對面同一家書店。」

山姆再次感受到兩名情報人員之間的友好競爭。厄哈德繼續說：「你的生意怎麼樣？」

「你知道，因為戰爭，生意對我們葡萄牙人很好。」

「哇！這些炸酥餅真好吃。我很高興聽到你的生意情況是很好。」

山姆沒有錯過他的雙重意義：「謝謝你，厄哈德先生。我的顧客們是更高興的。」

「這樣的話，我們就談生意好嗎？李先生。」

「的確，我們是該談談生意了。厄哈德先生，你什麼時候會有更多的生意信息呢？」

「我希望你先說一下，我們上次討論的訂單，我們急著要進口這批貨物。」

「這樣的話，就讓我確認一下，我們商定的價格是否仍然有效。」

「當然，我的上級已經批准了你們每噸一百五十美元的開價。」

「迪特‧埃哈德先生，請您注意的仔細聽。三天前，一艘不定期輪船從巴西的里約熱內盧抵達里斯本港，根據您所指定的規格，裝載了四千噸不同尺寸的橡膠輪胎。卸貨即將完成，您可以憑這些單據取貨。」

山姆把一個大信封推到了厄哈德面前，他在一瞬間目瞪口呆，說不出話來。但是很快就恢復，他說：「你說的是四千噸，對嗎？」

山姆回答說：「沒錯，是四千噸，如果你要求全部貨物，你就欠我六十萬美元。」

看著提單，厄哈德自言自語的說：「這太不可思議了。」

他抬頭看著山姆說：

「非常感謝。你的辦事效率很高，令我佩服。當然，我們是需要全部的貨物，我會馬上安排車輛到碼頭取貨。現在，請李先生告訴我，應該把貨款匯進哪一家銀行？哪一個帳號裡？太好了，有了這些輪胎，我將成為同事們追捧的熱門人物了。」

山姆遞給他一張小紙條：「請寫下你妻子和女兒的生日年月日，然後，把它們重新寫在變位詞中。」

「你的意思是，把數字顛倒過來寫，是嗎？」

「是的，整個十六位數字從後向前寫下。你需要記住它，這是你在瑞士的阿爾卑斯銀行的帳號。」

迪特這次真的驚呆了，他低聲問道：「你是在玩真的嗎？」

「厄哈德先生，我不知道你現在是在想什麼。但如果是關於付款的事，那就讓我這麼說吧：你一拿到貨物後，就立刻將貨款存入阿爾卑斯銀行的數位帳號。你要如何處理這筆款項，完全取決於你，和你的上司無關。」

在短暫的沉默之後，山姆繼續說：

「你不用擔心瑞士的阿爾卑斯銀行，第三帝國利用它們進行許多國際金融交易。他們在慕尼黑的分行，從上到下，完全由瑞士的人在操作。」

「我明白了。對我，這是個極大的震撼，此刻我不知道該說什麼。但是，你必須明白，我是無力償還這筆金錢的。」

「這不是要點，你能告訴我你為我的生意所做的事嗎？」

厄哈德環顧了咖啡館說：「這裡外國人太多了。我的蓋世太保同事們來里斯本，很可能會到這裡來。我們最好去別的地方。」

「好主意。我去付賬單和取車。當你看到我停在前面路邊時，趕緊離開。」

山姆離開蘇卡咖啡館，驅車前往里斯本最古老的阿爾法馬地區。它是面向南方的山坡，從聖喬治城堡一直延伸到塔古河。厄哈德注意到山姆很快就開車進入了狹窄街道和小廣場組成的迷宮。

這裡是有歷史背景的地區，大部分都是住宅和商用混合在一起的建築物，底層一樓是酒吧，餐館，以及許多小商店，播放著葡萄牙風格的「法多」音樂。二樓以上樓層是住宅。厄哈德坐在山姆的車裡，很快的變得困惑和迷失了方向，他能夠清楚的看到有好幾家商店，是已經經過了兩、三次。

「李先生，我們迷路了嗎？」他問。

「不完全是。我很擔心你的蓋世太保同事。我是想讓他們迷路。」

「是個好做法，你已經讓我失去了方向。我注意到，在過去的二十分鐘裡，沒有同一輛車跟在我們後面，我想現在是安全了。」

山姆看了看厄哈德，笑著說：

「是的。那我們就去一個非常繁忙的觀光景點，你的同事們不是觀光客，他們不應該出現在那裡。」

聖喬治城堡是一座摩爾人的城堡，坐落在一座高聳的山頂上，風景優美，可以俯瞰整座里斯本城市。山姆帶著厄哈德去了一家果汁店，點了兩杯飲料。他們坐在樹陰下的一張小桌子旁。

厄哈德看著眼前的景色，深深地歎了口氣：

「我來過里斯本很多次，從沒想過里斯本是一個如此美麗的城市。」

山姆說：「是的，同時它也是個安靜與和平的地方，至少暫時是如此。」

「我想你是很想談生意，是嗎？李先生。你可以告訴你的同事，德國不會攻擊西班牙或葡萄牙。無論如何，在可預見的將來是不可能的。」

山姆很驚訝：「但是，我們有來自多方和可靠的情報，希特勒和德軍參謀本部一致支持入侵西班牙和葡萄牙。希特勒派他的私人代表去會見弗朗哥，希望說服西班牙加入軸心國。幾天前，希特勒在法國和西班牙邊界的亨代耶火車站會見了弗朗哥，就是討論了這個問題，我相信你也參加了。」

「沒錯，你們對事件發生的情報是正確的。但是，內容和結果並不像你們所想像的。」

山姆還是有疑問：「我們知道弗朗哥對加入軸心國的事一直在拖延，所以希特勒決定入侵西班牙。」

厄哈德說：「這就是發生的事情。我的老闆，卡納里斯海軍上將，他是德國軍事情報局，阿布韋，的首腦，也是公認的西班牙問題專家。七月二十二日，我陪同他前往西班牙的首都馬德里，在那裡，他與西班牙統治者弗朗哥將軍舉行了會談。你知道他對弗朗哥說了什麼嗎？」

「我們知道你們會見的事，但我們對所討論的內容一無所知。」

迪特・厄哈德很嚴肅的說：「實際上，卡納里斯鼓勵弗朗哥不要加入軸心國。」

山姆非常驚訝：「你是說，卡納里斯海軍上將，德國軍事情報局，阿布韋，的頭頭，對希特勒不忠？為什麼是如此呢？」

「像我們在阿布韋爾的許多同事一樣，他堅信德國不能贏得這場戰爭。在八月裡，卡納里斯曾秘密的會見了即將成為西班牙外交部長的拉姆塞拉諾，他也是弗朗哥的姐夫。卡納里斯上將敦促他說服弗朗哥不要參戰。」

「這是完全出乎意料。但你憑什麼相信希特勒不會發佈入侵的命令呢？」

「首先，德國的東線戰事，仍然是第一要務。所有資源必須分配給『巴巴羅薩行動』。還有，別忘了卡納里斯是軍事情報部門的負責人。沒有他的積極支持，那些德軍參謀本部的陸軍將領是不會行動的。」

「請告訴我，第十八號元首指令是什麼？」

「那是根據假定，如果英國軍隊將要在葡萄牙獲得立足點，希特勒要求進行的一項紙上作業，研究如何入侵葡萄牙的計劃。這項研究後來成為『菲力克斯方案』，概述了德國對直布羅陀的佔領。」

「我們還聽說有一個『伊莎貝拉行動方案』，可以說說嗎？」

「『伊莎貝拉行動方案』是建立在假設蘇聯解體後，開始實施的一項計劃。目的是為了確保德國在西班牙和葡萄牙的基地安全，來繼續對英國實施扼殺。它與『菲力克斯方案』類似，是針對入侵西班牙大陸，以及佔領葡萄牙，直布羅陀，亞速爾群島，以及佛德角群島的前沿作戰計劃。」

山姆問：「由於蘇聯尚未解體，伊莎貝拉行動方案仍然懸而未決。對嗎？」

「是的，原則上是如此，但是看起來蘇聯是不會因為納粹德國的攻擊而倒下。」

「厄哈德先生，我很高興聽到你說的這些話。這意味著，至少我們還不會看到那些巨大的納粹旗幟在這裡飄揚。但是我不知道我的老闆是否會相信我。」

「嗯，他們一定會有其他情報來源來證實我說的話。李先生，我可以叫你山姆嗎？」

「當然，請隨意。那麼你也允許我叫你迪特吧。」

「是的，你必須叫我迪特。山姆，在我內心深處，我有一件事沒有和任何人提起過，甚至我的妻子也不知道。」

「我在聽。迪特，你說吧！」

「大約是一年前，我們第一次見面，我相信不久之後，我們就發現了彼此的真實身分。你和我是為敵對國家工作的情報軍官，但是我們的相似之處到此為止。你在捍衛你的國家和世界正義，而我為一個正在摧毀我的國家，同時又是非常邪惡的政權工作。作為一個愛國者和一個國家的軍人，我明白，我會在保衛我祖國的戰爭中死去。但是我的家人，他們沒有理由要承受和我同樣的命運。」

迪特的眼睛出現了淚光。山姆沒有和他爭論，而是說：「是的，你有一個非常好的家庭，一個可愛的女兒和一個漂亮的妻子。」

「你看過她們了，什麼時候？在哪裡？」

「在你們全家去柏林公園郊遊時，你們在那小湖邊野餐，你的女兒去餵湖上的鴨子時，我就在附近。」

「所以你曾經監視過我的行動，我沒有注意到，太不夠警覺了。」

「你今天在書店也做了同樣的事。我認為你是朋友，也是敵人，甚至可能是威脅生命的敵人。所以我需要盡可能的瞭解你。我的結論是，你是個優秀的，有正義感和強烈愛國心的傳統德國軍人。你絕對不是德國納粹黨的軍人。而我認為只有你這種德國軍人的存在，德國才不會落入萬劫不復的毀滅深淵。」

「我並不同意你的看法，但是不管怎樣，你的幫助讓我有能力救出我的家人，把他們轉移到另一個國家，安排辦法，讓他們生存下去。你是他們的救命恩人，我會感激你，但你必須明白，如我所說，我此生是無法償還你的，請接受我由衷的致敬。」

厄哈德的眼淚終於流下來，但是他起立，立正，向山姆舉手，行了軍禮。

「迪特，你已經做到了，你不欠我任何東西。我知道你有很好的家庭傳統，你的父親和祖父都曾在德國軍隊服役。但你的情況不同。你自己也說過你在為一個邪惡的政權服務，不值得你為他們犧牲。」

「山姆，你不明白。你知道如果紅軍佔領德國，他們會對我們的婦女做什麼嗎？我別無選擇，只能保衛我的國家和同胞。山姆，你有妻子和兒女嗎？」

「沒有，我還沒有結婚。」

「有女朋友嗎？哦！我想起來了，你說過曾有個猶太人女友，但是她嫁人了。」

「沒錯，但是我們在談論的是你，你有沒有和你妻子談過，把他們送去另一個國家，而你則留下？」

「有的，但她很生氣。我告訴她我要和她離婚，她可以找另一個男人開始新的生活。她搧了我一耳光，一個月都不跟我說話。她不明白我這麼做是因為我愛她。」

「迪特，恐怕你是該挨一巴掌。你有沒有想過？你女兒在沒有她親愛的父親情況下，如何長大？」

淚水又開始從厄哈德的臉上滑落：「是的，我每天都在想，都很痛苦。但是我能做什麼呢？」

「你為什麼不和你妻子討論這個問題？如果你需要我的幫助，你知道如何找到我。」

迪特停止掉眼淚：「我是想和我妻子商量一下，但找不到合適的機會。過去幾個月我的確是很忙，但有了這些輪胎後，卡納里斯會批准我的度假申請。我妻子想帶女兒去海德堡看望她父母。」

突然，山姆急切的問說：「迪特，你熟悉海德堡大學嗎？」

「當然了。我岳父是那裡的教授。海德堡大學，我去過很多次了。」

「真的嗎？太巧了。你知道，也許你能幫我一個大忙。在大學的總圖書館門外，有一個佈告欄。你能幫我在上面放張卡片嗎？」

山姆從上衣的口袋裡拿出一張小卡片，他寫道：

「安妮塔，一、看郵票冊，二、聯繫莫拉加，羅薩里奧。」

厄哈德看了看卡片：「她就是你出嫁了的猶太人女朋友嗎？」

山姆沒有回答，所以他繼續說：「也許這張卡片該放在集中營的佈告欄上。」

「迪特，別太過分了。她的老公是個重要的科學家，雖然也是猶太人，但是在為希特勒賣命。」

「對不起，但這世上充滿了叛徒。我有一件非常重要的事，你一定要注意。」

「請說。」

「戰略服務處在巴黎的二十三號抵抗小組裡，有個叛徒。」

回到大使館，山姆提交了他的報告。

正如預期的那樣，情報站站長對厄哈德所提供的信息表示懷疑。然而，不久之後，美國和英國情報部門都收到了來自其他來源的相同情報。顯然，在接到卡納里斯的報告後，希特勒決定取消了「菲力克斯行動」。他的失望反映在給墨索里尼的一封信中，希特勒寫道：

「我擔心弗朗哥在這裡犯了他一生中最大的錯誤。」

有進一步的信息顯示，西班牙在柏林和羅馬的大使們，都做了努力，建議西班牙政府改變立場。但是弗朗哥以剛剛結束的西班牙殘酷內戰為理由，導致了不穩定的經濟狀況，以及元氣大傷的軍隊為藉口，堅持不改變。

這件事成為納粹德國未能征服整個歐洲的最大理由之一。

山姆被提升為少校，並被授予行動小組的指揮權。但他並不快樂。這意味著他必須花更多的時間在戰略服務處的倫敦總部，而不是每個週末都能在里斯本北部，大西洋岸邊的羅薩里奧家宅中度過。

第七章：巴黎抵抗軍的光輝

一九四〇年六月法國戰敗，當時大多數法國人都認為德國將贏得這場戰爭，而任何方式的抵抗都是徒勞無功。但是當巴黎人第一次看到艾菲爾鐵塔上懸掛著巨大的納粹旗時，都無法克服內心中的震驚。

到了一九四〇年的夏末，法國的建築物被重新命名，書籍被禁止，藝術品被偷運到德國，這些標誌著法國的固有文明在消失，法國人開始懷疑，是否法國也將隨著消失了。根據停戰協定，法國必須逮捕那些在二十世紀三〇年代逃到法國的德國和奧地利人，其中大部分是猶太人，或是被納粹的種族政策剝奪了人權的少數民族，這些人被關進了指定的集中營。

法國的抵抗運動是在一九四〇年的夏天開始時，當時僅限於切斷德國佔領軍的電話線，在他們的海報上塗鴉，切破德國軍車輪胎和類似的等等活動。

另一種抵抗形式是發行地下報紙及秘密的傳送，基本上都是消極式的抵抗。當特種作戰執行機構在英國成立時，邱吉爾發佈了一項「燃起歐洲戰火」的命令，特種作戰執行機構開始為抵抗運動提供寶貴的支援。

從一開始，法國的抵抗運動就吸引了各路人馬，包括了政治觀點各異的團體和個人。但是一個主要的問題，就是這些人都沒有任何軍事行動的經驗。

唯一的例外就是曾經參加過西班牙內戰的退伍軍人，他們是戰敗了的共和黨支持者，因逃避弗朗哥的法西斯政權而移民到法國。

他們大約有六萬人，先後投入了法國的抵抗運動。雖然他們有受過軍事訓練，也有實戰的經驗，但是由於缺少槍支彈藥，不可能發起武裝抵抗。

在德國發動了「巴巴羅薩行動」入侵了蘇聯之後，史達林呼籲共產國際對納粹德國發動革命戰爭，一夕之間法國共產黨突然採取行動，進行抵抗運動。

在此之前，因為蘇德友好條約的存在，法共份子一直拒絕進行抵抗。因為共產黨黨員習慣秘密行動，並且紀律嚴明，其中也有不少是曾經參加過西班牙內戰的退伍軍人，他們在法國的抵抗德國運動中，發揮了非常積極的作用。

在巴黎的法國情報局是由法國軍官和公務員組成，雖然名義上是隸屬於納粹德國的傀儡，維希政府的領導，但實際上它仍然忠於盟軍，收集德國的情報，並與英國和波蘭的情報機關保持聯繫。

一九四一年十二月，它的首席主管，雅克・阿圖伊斯，被納粹的蓋世太保逮捕並立刻處決。但是繼任主管，仍繼續向流亡英國的自由法國領導人提供情報。它成為盟國在法國最有效的情報來源之一。

法國淪陷之初，許多鐵路工人就開始進行了抵抗活動。他們幫助那些被困在法國的英國、比利時和波蘭士兵，繼續與法國士兵一起戰鬥，同時幫助他們從佔領區逃到西班牙，成為難民。鐵路工人也成為在法國各地運送地下報紙的主要成員，山姆的好友馬修也是其中的一員。

他和女友葛蓓蕾從海德堡大學畢業後，就回到巴黎，結婚成家。他們集合了幾個志同道合的朋友，成立了小組，一同進行抵抗德國的活動。

一九四一年十二月，日本偷襲珍珠港後不久，德國向美國宣戰後，美國戰略服務處積極的加入了支援抵抗運動的任務，山姆被指派擔任參與主要的活動。他找到了海德堡大學的老同學馬修和葛蓓蕾，把他們的小組納入了美國戰略服務處的組織，小組的密碼代號是「二十三號小組」。山姆除了為小組提供經費和急需的物資外，他花了很多時間訓練小組成員，成為有效的「間諜」。在葛蓓蕾的請求下，他安排了特別訓練，使她成為一名優秀的「無線電操作員」，並且為她建立了電台，可以直接和倫敦的美國戰略服務處總部聯絡。

三月初，美國戰略服務處召集山姆到倫敦，告訴他有一項緊急任務。德國軍備研究機構的一位高級科學家失蹤，奧托．內特曼博士是納粹德國先進雷達的主要研究人員。從法國傳來的情報表明，內特曼博士是藏匿在巴黎，他希望投奔盟軍，同時他攜帶有德國最新的雷達設計藍圖。

山姆的任務是：立即前往巴黎尋找到內特曼博士，核實他的真實身分，證實他的意圖和雷達設計藍圖。如果全是屬實，就將藍圖送回戰略服務處，同時盡速安全撤離這位德國科學家。

此項任務是盟軍的最高優先級別，也就是說山姆可以調用所有可用的資源。經過詳細的分析和討論，他制定了一個計劃，但他沒有把它寫在紙上。山姆的團隊裡，有好幾位法裔美國人，會說一口流利的巴黎法語方言。他選擇了兩個最有能力的隊員，金．皮爾艾文和諾蘭．馬克辛。他們在動身去巴黎之前，花一周的時間將所需的文件和各種設備及用品都準備齊全。

由於緊急情況，美國戰略服務處通過英國特種作戰執行機構安排，計劃將他們直接以秘密空運接駁通道，送往巴黎。

在德國的軍隊以閃電戰術取得勝利後，法國被分為北部的「佔領地區」和南部的「自由地區」。當時，法國和德國都認為這只是暫時的安排，只會持續到英國被迫和德國達成協議為止。因此這些安排是因為迫在眉睫的需求。例如，法國士兵將繼續作為戰俘，直到停止一切的敵對行動。

「法國軍事管理局」是納粹德國為了管理法國北部和西部沿海地帶的佔領區而設立的。為了取代解散了的法國第三共和國，成立了納粹傀儡的「維希政府」，它的國家主權僅限於南部的「自由地區」。

它的政府坐落在奧弗涅的維希溫泉小鎮，因此它更常被稱為「維希法國」。被佔領的地區包括法國東北部和整個大西洋海岸，成為「禁區」。這是流離失所的難民被禁止返回的地區，因為納粹有計劃將由德國雅利安人移居此地。

英國皇家空軍建立了一個新的特殊任務中隊，代號是「一三八中隊」。它的主要任務是和法國的抵抗組織保持秘密接觸。所使用的主要飛機是韋斯特蘭飛機公司生產的萊桑德飛機，原本的設計是根據英國陸軍所要求的「合作與聯絡」用飛機。它的超常短距離起降性能，以及外野運作的適應性，吸引了情報機構的興趣，能夠滿足秘密任務需要在敵後使用短距離跑道起降，甚至無準備的非機場野地。

萊桑德飛機可以從空中運送或撤離在歐洲大陸的特工，或者找回被擊落但正在逃避被納粹抓捕的盟軍機組人員。特別是在被佔領的法國，是「一三八中隊」最繁忙的活動區。萊桑德飛機為了特別任務，在左舷安裝了一個固定的梯子，讓搭載人員快速進入後駕駛艙，又在腹部下方安裝了一個大的副油箱，來增加航程。為了隱蔽，機身漆成啞光的黑色。在除了地圖和指南針以外，沒有任何導航設備的情況下飛行，所有的任務幾乎都是在滿月的一周內進行，月光成為必不可少的導航及尋找落地點的條件。

「一三八中隊」的基地是設在坦普斯福德的秘密機場，但他們使用常規的皇家空軍機場在穿越敵後前加油。「一三八中隊」取得了「空中計程車」的外號，它成為從敵後逃生者的救命恩人。

在它的任務中，最危險的時段就是在敵後降落和起飛的短短幾分鐘，除了面對可能的德國士兵和安全人員的追捕外，最大的危險是來自伸手不見五指的黑夜，和起降地點的未知情況。往往四、五個手電筒是唯一的地面照明，雖然黑夜提供了隱蔽，也帶來了危險。

山姆和他的兩名美國戰略服務處團隊成員，金・皮爾艾文和諾蘭・馬克辛在英國特種作戰執行機構總部與皇家空軍特別任務「一三八中隊」執行官，埃德加・戴維斯上尉，安排了一次會面。

在會議上，詳細的說明了「特工運送程序」的細節。由於目的地是巴黎，戴維斯上尉建議在一個位於巴黎西郊，特拉普斯鎮外的一塊田地為著陸點。會後，山姆請戴維斯上尉共進午餐。地點是在豪華酒店薩沃伊的一家餐館。

當美國參戰後，薩沃伊酒店的生意就興隆起來，成為美國官員、外交官、記者和其他人的常聚之處。山姆點了最貴的牛排和一瓶紅酒。戴維斯上尉說：

「李少校，我從來沒想過我會在薩沃伊餐廳，吃我一生中最大的牛排。」

山姆笑著說：「我們先吃吧，然後你可以告訴我你喜歡不喜歡。」

「是的，但是出於某種原因，我覺得這頓牛排不是白吃的。李少校，您要我幹些什麼，就吩咐吧！」

在他們吃了一頓豐盛的午餐後，山姆開始轉入真正的話題。

「在你們最近的任務中，有沒有碰到什麼困難？」他問戴維斯。

戴維斯在回答之前喝了一口咖啡：

「既然你們是美國戰略服務處，同時英國特種作戰執行機構已經向我們保證你們沒問題，我就實話實說了。我們最後的三次任務都失敗了。在這三次降落時，德國軍隊已經埋伏在等我們。我們不得不中止任務，夾著尾巴逃跑，幸運的是，我們沒被抓住，但是也就只是毛髮之差。可是在等待我們接運的地下特工，都被敵人抓獲了。」

「戴維斯上尉，是發生了什麼情況嗎？」

「顯然有叛徒洩漏機密。就不知道是在我們這邊，還是在法國的抵抗組織。」

山姆想起了迪特・厄哈德告訴他，有關內部叛徒的情報，但是他問說：「你們有進行調查嗎？」

「從行動上講，我們中隊除了和特種作戰執行機構單線聯繫外，是完全孤立的。除非是通過他們，我們甚至不跟你們美國戰略服務處聯繫。我們進行了全面徹底的調查，沒有發現任何洩漏。」

山姆說：「我最擔心的是法國的抵抗組織，他們對內部安全的觀念是很薄弱的。」

突然，戴維斯上尉站了起來。山姆轉過身來，發現首相溫斯頓・邱吉爾在他們身邊，手裡拿著他標誌性的雪茄。山姆也跟著站了起來，恭敬的立正。

「二位請放鬆吧！我聽說你是美國戰略服務處的山姆・李少校，而你一定是一三八中隊的飛行員，埃德加・戴維斯上尉？」

「是的，首相先生。」他們幾乎同時回答。

「我剛聽說你們將開始一項艱巨而危險的任務。我不曉得要如何更強調這項任務的重要性，我們非常迫切的需要這份雷達設計和它的藍圖，我們需要它來縮短戰爭，來拯救生命。」

一位政治領袖這樣對山姆講話，使他很感動：

「首相先生，我們非常理解，我們將盡最大的努力完成任務。」

戴維斯上尉接著說：「當然，首相先生。我們一三八中隊會安全的接運李少校和他的戰友，帶回那些藍圖。首相先生，請不要為我們擔心。」

邱吉爾用他深沉莊重的聲音宣佈：

「在這種情況下，請允許我代表我熱愛的英格蘭和她的人民向二位表示，一個感恩的國家將永遠虧欠你們這些勇敢的年輕人。而我自己也會在這裡，點了牛排和一瓶紅酒等你們回來。先生們，就請繼續用餐。」

他轉身離開，在他身後的安全人員緊隨著。過了一會兒，山姆說：「他總是這樣跟你們說話嗎？」

戴維斯說：「去年他來到一三八中隊，和我們一起吃了一頓肉餅午餐。」

「你很幸運。我從沒機會和我的總統交談。戴維斯上尉，你剛才在說什麼？」

「李少校，我們在討論如何抓捕叛徒，阻止洩密。也許我們應該設個陷阱來抓他？」

「好主意。我會和我們的人談談。我們也可能需要你們幫忙。」

「沒問題，李少校，有什麼需要，就告訴我們。還有別的事嗎？」

山姆嚴肅地說：「是的，我有一些重要的問題，你們說過，為了導航，你們總是在滿月期間執行任務。但是在沒有月亮的夜晚，你們可以出任務嗎？」

「無論有沒有月亮，夜間飛行都沒有問題。一旦我們有了目的地的座標，我們就可以到達目的地。問題是著陸地點。在落地前，我們需要目視觀察地面，以便著陸和滑行。所以我們需要月光。星光的亮度是不夠的。」

「如果你第一次去一個新的降落點，目視觀察地面是非常重要的，正確嗎？」

「是的，李少校。與多數人的普遍理解相反，飛機的結構是相當脆弱的。當飛機撞到地面上的障礙物，如坑洞、岩石、小溝渠，甚至樹枝時，很多時候，飛機都可能會受到嚴重損壞。」

「如果落地點有接待人員，能夠避免嗎？」

「如果他們能照亮了著陸點，我們可以避開這些障礙物。我的意思是真的把它照亮，讓我們在空中就能事先看見，而不是等到了眼前才能看清楚，這和開汽車不同，可以在最後時刻閃躲。幾個手電筒的亮度是不夠的。此外，地面人員如果能夠在我們著陸前，就引導我們進入正確的下滑航線，那就肯定能萬無一失了。李少校，您是不是覺得我們要求的太多了？」

山姆說：「我不這麼認為，戴維斯上尉，你別忘了，我們是你飛機上的乘客，我們絕對不希望你出意外，這是肯定的。稍後我會再回來討論我們任務中的細節，告訴你，我們如何的完成你的要求，我認為確保安全是最重要的。」

三天後，山姆乘坐英國海外航空公司的班機，從倫敦飛往里斯本。在美國大使館裡頭的戰略服務處，情報站的站長和同事們，向他做了詳細的報告，說明了德國的雷達專家，奧托·內特曼博士下落的最新進展。

根據所得到的情報，有一名從德國逃亡出來的男子，已經與一個巴黎的地下抵抗組織取得了聯繫，但是還不清楚是哪一個抵抗組織在隱藏他。美國戰略服務處「二十三號小組」發出了密電，說明他們已經獲得了幾個關於內特曼博士藏身之處的線索。

與此同時，納粹的蓋世太保在巴黎的總部發出宣佈，任何有關內特曼博士下落的信息提供者，都將得到鉅額獎金。

第二天，歐洲週刊的記者山姆·馬丁先生從里斯本飛往馬德里。到達後，他去了火車總站，買了一張去巴黎的頭等快車票。

馬丁先生實際上是山姆·李少校。儘管這不是他第一次進入敵後執行任務，但是他在越過納粹蓋世太保守衛的邊界時，還是感到緊張，因為他相信德國的安全部門，現在一定會有一個關於他的大檔案。實際上，邊境城鎮是一個叫做伊倫的村莊，在古老的巴斯克語言裡，意思是「設防的城鎮」。兩個方向的來往乘客，都必須通過火車站的檢查站。在到達邊境站之前，列車員從頭等艙乘客那裡收集了所有的護照，並告訴其他乘客準備帶著行李下月台。

車站月台上有一張長桌子，有四把椅子，坐著兩名蓋世太保警官和兩名西班牙邊境警察。平台兩端站著大約十二名攜帶衝鋒槍的德國士兵。乘客們帶著行李下了車，在長桌前的黃線上排隊開始接受檢查。

由於乘客們正進入一個被德國人佔領的法國地區，這條線路移動得很快。檢查站的主要目標是制止違禁品，如槍支武器等。檢查只包括簡單地看一下打開的行李和護照。但是，對於從法國出來的人，這一過程是完全不同的，在法國，乘客中不可避免地會包括那些在通緝名單上，但是試圖逃離納粹的人，檢查站的主要目標是抓捕逃犯。

面對德國蓋世太保官員和西班牙安全官員，許多乘客認為後者比真正的納粹更要「納粹」。對於去法國的頭等艙乘客，手續比月台上的要簡單得多。列車員帶了兩名警官到頭等艙檢查。山姆的手提箱和一個行李箱已經打開，一份巴黎佔領管理局發給歐洲週刊記者的邀請函副本攤開在上面。蓋世太保官員問：

「請問你帶這些食品和雜物去巴黎，是有什麼用途？」

山姆冷笑著回答說：「我們在巴黎辦事處的同事們，有時候非常饑餓。」

列車員將護照還給了頭等艙的乘客後不久，火車就響起了一聲長長的汽笛，然後慢慢地駛出了車站。幾分鐘後，當火車進入了被佔領的法國國土時，美國陸軍少校山姆・李，在他的薪餉裡，除了基本的工資外，開始賺取危險任務補貼獎金。

特快列車降低車速，穿過了壁上有藍色瓷磚的白色隧道，進入了巴黎的里昂火車站。來自里斯本的記者山姆．馬丁，似乎是一位經驗豐富的旅客，他提著旅行箱，很自信地朝車站出口走去，後面跟著一個紅帽子搬運工提著一個行李箱。一輛計程車停在車站外的路邊，搬運工把行李放進了車後的行李箱。付給了紅帽子搬運工的費用後，山姆進了計程車，告訴司機開往第十一區的東方飯店。位於塞納河右岸的第十一區是人口最密集的市區之一，不僅是在巴黎，也是歐洲任何一個城市裡最擁擠的市區。但是這裡也是一個多姿多彩，引人入勝的地方。

它的西邊是共和國廣場，與巴斯底廣場相連。在這個地區到處都是時尚的咖啡館，餐館和各種夜店，但是也能找到一系列的精品店和畫廊。它的東面是一個居民區，有大型市場和兒童公園。伏爾泰大道和帕門蒂爾大道周圍的地區是當地社區較為活躍的十字路口。

東方飯店是個五層高的建築物，坐落在林蔭大道上，旁邊是一條小胡同。酒店的側門直接通向小巷裡，那裡是像迷宮般的住宅公寓和小商店，在那裡人們很容易迷失，這是山姆選擇這家酒店時的一項安全考量。

酒店有一家簡單的旅館，一個接待客人的小櫃檯，除了大廳，酒店還有一家餐廳、一家咖啡廳和一家小商店，在底層出售各種商品。山姆的房間在三樓樓梯旁，房間面向林蔭大道，相當寬敞。到達後，他整個下午都在附近的街道和小巷散步，他也坐在酒店對面的一家咖啡館裡，喝著咖啡。山姆是在讓自己熟悉周圍的環境，同時確保自己沒有受到監視。

第二天，山姆去到巴黎市的新聞辦公室領取了外國通訊員的採訪許可證。他給出的理由是為了要寫一系列，關於巴黎居民在新政府統治下的感受。第三天，山姆開始了美國戰略服務處的任務。

巴黎的勒波傑機場是在市區東北部，大約七英哩的地方。它是從一九一九開始商業運營，一直到一九三二年奧利機場建成後，它是巴黎唯一的機場。一九四〇年六月二十五日，阿道夫・希特勒在他的親信阿伯特・斯皮爾的陪同下飛抵勒波傑機場，這是納粹德國的領袖第一次也是唯一一次的巴黎之行。

現在，山姆穿著藍色棉布襯衫，沒有領帶，穿著燈芯絨夾克，深色褲子，戴著尖頂帽子，帶著他的旅行箱，從東方飯店搭車來到了機場。他需要觀察，有什麼人會來迎接從里斯本飛到巴黎的何塞・巴羅梭。

德國漢莎航空公司的航班，是當天唯一從里斯本飛來的航次。航站樓是在一個巨大的單層建築裡，和飛機庫沒什麼不同。一邊是各種航空公司的售票處，另一邊是各種商店，咖啡廳和自助餐廳。中間區域有成排的長椅供等候的乘客使用。其中還有一個供人們站立的地方，包括一個販賣報紙、雜誌和香煙的雜貨小亭。

山姆在自助餐廳用餐，但是他的注意力不在他面前的食物上。他掃視機場大廳裡的人，注意出入大門的人，他一點也不驚訝地發現他在海德堡大學的同學和最好的朋友馬修，走進來站在大廳中央的雜貨亭旁邊。

馬修是美國戰略服務處第二十三號抵抗小組的負責人，直接受美國戰略服務處的指揮和支援。當然，山姆是他的單線領導和聯絡人。這個小組還有一個無線電台，可以和倫敦的美國戰略服務處保持直接的無線電通信。電台的操作員就是葛蓓蕾，她也曾在德國的海德堡大學念書，是安娜的好朋友。在德國入侵法國之前，她回到巴黎，和多年的男友馬修結婚，安娜還從柏林趕來參加他們的婚禮。

葛蓓蕾已經發了密電到倫敦，確認接到了何塞•巴羅梭將要抵達巴黎的信息。馬修和葛蓓蕾都明白，巴羅梭是山姆的化名。所以山姆一直期待馬修會出現在機場迎接他。當機場的擴音器宣佈漢莎航空公司從里斯本飛來的航班即將抵達時，山姆終於看到了他所期待的人。

四名男子進入機場，兩名身穿蓋世太保制服的軍官進入到檢查站，兩名身穿便服的特務在門口就座。山姆注意到馬修也正在密切注意他們，明顯的變得緊張起來。突然，馬修快步走出機場，但令山姆吃驚的是，他又很快的回來，只是身上多了一個背包。他坐在咖啡店外面，但是看得出來他是坐立不安，非常緊張。

終於擴音器宣佈漢莎航空公司從里斯本起飛的航班已經著陸。在接下來的一個小時裡，乘客們帶著他們的行李慢慢地走到大廳檢查站。他們遇到了親人和朋友，在擁抱或握手之後，陸續的離開了機場。

山姆再次注意到，兩名便衣特務在注視每一位到達的乘客，他們手中沒有拿著任何照片或文件。他的感覺好多了，因為很顯然，派來抓捕他的蓋世太保特務們，只知道他的「巴羅梭」化名，但是還沒有取得他的照片。

等候的人群很快的消失，山姆注意到馬修已經移位到咖啡店。最後的旅客出來了，兩個穿制服的蓋世太保軍官衝了出來，年長的一位揮舞著他的手，在激動地說話。從他的手勢可以推想出，顯然是沒有找到他們的目標。馬修鬆了一口氣，他又點了一杯咖啡，當有人突然坐到他旁邊時，他嚇了一跳，差點讓咖啡噎住了喉嚨。

山姆說：「馬修，是我，別緊張！」

馬修說：「我的老天爺！你差點讓我心臟病發作！你知道嗎？這些天，我們是生活在心驚膽戰、風聲鶴唳的日子裡。」

山姆急不可待地說：「我知道，快點走，機場太暴露了。」

馬修帶著山姆走去停車場，他有一輛破舊但是保養得很好的雪鐵龍，馬修開車，山姆注意車後是否有跟蹤監視的車輛，在行駛了一段路程後，山姆說：

「看來，你還沒成為蓋世太保的目標。」

在確認他們沒有被跟蹤，山姆問：「你有任何關於安娜的消息嗎？」

「什麼消息都沒有，也沒有任何相關的間接蹤跡。也許葛蓓蕾可能會聽到些事情，你得去問她。」

山姆感到有點奇怪，如果葛蓓蕾聽到關於安娜的消息，難道不會告訴馬修嗎？但是馬修開口了：「我們接到密電，說你會從里斯本飛到巴黎。你是什麼時候到的？」

「我是兩天前從馬德里乘火車到巴黎的。」

馬修問：「那你為什麼來機場？」

「我想看看除了你之外，誰還會來接我。」

馬修恍然大悟：「美國戰略服務處知道了我們有安全問題，所以派你來設下圈套，找出叛徒，是嗎？」

「我們已經得到了情報，在整個抵抗組織裡，有叛徒存在。好幾個抵抗小組已經被摧毀了。最近幾次的人員投送和撤離，都因為遭遇到埋伏的德軍而失敗，我們的損失實在太大了。」

「你們是從哪裡得到，說我們內部有叛徒的情報？」

「在柏林的德國軍事情報局，阿布韋，我們有個臥底。」

「所以，你認為情報是很可靠的。找到任何線索了嗎？」

「當然，我發現你沒有串通蓋世太保，企圖在機場抓我，這說明叛徒是另有其人。」

「山姆，你他媽的真夠朋友，居然懷疑起我是叛徒了。」

「你很驚訝嗎？這是所有的作戰組織，為了確保內部安全，必須執行的標準程序。首先把頭頭的忠誠確認清楚了，然後往下一個個去調查。你們法國人，對組織的安全是最鬆散，真是叫人頭痛。」

「不，我一點也不驚訝。但是你真的懷疑我是叛徒嗎？」

「馬修，你別把我看扁了，我還沒那麼差勁。我問你，你背包裡帶了什麼東西？」

「一把手槍和兩顆手榴彈。如果你需要，你就拿去吧！」

「馬修，你怎麼糊塗了？光天化日之下，你想和蓋世太保的特工開火？你這是找死，不是對抗鬥爭。」

「我總不能眼睜睜看著你被逮捕，所以我去取了手槍和手榴彈，準備搶人，救你出去。」

「馬修，你比我更清楚，你成功的機會很小，同時你也會把我們小組暴露了。馬修，你是怎麼了？」

「山姆，我不能讓德國人逮捕你。此刻，我迫切的需要你。」

山姆很驚訝：「怎麼了？你的小組出現麻煩了嗎？」

「不是，我的小組沒問題。是我個人的問題。順便問一下，你的文件都齊全了嗎？」

「都弄好了，我是《歐洲週刊》的記者，被邀請來巴黎採訪，我昨天拿到了外國記者採訪許可證。你有什麼問題需要我幫忙？」

「我們需要先談談奧托・內特曼的問題，因為這是個緊急任務。山姆，你住的地方安排好了嗎？是用什麼名字？」

「我住在第十一區的東方飯店，用的名字是從里斯本來的山姆・馬丁。」

馬修說：「我知道那個地方，就是在萊諾爾大道上，是嗎？」

「沒錯，就是它。還有，你認識到機場來抓捕我的蓋世太保特工嗎？」

「我認出了那個穿制服的傢伙，他是從柏林來的奧托・伯納，他在反間諜部門工作。」

「上次我在柏林時，他就差點把我抓到手。我需要知道他為什麼來到巴黎。如果是來逮捕我，那麼我需要知道他是怎麼知道我的行蹤，很可能是來自同一個叛徒。」

馬修是來自一個與法國鐵路系統關係密切的家庭。他的祖父和父親都在法國國家鐵路公司（法鐵）工作。他本人是利用獎學金到德國海德堡大學攻讀火車動力工程。

馬修在學成回國後，也加入了法鐵，甚至在德國入侵法國後，仍留在法鐵。一九四〇年停戰後，德國徵用法國鐵路公司從事軍隊和軍備的運輸，但是入侵的德國軍隊也同時摧毀了法國的近三百五十座鐵路橋樑和隧道，並且還沒收了大量的客貨車車皮和火車頭，這在鐵路工人中引起了極大的不滿。

法國的鐵路基礎設施和火車機車車輛成為了法國抵抗運動的目標，目的是在瓦解和打擊德國佔領軍的作戰能力，這使得法鐵的員工們施展出各種不同的抗爭方法，確實給德國佔領軍不小的時間和物資損失。因此，有超過一千名法鐵鐵路員工，因抵抗納粹命令而被槍殺或關進集中營。

法國鐵路職工工會是法國共產黨的大本營。雖然馬修本人不是共產黨黨員，但他對布爾什維克的信徒非常同情。美國戰略服務處對於它支援的抵抗組織裡，是否有共產黨員，有非常嚴格的規定。馬修是在法鐵的動力機車部門工作，該部門位於舊的巴士底火車站附近，那是個在第十二區的火車站，而他是住在左岸，在第十五區火車站附近的一個亞洲移民家庭聚集的地方。

他告訴山姆，出於安全考慮，他每隔四五個月就搬一次家。馬修把他的老舊雪鐵龍停在街邊上，他們走進一條狹窄的小巷，連一輛汽車都開不過去。這是座很小的三層樓公寓，走進了大門就是中庭，四周有四扇公寓門和一個樓梯。

馬修的公寓在二樓，有一個簡單的小廚房和一個浴室。客廳有一扇面向小巷的窗戶，但臥室沒有窗戶。山姆注意到這間公寓的佈置，沒有任何女人的風格和氣息。

他問：「葛蓓蕾在哪兒？」

「她已經不再住在這裡了。」

「馬修，怎麼回事？我們的安全受到威脅了嗎？」

「我不這麼認為，我不還在這裡嗎？二十三號小組的成員還沒有被逮捕，這一事實表明我們是安全的。不管怎麼樣，至少我們暫時是安全的。」

「你需要把一切的事告訴我，可能的危險太大了。」山姆強調說。

馬修同意，但是他說：「一旦你決定了奧托・內特曼博士的事情，我就會告訴你一切。如果我們不儘快採取行動，我們很可能會失去他。」

山姆說：「所以你找到了他。是誰在隱藏他？順便說一句，在來這裡之前，我向溫斯頓・邱吉爾保證，我會帶內特曼和他的雷達去到英國。所以你不能讓我在首相面前撒謊。」

「目前他是藏在一個共產黨的抵抗組織裡，除非我們同意他們提出的條件，否則他們不會釋放這個人和他的雷達設計筆記本。」

山姆說：「如果我們不同意，結果會怎麼樣？」

「我相信他們會把這個人和他的設計筆記本送到莫斯科去。」

「真該死。他們應該是和我們並肩作戰，打擊納粹的盟友。他們要多少錢？」

馬修回答說：「不，他們不想要錢。他們需要槍支和彈藥，兩百支衝鋒槍和每支槍一千發子彈。」

山姆無奈地歎了口氣：「看在上帝的份上，我哪裡能得到這麼多的槍支和彈藥呢？」

馬修低聲但是自信地說：「我知道從哪裡可以得到它們。」

「我沒心情和你開玩笑。」山姆很生氣。

「我也是。當英國軍隊從法國撤退時，他們在敦克爾克登船，但是放棄了所有武器。德國軍方已經把這些武器分類，塗上了防護油，存放在倉庫裡。」

「那時英軍一定放棄了成千上萬的武器，而那些倉庫現在一定是警衛森嚴。你是想去進攻倉庫，用武力奪取庫藏的武器嗎？」

「你在開玩笑嗎？我們沒有那種能力。但是我們可能有機會偷走它們。」

「去偷？即使你從倉庫成功地把武器偷竊出來，你要如何轉移它們？它們會有好幾噸重的。」

「讓我解釋一下。在法國南部的納粹傀儡政權，維希政府正計劃建立一支民兵力量，稱為『法國民兵』，或一般稱為『民兵』。但是德國人不想要法國有任何武裝力量，所以最初他們拒絕向民兵提供武器，而民兵首領長期以來也一直感到沮喪。他為了要贏得德意志帝國的信任，就宣誓效忠希特勒，同時和其他的民兵高級軍官，一起被委任為納粹黨的黨軍軍官。」

山姆說：「所以民兵的重要成員，變成了真正的納粹分子。」

「是的沒錯，由於這支準軍事部隊的目的是打擊抵抗組織，納粹已經決定，德軍將把英國人在敦克爾克留下的武器交給維希政府，用以武裝他們的民兵。」

「現在我明白了。你計劃在運輸途中偷走武器，對嗎？這不容易，你需要有他們的詳細運輸計劃。」

馬修顯然很興奮：「這正是我為什麼說，有機會的原因。」

「天啊！你的意思是說，你們法國鐵路公司將為維希政府做運輸工作。」

「法鐵現在和維希政府簽訂了運輸合同，而站在你面前的老友，馬修，我，就是這合同的負責人。」

山姆興奮的跳起來：「簡直太妙了！現在這情況就大不同了，你有計劃嗎？」

「從敦克爾克到里昂有好幾條路線，我計劃在選定路線上的某個車站，讓其中一節貨車消失。當然，我們用來交換的軍火，就是在這節貨車上，同時我需要和共產黨協調一個安全的人槍交換地點。」

山姆高興的拍他肩膀：「馬修！有你的，果然你是個聰明的法國佬，怪不得葛蓓蕾抓住你不放。」

「但是你需要幫助我確保火車會沿著這條特定的路線行駛，要讓其他路線無法使用。」

「是不是需要切斷或破壞其他可能的路線？你只需要指明要切斷的地方，我會向美國戰略服務處要求盟軍派出轟炸任務。」

「山姆，等一等，你別忘記了美國戰略服務處內部有叛徒。我們需要離美國戰略服務處遠一點，要不然，不僅任務會受到影響，連我們二十三號小組也會暴露出來。」

「馬修，你說得對。這次我們將繞過美國戰略服務處。你只要儘快把信息告訴我就行了。」

馬修決定不問山姆如何提出轟炸請求，他相信山姆會有其他方法。他繼續說：「明天我就會通知共產黨的抵抗組織，我們接受他們的條件，用軍火交換內特曼博士。」

「重要的是，你要確保他們理解一件事：就是只有在我們能夠核實奧托・內特曼博士的真實身分之後，交易才能繼續進行。」

「當然，當然。然後我將去敦克爾克執行我的法鐵職責，開始組織裝運任務。」

山姆提醒他：「別忘了，你要告訴我，你想在哪裡炸掉鐵軌。」

「我要花一兩天的時間來確定你的位置和準確的座標。此外，我還需要考慮如何在地面上做一個標誌，讓飛行員識別目標。」

「太好了。馬修，我相信那些飛行員會非常感激的。」

「最後，我需要你的幫助。兩件事：我需要人力。你的行動員，他們來了嗎？」

「是的，皮爾艾文和諾蘭・馬克辛兩人很快就會到了，他們是很有經驗的行動員，我想你是認識他們的。」

「是的，他們很優秀，會說很流利的法語。山姆，你知道，我們的抵抗組織被納粹摧毀的首要原因，就是因為有內部叛徒。對於重要任務，我更願意和你的團隊合作。」

「當一個法國人把另一個法國同胞出賣給敵人時，這是一個可悲的事件。馬修，總有一天我們會讓他們為他們的可恥背叛付出代價的。還有別的事嗎？」

「我需要給幫我忙的人支付報酬，以促進或鼓勵他們願意提供幫助。換句話說，我需要賄賂他們。現在生活很艱難，很多人都在挨餓。一點外快錢，能派上很多用場，改善生活之外，還能減少背叛的可能性。說起來很傷心，不是嗎？」

「這就是這場該死戰爭中的現實生活，它把人性的醜陋，赤裸裸的顯現。馬修，我們在美國戰略服務處中也有叛徒。總有一天，我可能會因為我同僚的背叛而被殺或被俘虜。我也是活一天算一天。」

馬修陷入了沉思，他說：「出於某種原因，在共產黨的抵抗組織裡，內部的安全就很嚴密。他們和我們不一樣，沒有叛徒。」

山姆說：「好了，言歸正傳，你需要的錢，我給你們帶來了。」

他從箱子裡拿出一個大信封遞給馬修：

「這些是大面額的鈔票，相當於三十萬美元的法國法郎、德國馬克和美元。是給你和葛蓓蕾的。我也給你帶了一瓶威士忌酒和一條香煙。也給葛蓓蕾帶了些小東西，請你交給她。」

「我會保留一半的錢。你最好自己把另一半給她。她特別提到，她想單獨見你。」馬修說。

山姆說：「你讓我感到不對勁，馬修，告訴我，你們之間發生了什麼事？」

馬修回答說：「我想我們之間的愛情已經結束了，或者是消失了。」

「我不相信。你們在海德堡的時候，愛得那麼死去活來，讓我很難相信你們會分手。到底發生了什麼事？」

「就像你說的，是這該死的戰爭。我們活一天算一天，沒有什麼是永恆的，甚至愛情也不是永恆的。」

山姆說：「馬修，跟我說實話，你是不是有了別的女人？」

他沉默了一會兒，然後說：「我有個女朋友。」

「你和葛蓓蕾的關係到底是有什麼變化？你們離婚了嗎？」

「還沒有，我們決定在這種情況下，繼續維持結婚關係對我們雙方都更方便。我想葛蓓蕾的生活裡，出現了另一個男人。」

「你知道這個人是誰嗎？」

馬修回答說：「她的同事，或者準確地說，是她工作的『文件中心』老闆。」

山姆變得警覺起來：「文件中心是一個將官方文件從德語翻譯成法語或英語的機構。它是屬於佔領政府的一部分。葛蓓蕾的老闆很可能是一名德國軍官，甚至是蓋世太保。這會是一場災難。」

突然，馬修爆發了：「你說得太對了，我老婆和納粹上床，這的確是他媽的一場災難。」

「馬修，拜託，請你冷靜一點。我是在擔心我們的安全，你女朋友呢？她也是德國人嗎？」

「不，她不是。她是屬於一個共產黨抵抗組織的成員。」

「這能讓我感覺好點嗎？史達林有不同的目的，而共產黨人則堅持服從他的命令。馬修，你確定他們是想和我們交換內特曼博士嗎？你的女朋友在共產黨抵抗組織裡，有決策權嗎？」

「恐怕沒有。她的名字叫莫妮卡，是我和那個窩藏內特曼的小組聯絡人。」

「誰是共產黨抵抗組織的領導人？馬修，你自己見過他嗎？」山姆問。

「我沒見過。有傳言說是個女人。葛蓓蕾可能見過她。」

山姆說：「我需要去見葛蓓蕾。」

馬修有些衝動的說：「山姆，你去見葛蓓蕾時，一定要請你幫個忙。」

「沒問題，馬修。你知道我，你要我為你做什麼？」

「山姆，我要你替我拿下葛蓓蕾。」馬修說。

山姆之所以感到震驚，不是因為他沒聽懂馬修的要求，而是因為他突然想起來，眼前所發生的可能是蓋世太保特工設下的陷阱。迪特・厄哈德和他在里斯本會面時，給他的臨別警告，就是關於美國戰略服務處在法國的第二十三號抵抗小組裡有叛徒。山姆並沒有告訴迪特，他就是第二十三號小組的美國戰略服務處聯絡人。最可能是蓋世太保在他們內部通報裡，提到此事，而被迪特看到了。

現在，美國戰略服務處又從法國抵抗組織得到情報，說有一位德國雷達科學家內特曼博士，叛逃到法國，而希望去英國。在此同時，美國戰略服務處最近幾次的人員投送和撤離，都因遭遇到埋伏，受到了災難性的損失。山姆想到，這些事件是不是納粹將要摧毀二十三號小組的前奏？山姆感到震驚：

「馬修，我覺得我們二十三號小組可能有大麻煩了。你必須仔細回答我的問題，為了拯救我們所有的人，我們可能需要停止活動。」

「法國的抵抗組織，在整體上，最近似乎陷入了困境。發生了那麼多的背叛和逮捕，這正是我想和你討論的事。」

山姆問：「告訴我，你是什麼時候知道內特曼的事？」

「當美國戰略服務處給葛蓓蕾發了一條密電，要求我們尋找他。」

「馬修，你是怎麼知道，共產黨的抵抗組織窩藏了他？」

「我把我們要找他的信息傳出給其他的組織後，莫妮卡告訴我，他們找到了他。」

「關於莫妮卡，你是怎麼認識她的？」

「實際上，她是我們的家庭朋友，我父親和她父親是鐵路工人工會的成員，多年來他們一直是好朋友。我從小就認識莫妮卡。後來她嫁給了一位法國軍官，他在德國入侵的第一天就陣亡了。葛蓓蕾離開我的時候，我們就成了情人。」

「鐵路工會有沒有參與抵抗活動？」山姆問。

「一九四〇年夏天，一些工會成員協助了希望繼續和德國戰鬥的法國士兵，以及被困在法國的英國、比利時和波蘭的士兵，從佔領區逃到南方，或是西班牙。另外，鐵路工人成了在法國各地運送地下報紙的主要份子。」

山姆問：「馬修，鐵路工人工會是屬於共產黨的組織嗎？」

「也不完全是，因為不是所有的工會會員都是共產黨員。例如，我父親就從來沒有加入過法國共產黨，但是他同情布爾什維克的無產階級。」

「那你的女友莫妮卡，她是共產黨黨員嗎？還有她的父親是嗎？」

「我確信莫妮卡的父親是法國共產黨的一員，但是莫妮卡就不太確定了。但是她不時地充當他們的聯絡員。」

山姆嚴厲的問：「她也為你擔任聯絡任務嗎？」

「從來沒有。正如我所說的，共產黨小組是很有紀律的。」

「馬修，請你告訴我，你是如何與共產黨小組討論交換條件的。」

「山姆，我們根本沒有討論。當莫妮卡告訴我關於內特曼的窩藏時，她也給我帶來了交換條件。很明顯，他們的意思是：沒有商量的餘地，因為他們還有其他客戶。」

「根據你所說的，你和共產黨組織的所有交流及互動，都是通過莫妮卡進行的。你從來沒有和上級直接接觸過，對嗎？」

馬修說：「是的。」

「你還提到葛蓓蕾可能聯繫過他們的領導人，是個女人。那是怎麼回事？」

「是莫妮卡。她告訴我葛蓓蕾會見了他們的領導人。」

「莫妮卡知道你是我們二十三號小組的頭兒嗎？」

馬修很快回答說：「是的，她知道。」

「她們，我是指葛蓓蕾和莫妮卡，認識嗎？」

「是的，就像我說的，莫妮卡一直是我們家的朋友。葛蓓蕾認識她，以前也很喜歡她。有一次，莫妮卡還請葛蓓蕾用她的電台為她發送了緊急密電，因為她們自己的設備有了故障。」

山姆完全不能相信這些事會發生，他說：

「這一切都太不可思議了，馬修，你對這個共產黨組織一無所知，只認識一個他們的聯絡員，那還是因為家庭關係，老早就認識了，現在是你的情人。但是他們知道你和葛蓓蕾的一切，甚至你有無線電台的事實，他們也清楚。老天爺，你想到了後果嗎？共產黨為了自身的利益，犧牲我們時，眼睛都不眨。」

馬修開始意識到事情的嚴重性。「山姆，對不起，是我的錯。」

「你知道，我們在英國特種作戰執行機構的英國同事曾多次提到，法國抵抗組織的成員非常勇敢，尤其是面對即將死亡的時候，毫不退縮。然而，英國特種作戰執行機構也認為你們在紀律和維護安全的能力上，毫無希望地欠缺。也許這就是蓋世太保能夠摧毀這麼多抵抗組織的原因。」

山姆繼續說：「英國特種作戰執行機構和美國戰略服務處都認為共產黨要比納粹更危險，因為他們的聯盟對象在不斷的變化。當希特勒與蘇聯簽署和平條約時，史達林命令共產黨停止與納粹的戰鬥，並指示他們的秘密警察與蓋世太保合作。他們在波蘭南部邊境城鎮紮科帕尼會晤了一周，協調波蘭的和平進程。馬修，當你與共產黨組織打交道時，你必須非常小心。」

「山姆，你說得對。希特勒與蘇聯簽訂條約後入侵法國。我記得莫妮卡認為，她父親的組織被命令不抵抗德國，是殺死她丈夫的主要原因，她感到非常沮喪。」

「你是什麼時候收到我要來巴黎的消息的？」

「前天。葛蓓蕾打電話給我說，里斯本一家貿易公司的代表，何塞・巴羅梭，今天將抵達勒波傑機場。我們知道是你來處理內特曼的事情。」

「你有沒有告訴任何人，包括你的莫妮卡，我要來巴黎？」

「當然沒有，我至少還有這些常識。沒有人提到何塞・巴羅梭的名字，更不用說你的真實身分了。我相信葛蓓蕾也會保持同樣的謹慎。」

「我們就這樣吧，美國戰略服務處的叛徒只知道一個巴羅梭從里斯本到巴黎，這個人可能是山姆・李。這就是為什麼，除了你，還有蓋世太保的特工在機場等著抓我。現在，巴羅梭沒有出現，因此就蓋世太保而言，山姆・李不在巴黎。你們必須盡可能地保持這一點，因為蓋世太保奧托・伯納，正試圖要抓住我。」

「我明白，但是如果葛蓓蕾打電話來，我該怎麼說？」馬修問。

「告訴她我沒在機場出現。馬修，二十三號小組中最令人擔憂的潛在危險，就是葛蓓蕾和她的德國老闆之間的關係。」

「天哪，你懷疑葛蓓蕾嗎？你知道她是個愛國者，非常憎恨納粹。」

「我對葛蓓蕾的瞭解並不重要。二十三號小組是我的責任，我有責任調查她。」

「山姆，你真的認為葛蓓蕾有可能傷害你嗎？」

山姆說：「不，我不相信。但我是軍人，需要執行我的命令。馬修，還有誰知道，你取得敦克爾克武器的計劃？」

「只有我和你。」

山姆站起來說：「很好！馬修，我命令二十三號小組，即刻停止所有的抵抗活動，直到另行通知。如果有人問，只要告訴你的成員，這是為了要二十三號小組繼續生存的必要措施。你和我將繼續與非二十三號小組的人員，進行內特曼的交換任務。」

「葛蓓蕾呢？她很快就會從別人那裡知道的。」

「你說得對，」山姆回答。「我需要弄清楚她到底出了什麼事。」

「那你別忘了我要你幫我把她拿下的事。」

「我不太明白你說的把她『拿下』是什麼意思？我不想捲入你們的婚姻問題。」

馬修說：「我們在海德堡的時候，安娜一定告訴過你，葛蓓蕾愛上了你。」

山姆沒有回答他，只是盯著馬修看。

馬修繼續說：「我是葛蓓蕾的第二選擇，或者是你的替代者。但是我不介意，我還是愛她。現在你必須成為葛蓓蕾的情人。」

「老天爺啊！馬修，她是你的老婆！何況，葛蓓蕾還在幫我尋找安娜。」

「你就忘了安娜吧，她現在已經有個納粹丈夫。山姆，你知道我們法國人都不能長期的獨身。你需要和葛蓓蕾睡覺，否則她就會和她的納粹老闆上床，也許他們已經在一起了。」

「馬修，你難道不覺得，你現在真是太可笑了。」

「山姆，你知道法國抵抗戰士的平均壽命是多少嗎？」

「不太長，大約十八個月。這是因為有叛徒的結果。」

馬修說：「抵抗運動的一個主要困難就是有告密的問題。我們似乎是有很多的法國同胞，他們會不顧一切地譴責參與抵抗運動的人。」

「那是因為這場該死的戰爭，它讓人變得瘋狂。」山姆評論說。「在我們美國，就有一些名人成為納粹的同情者。」

「告密讓抵抗戰士，特別是無線電台操作員，他們的壽命縮短。所以葛蓓蕾和我沒多少時間了。我們是生活在絕望中的人，我們有做絕望事情的傾向，就像一個將要溺水的人緊抓著稻草。我唯一的希望是不想見到葛蓓蕾先我死去。你是唯一能說服她離開法國的人，因為她渴望和你一起渡過她的未來。」

山姆為之動容：「對不起，馬修。我早該知道你對葛蓓蕾情深似海，從未停止過。」

馬修的臉上現出了淚水，他用顫抖的聲音乞求：「山姆，我是在求你了，你一定要拿下葛蓓蕾，說服她跟你一生。你是在為了我去拯救她，我已經沒有能力保護她了。」

馬修的情緒非常激動，山姆走近一點，握住他的胳膊說：「我以前沒告訴過你，一個月前，我向美國戰略服務處提出請求，要求將你和葛蓓蕾撤離法國，就在內特曼事件發生之前，美國戰略服務處批准了我的請求。一旦我們內部叛徒的陰影過去後，你們兩人就能離開法國了。」

馬修流著眼淚說：「除非你把她當作情人帶走，葛蓓蕾是不會離開抵抗組織和法國的，你只能真心誠意的愛她，同時用火熱的激情征服和穿刺她的身體，直到她向你求饒，這樣她才會相信你是把她當成情人了。至於我自己，我是法國人。我不會在趕走納粹之前離開法國。」

山姆沉默無語，許久之後他說：「馬修，你需要答應我一件事，並且發誓一定會做到。」

「你是在找交換條件嗎？說吧！」

「馬修，你必須要活下去，不管你發生了什麼事，我就是要你這條小命，至少給我活到這場戰爭結束。」

「我沒有自殺的傾向，但是納粹要殺我，我也無能為力了。」

山姆用手指著他說：「這是你答應了我，而且發了誓，你就看著辦吧！我以為法國人應該是隨和能變通的人。為什麼我會如此幸運，在法國遇到兩個最頑固的人？」

當他離開的時候，山姆說：「馬修，把你的手槍給我。」

「為什麼？我以為記者是不需要武器的。」

「我一定要知道葛蓓蕾和她納粹老闆之間的關係，這把手槍是用來保護我自己的。」

「山姆，你用不著騙我。如果你發現葛蓓蕾是叛徒，你是準備殺了她。」

「不，我不會開槍殺她。根據美國戰略服務處的做法，我會讓她的丈夫將她處死。」

第八章：盟友在巴黎的交換

初秋的巴黎，清晨是灰濛濛的天空，午間是有昏暗的燈光，而在下午晚些的時候就有斜雨。城裡的人，在黑色的雨傘下匆匆回家，走過了一排排的小樹林，很多已經出現了過早成熟的金色葉子。

在第七區的市中心，山姆．馬丁乘坐一輛計程車來到了瓦倫街的拐角處，轉彎後開到了距離門牌第五十七號的一家豪華酒店，停在大約距離有十五英呎的前方。一會兒，司機又前移了幾英呎，然後停車熄火。

這次是在一棵綠樹的陰影之下，司機轉過頭對後面的乘客說：「馬丁先生，這是我們本周第四次把車停在這裡。有好奇心的人會注意到我們。」

「亨利，沒關係。我們每次都是用不同的計程車，同時我們的穿著也不相同。他們會以為我們只是在等下班的朋友。」

亨利四十多歲，是二十三號抵抗小組的成員。他和莫妮卡死去的丈夫一樣，是法國軍隊一名士官，但是他逃脫了被德軍俘虜的命運。馬修指派他為山姆的保鏢和司機。

亨利很擔心，他的小組負責人馬修，離開了他的妻子葛蓓蕾，現在又找到一個年輕的情人。顯然，這位來自倫敦的特派員馬丁已經開始調查和馬修疏遠了的妻子，是因為她是可能的叛徒嗎？

亨利很清楚，最近蓋世太保特工們，大力的加強了對抵抗運動組織的摧毀，並且是越來越成功。也許他的小組也將要出問題了。

他提醒自己，為了要想自救，他必須格外警惕。

馬提尼翁酒店是在第七區，瓦倫街五十七號，它曾經是法國總理的官邸，在德國入侵後，政府遷到法國南部，成立了納粹傀儡政權，維希政府。而德國佔領管理局接管了這間酒店，並在那裡安置了一些民政事務辦公機構。葛蓓蕾每週有三天在這裡上班，她是在二樓的文件中心擔任翻譯工作。

這是山姆展開對葛蓓蕾監視計劃的最後一天。

他已經建立了葛蓓蕾一整周的日常活動模式，也核實了她所有的對外聯繫目標和方式，沒有發現任何異常事件。唯一困擾山姆的是他對葛蓓蕾日益增長的個人情感。自從他開始監視她以來，他不禁想起了海德堡的那些日子。以前，這只是對安娜的懷念。但是在過去的七天裡，每天都看見葛蓓蕾，他記起來安娜曾經告訴他，葛蓓蕾一直在暗戀他。

幾天前，馬修也證實了這一點。

山姆回想起葛蓓蕾和馬修這對情侶，公開毫不掩飾地展示了他們互相饑渴的愛撫。現在他是相信了，那是葛蓓蕾在向他展示，她是一個多麼迷人的女人。

幾天來，山姆遠遠地看著她，發現葛蓓蕾的確是一個非常有魅力的女人。她很會穿著衣服，穿著高跟鞋走路，展示了她的姿勢和誘人的身材。也許他是想說服自己，安娜已經移情別戀，成為別人的妻子，因此葛蓓蕾對他產生了吸引力是很正常的。

亨利沒有轉過頭，他說：「目標正在接近人行道。」

雨停了，葛蓓蕾拿著未打開的雨傘走到路邊。山姆的心臟跳了一下。一輛小型歐寶卡迪特家用汽車，開過來停在葛蓓蕾身邊。

司機是一個英俊高大的金髮年輕人，顯然是個德國人，他下車為葛蓓蕾開門。他穿著整潔的白襯衫，沒有領帶，脖子上只有一條絲巾，一件深色的背心，褲子和夾克都很相配。

他回到駕駛座上，開車離去。亨利發問：「先生，像往常一樣跟著嗎？」山姆點了點頭，葛蓓蕾乘坐的歐寶小車開出一段距離後，亨利出發了。

這是第三次，山姆看到葛蓓蕾和她的老闆，弗朗茨・赫爾曼，一起離開辦公室。還有一次是監看他們在餐館吃飯。

從他的舉止和肢體語言來看，很明顯，葛蓓蕾的老闆是愛上了她。但是山姆沒有看到任何跡象，顯示她和老闆已經睡在一起，即使是在晚飯後，留到深夜才離開餐館，老闆送她回家到門口，就分道揚鑣了。

除了亨利，山姆還徵召了另一個二十三號抵抗小組的成員保羅，參與了監視任務。三人輪流觀察葛蓓蕾，她的老闆弗朗茨，葛蓓蕾的住所以及文件中心。他們的目的是要確定是否有蓋世太保特工，特別是一位名叫「奧托・伯納」的納粹黨軍士官，有沒有出現在這些處所，或是以任何公開或秘密方式與他們接觸，如果發現了任何跡象，山姆就別無選擇，他必須立即將葛蓓蕾格殺。

載著葛蓓蕾的歐寶汽車，離開了馬蒂尼翁酒店，就轉向瓦倫街，然後到聖日爾曼大道，接近協和橋。這條林蔭大道橫穿第五、第六和第七區，是巴黎拉丁區的兩條主要街道之一。

另一條是聖蜜雪兒林蔭大道。聖日爾曼的夜生活，附近的咖啡館和聚集的學生們，主要是因為附近的索邦大學。巴黎最著名的烈都馬格咖啡館和佛羅倫咖啡館，都在這大道上。

跟在歐寶車的後面，山姆注意到司機弗朗茨似乎是拉丁區夜總會的專家，他在經過著名的夜總會前會放慢車速。

汽車繼續行駛在這著名林蔭大道的東段，在蘇利橋越過了塞納河。不久，亨利跟隨歐寶車經過了惡名昭彰的巴士底監獄塔樓，進入了第十一區。到目前為止，交通非常擁擠，靠著亨利的高超駕駛技術和對當地街道的熟悉，他們才能和歐寶車保持目視接觸。

山姆變得緊張起來，因為他突然意識到，葛蓓蕾的老闆要麼是正在進行反跟蹤監視行動，或者是在準備與特定人士在特定地點秘密會合，而這些異常的行車方法就是在確定要擺脫跟蹤監視。

葛蓓蕾的老闆弗朗茨是一名德國軍官，而巴黎是一座德國佔領的城市；他沒有理由需要偷偷摸摸。不過，坐在他旁邊的人可能會有原因需要隱蔽。暗戀山姆的葛蓓蕾真的是叛徒嗎？他下意識的摸了摸別在腰上的手槍。

當他們轉向林蔭大道時，交通狀況有所改善。歐寶車經過了山姆居住的五層樓東方飯店，再繼續開過了兩條大馬路後，右轉進入一條狹窄的小街。

歐寶車停在一條很窄的小巷入口處，連一輛小歐寶車也無法穿過。亨利的車繼續往前開，它經過歐寶車時，山姆瞥了一眼，看見葛蓓蕾在車內和她的老闆說話。亨利的計程車在下一個街角右轉後，馬上就停了下來。山姆立刻從車裡跳了出來，從街角的建築後面注視歐寶車。

葛蓓蕾和她的老闆已經下車了，和以前一樣，他們親吻了對方的臉頰，她帶著傘穿過街道，走進狹窄的小巷。當葛蓓蕾爬上肉店外面的樓梯時，她的老闆弗朗茨聚精會神地看著她。當葛蓓蕾轉過頭時，他揮了揮手，然後開始把車掉頭離開。監視小組的另一個成員保羅，快速的走過來接近站在車外的山姆和亨利。

山姆問說：「保羅，有什麼新的進展嗎？我需要馬上就進去。」

「在過去四小時裡，沒有人進出她的公寓。但樓下的肉店裡有不少顧客。」

「你們覺得呢？她乾淨嗎？」山姆問。

「我覺得她很乾淨，」亨利回答，「至少她沒有和她的納粹老闆上床。你覺得怎麼樣，保羅？」

「我同意。我們已經監視她一個星期了，什麼也沒有。她的納粹老闆可是個奇怪的人。雖然，他表現的似乎對葛蓓蕾很感興趣，但是昨晚我跟蹤他，結果他去了一家同性戀俱樂部。這到底是怎麼回事？但是看在上帝的份上，葛蓓蕾是我們無線電台的操作員，是德國佬心目中的最有價值的獵物，失去了她，可就是我們的一場災難。馬丁先生，你還是要小心。」

「是的，謝謝你們兩人，這幾天辛苦你們了。現在，亨利，我要你把車開到街的另一邊，這樣我就可以從葛蓓蕾家看到你的前燈了。保羅，你把車開上理查萊諾大街，然後調頭停車，這樣我就能看到你的車頭燈了。如果你們看到任何可疑的人接近，就用喇叭或打前燈警告我。在緊急情況下，你們就鳴槍示警，我會逃到第十區，躲進一個劇院裡避難。」

山姆從車上拿下了一個行李箱，在看到亨利和保羅把車停在指定位置後，他爬上樓梯到了葛蓓蕾的門口，在他第二次敲門後，山姆聽見有聲音說：

「請問是誰？」

他緊張的回答：「我是山姆・李，請開門。」

一陣急匆匆的腳步聲後，門開了，山姆即刻閃進，隨手把門關上。

出來應門的是葛蓓蕾，身上仍舊穿著上班時的衣服，她立刻認出了山姆，多年來深藏著的愛情，突然在腦海裡洶湧，她顫抖著說：

「山姆，真的是你嗎？」

正想要向前去擁抱他時，葛蓓蕾看到他把行李箱放下，右手握著手槍，他說：「你讓開，別動，我需要清查一下你的房子。」

一槍在手，山姆快速的閃身進入每個房間，以及屋內所有空間。然後回來問：「好了！葛蓓蕾，你今晚會有客人來嗎？」

「沒有。這是怎麼回事？我接到通知，說你沒趕上航班，你是什麼時候到巴黎的？」

「我是在一星期前到的。倫敦正在非常緊急的追查叛徒，美國戰略服務處控制的抵抗組織遭到了極大破壞，他們懷疑叛徒是在抵抗組織內部。」

「我接到通知，要我們二十三號小組暫停一切活動。馬修在哪裡？他是我們的頭兒，你見到他了嗎？」

山姆說：「他有緊急任務，人不在巴黎。」

突然，葛蓓蕾的臉色和語氣都變了，她指著山姆吼叫：

「你和倫敦都認為，我就是那個叛徒，是不是？山姆，你這個渾蛋，這麼多年來，我一直把你當成朋友，還為你的美國戰略服務處賣命。可是你卻端著槍來找我，說我是叛徒。」

「你要冷靜下來，葛蓓蕾，我有話要跟你說。」

「你要說什麼？想告訴我，你要如何的處決我嗎？是槍斃我還是勒死我？山姆，我恨你。」

讓他驚訝的是，葛蓓蕾像似一隻被激怒了的野獸，她衝向山姆，企圖在他臉上打一巴掌。但是他的反應很快，一手抓住了她揮過來的胳膊，另一個臂膀握住了葛蓓蕾的腰，緊緊的壓在他身上，讓她動彈不得。但是耳朵聽見了男人的大聲呼喊：

「葛蓓蕾，我愛你，不要跟我掙扎。」

幾秒鐘後，她才明白了山姆的呼喊，葛蓓蕾全身凍結不動，山姆吻住了她的嘴唇。她閉上了眼睛，但是腦海裡無法分辨是丈夫還是情人在親吻她，唯一的反應是全身癱瘓在吻著她的男人懷裡。

等到她的神智清醒，明白了她是第一次被夢寐思念中的男人吻住了，她的身體有了無法控制的反應，葛蓓蕾用雙臂緊緊的摟住他，張開了她的嘴迎接他。山姆一手摟她，另一手開始撫摸她，時間似乎也凍結住了，許久以後，兩人都因需要呼吸才停止了熱吻，他說：

「睜開眼睛看我，我還是你想愛的男人嗎？」

山姆已經很久沒看過這麼漂亮笑容的女人面孔了。他聽到葛蓓蕾說：

「我都變成這樣了，你還有疑問嗎？」

他沒有回答問題，而是再次開始熱吻她。葛蓓蕾看見山姆眼神裡的欲望，她喃喃的輕聲細語：「我等你這麼久了，山姆，我需要你。」

他的撫摸已經從無限的愛意轉變成強力的侵犯，遊走和佔領了她的全身，很快的，兩人進入了忘我的境界，無視周遭隨時會降臨的險惡，久別重逢的戀人，燃起了壓抑多時的原始渴望，他們在追求和享受著雙方的身體。葛蓓蕾發出了呻吟：「把手伸進去……再深一點……用力……快一點……」

時間和暮色下的星光都很慢的在移動，當一陣清涼的微風吹進窗戶時，葛蓓蕾面臨崩潰，她哀求：

「山姆，我求你停下來吧，我受不住了！」

但是山姆像是發瘋了，他繼續著，終於，高潮來到了她顫抖的身體，完全趴倒在他身上。扶著她到長沙發坐下，用手帕擦乾淨她臉上的汗水。山姆凝視著她，慢慢的，葛蓓蕾恢復了意識，她看見了曾在夢裡思念過的男人站在面前看著她。這是真實世界還是又一個夢？她燦爛的笑了，因為又一次的聽見了熟悉的：

「葛蓓蕾，你沒事吧？」

「都是你，把我全身都弄得一塌糊塗。山姆，你剛剛說的話，不是騙我的吧？」

「我說了什麼？」他面帶微笑的問。

像老朋友之間的爭執，她說：「這麼快就忘得一乾二淨，一定是在說謊。男人的惡習從來不改。」

山姆覺得他面前的女人突然變了，葛蓓蕾恢復了她向來都是的溫柔和仁慈，以及女性的魅力。他說：

「我以為你對我暴怒，不分青紅皂白，就衝過來打我。所以沒經過大腦，就脫口而出了。」

葛蓓蕾笑著說：「真的嗎？那你不是在騙我，而是在說心裡話，太好了。山姆，對不起，是我不對。可是你提著槍，進門就宣佈是來尋找叛徒，我以為你是來槍殺我的，所以我才怒火沖天。」

「沒錯，我是準備來殺人的，但是目標不是你。」

「那你是想殺誰？」葛蓓蕾好奇的問。

「我是準備來格殺你的情人，也就是你的納粹老闆。我已經跟蹤監視你們一個星期了，非常明顯的，他是看上了你，毫不隱瞞的對你送出了愛情，同時馬修也告訴我，你可能已經讓這個納粹睡了你。但是最重要的，我有責任保護我們小組，尤其是我們的電台操作員。」

「首先，你別忘了，保護我們電台的第一線責任，是在我身上，只要我活著，二十三號小組的電台也會活著。其次，你說的兩件事都不正確，我的老闆，弗朗茨，他不是納粹黨，我也沒有和他上過床。」

「但是，馬修跟我說，你們兩夫妻都不會長久的過單身日子，所以你一定會把自己送給你老闆。」

「那是馬修給他自己找的藉口，好讓他睡了莫妮卡。山姆，當我和你掙扎時，你說你愛我，那是真的嗎？是出自你的肺腑之言嗎？」葛蓓蕾又再度的確認山姆對她的愛情。

「當然是真的，但是我也要問你一件事，當年在戰前，我和安娜曾經來巴黎度假時，她告訴我，說你在內心裡愛過我，那是真的嗎？」

葛蓓蕾語重心長的說：「當年我們在海德堡念大學，你是個非常優秀的學生，好些女同學都喜歡你。你和安娜是一對青梅竹馬熱戀中的情侶，也許是鬼使神差，安娜和我成了好朋友，而你和馬修也成為志同道合的好朋友。我不知天高地厚，暗地裡，秘密的愛上了你。有一天我跟安娜坦白，她沒在意，我們繼續是好朋友。在海德堡時，我是個沒心沒肺的傻人，但是我很快樂，因為幾乎每天我都可以看見你。馬修也不在意他在我心目中是第二選擇的男人。」

「安娜和我最後一次在一起就是在巴黎，然後就分道揚鑣各自回到柏林和紐約。就是在這裡，她告訴我說，葛蓓蕾愛我。我很驚訝，不相信，說她是搞錯了。主要是因為在海德堡時，你和馬修的熱情戀愛，互相要把對方吃掉的樣子，沒人會相信你們心目中還會有別人存在。」

「有人說我們法國人是世界上最浪漫的，在我們的文化裡，就是喜歡把男女之間的愛情，公開的表達出來。但是我和馬修還有另外目的，我是想讓你看看我的魅力，馬修是想告訴你，他佔領了我，我已經是他的人了，你就死了心吧！從某個角度說，他達到了目的，在海德堡，你就從來沒看過我一眼。」

山姆說：「你說的不對，有一次我跟安娜說，你是個很性感的女人，她很不高興。」

葛蓓蕾抱住他又親吻了他，山姆繼續說：「在這幾天跟蹤和監視你時，我想到的就是我們在海德堡的日子。到了現在，安娜已經有了丈夫。雖然你和馬修分居，但是你的德國老板正對你展開熱烈的追求。一想到你和他在一起時，我就會陷入極端的痛苦，所以我決定拿槍來找你，要把你的德國男朋友殺了。」

「對不起，山姆，我誤會了你。但是你不用槍殺弗朗茨，他不是我的情人，我還在等著另一個男人來愛我呢。」

「那看來，我還得要去殺另外一個男人了。」

帶著頑皮的微笑，她說：「山姆，我不想介入任何人的自殺企圖。」

山姆很納悶，他說：「我不明白，是誰，什麼人，想要把自己殺了？」

她繼續的微笑著：「如果你真的不知道，你就繼續的猜吧！」

山姆還是沒明白葛蓓蕾的意思，但是他說：

「其實我也要負部分責任。當我們接到情報，說我們的組織內有叛徒時，倫敦的第一個懷疑就是抵抗組織，命令我調查我們二十三號小組。因此我的首要任務，就是查清楚馬修，所以我在巴黎勒波傑機場設了陷阱，查清了馬修不是個叛徒，就自然而然查清了你也不可能是叛徒。否則你丈夫的命運是可想而知的，馬修早就死了。」

葛蓓蕾說：「不是每個人都會和你一樣的聰明。既然知道我不是叛徒，你為什麼還要跟蹤和監視我呢？」

「抓捕抵抗組織的電台操作員，甚至吸引他們當叛徒，是蓋世太保特工最大的收穫，我們跟蹤監視你是為了要知道你是否已經暴露身分，我們是要保護你。」

她急切的問：「你們認為我的身分暴露了嗎？」

「從你的德國軍官老闆弗朗茨對你熱情的追求，以及無微不至的照顧，你的身分已經暴露。」

「這些都是男人追求女人的典型行為，不能代表我的身分已經暴露。」

「我們也調查了他，才得到他不是在追求你，而是在企圖吸收你的結論。」

葛蓓蕾沒出聲，他就說：

「弗朗茨是個同性戀，他喜歡男人。」

「沒人告訴我這些，」葛蓓蕾說。「我當時是在黑暗中。唯一的信息是我們小組要立刻停工。」

「對不起，是我的錯，沒把事情通知你。當馬修告訴我，你可能和納粹睡覺了，我就急得頭腦不清。想到的是安娜已經嫁給納粹，怎麼你又讓納粹給睡了。葛蓓蕾，對不起。請原諒我。我必須馬上和馬修商量，要如何應對你暴露了身分的問題。」

她回答說：「山姆，我真的很高興，你是這麼關心我。」

山姆抱著她深深地吻她。當他鬆手時，葛蓓蕾說，「讓我先洗個澡，我們再好好的談。」

「你提醒了我，我帶了一些肥皂和其他的東西給你。都在我的手提箱裡；你看一看，如果你還需要什麼，請告訴我，我會叫人帶過來。現在我需要回東方飯店看看有沒有急事，我已經出去一整天了。」

雨過天晴，葛蓓蕾緊緊地抱著山姆吻他。她用誘人的聲音在他耳邊輕聲說：「請快點回來，我需要你。」

葛蓓蕾的暴怒情緒已經完全消失了。她在歡迎一位久違的情人。

他們坐在葛蓓蕾客廳的長沙發上，喝著剛煮好的咖啡。她剛剛沖了個澡，換了件簡單的棉布連衣裙，領子的扣子沒扣，她的乳溝清晰可見。山姆看著她，感覺很好。

她說：「這是我第一次煮真正的咖啡。我們一直在用那些很難喝的代用咖啡。謝謝你，山姆。你想得真周到，把這些東西帶給我，都是我只能在睡夢裡得到的。」

「不客氣，能讓你高興就好了。」

「沒想到你會是注意這些細節的人，你給我帶了罐頭食品，肥皂，香水，甚至還有內衣，我真的很感激。哦！我差點忘了，這些錢應該是給馬修的，對吧？」

「實際上，我是根據我母親建議給安娜的東西清單買的。她說，自從德國發動戰爭以來，所有的人都缺少日常用品。錢是給你的，美國戰略服務處希望你有更多的資源來保護自己。馬修的那一份，我已經給他了。」

葛蓓蕾笑著說：「安娜告訴我，她和你母親相處得很好，我應該感謝她。」

「馬修告訴我，你去了安娜的婚禮，她找到了丈夫，應該很快樂，是嗎？」

「我是她的伴娘，她看上去很漂亮但很安靜，在婚禮上她什麼話都沒說。」

「你覺得她開心嗎？」山姆問。

「我問過她，但是她沒有正面回答。她只說，她和你之間沒有任何變化。她還說，她寫了信告訴你她即將結婚的事。」

「她確實給我寫了一封信，但是很簡短，只說了要結婚以及日子，甚至沒有說她丈夫是誰。」

「他的名字是：漢斯・馮・利普曼博士，是從奧地利來的科學家。他在德國軍備工業部工作，顯然是個重要人物，因為婚禮上來了不少高級官員。」

「他是猶太人嗎？」山姆問。

「我想是的，因為是一個猶太教儀式的婚禮。山姆，安娜說你們倆的關係不變，是什麼意思？」

山姆沉默了很久才回答：「我想我理解她的意思，但這可能只是我的一廂情願想法。從那以後你和安娜還有聯繫嗎？」

「沒有任何消息從柏林傳來，我很擔心安娜。馬修告訴我你是在找她，我知道你們倆人，向對方保證了你們一生的愛情。但是她現在有了丈夫，難道你不在乎她背叛了你嗎？」

山姆說：「當時我是很不高興，她沒有像當初承諾的那樣跟我到美國來。她結婚時，我對她充滿了憤怒和仇恨。但是後來，我意識到她是需要面對新的生活，還要在一個新的環境，也就是納粹統治下的德國，繼續生存。她需要一個新的男人，因此也需要一個新的愛情。想到這裡，我就心平氣和沒有問題了。」

葛蓓蕾說：「那你為什麼還在找她呢？」

「你想，安娜是猶太人，她的丈夫也是猶太人。現在他們是生活在希特勒的納粹德國，猶太人的命運是可想而知的。我曾向安娜保證，如果她遇到任何困難，我就會來找她。這是我的承諾，和我們之間的愛情變化無關。」

「山姆，你要麼是個大笨蛋，要不就是個非常高尚的人。但是有一點我是很肯定的：那就是安娜是一個非常幸運的女人。」

「我可能兩者都是，但談論我就到此為止。現在我想談談你，首先，請原諒我對你的非禮冒犯，你太迷人了，我失去了自我控制。我現在對你保證，不會再發生了。」

「別擔心，山姆，我覺得還挺好玩的。」葛蓓蕾笑著說。

「你必須要知道，儘管馬修認為你和你老闆上了床，他仍然是很愛你。」

葛蓓蕾有點急了，她說：「因為馬修把我的朋友莫妮卡勾引上了床，他就對別人說，我一定是和我的老闆睡覺。但是我要再次告訴你，我沒有和弗朗茨上床。他是一個律師，也是個好人。事實上，在很多方面，他就像你一樣，非常理性和體貼。但他沒有對我採取任何行動。也許我對他沒有足夠的吸引力。」

「可是看見你們在一起的時候，他的舉止動作和肢體語言都表明了，他的確是在追求你。」

「你們對弗朗茨進行了全面監視嗎？」

「是的，我們對他進行了一個多星期的全方位跟蹤和監視。因為你是我們的電台操作員，是我們最重要的成員，也是納粹最想捕獲的戰利品。你應該理解我們會這麼緊張的原因了。」

她說：「我當然明白這個道理。難怪弗朗茨說有人在跟蹤他，他需要採取迴避行動。」

突然，葛蓓蕾發現山姆的臉色變了，她問說：「怎麼了？」

山姆急切的問她：「是你發現他採取了迴避行動，還是他告訴你，他將要做迴避的動作？」

葛蓓蕾意識到事態的嚴重，她關心的問：

「坐在弗朗茨的車上，發現他頻頻的注意後視鏡，他解釋說，好像有人在跟蹤他，他需要採取迴避動作，甩掉尾巴。」

「弗朗茨是你們文件中心負責主持文件的翻譯工作。但是很明顯，他是一個受過反跟蹤和監視訓練的人。所以，如果他不是蓋世太保的特工，就一定是個德國情報人員。問題是他在如此熱烈的追求你，目的是什麼？」

葛蓓蕾回答說：「男人追求女人是很正常的事，還需要有其他的理由嗎？」

「但是我們發現你的弗朗茨，一把你送回家，他就匆匆忙忙的趕到一間同性戀俱樂部去尋歡作樂。所以不是你缺少女人的魅力，而是他的愛好不同。但是這絕不是正常的男人行為。」

葛蓓蕾說：「真是讓我洩氣，又感到噁心。」

「葛蓓蕾，你不能否認，在巴黎，一個德國軍官不想帶一個漂亮的法國女人去上床睡覺，是不可想像的。除非他是個有毛病的，非正常的男人。或者更可能是他另有目的。」

這次輪到葛蓓蕾的臉色變了，非常顯然，她對弗朗茨有著強烈的好感，甚至可能很喜歡他。她多次強調過，她的老闆不是納粹。現在她終於明白了，弗朗茨是另有隱藏的目的才來接近她。她緊張的問：

「山姆，我是不是做了對不起二十三號小組的事？你一定要告訴我。」

山姆很嚴肅的說：「葛蓓蕾，如果我發現你已經幹了任何違反紀律的事，或者有任何成為叛徒的跡象，今天我們就不是這樣的見面了。但是我要你想一想，如果一位德國軍官親近一個法國女人的目的，不是想要勾引她上床。你認為他真正的目的是什麼呢？難道是為了增進德國和法國的友誼嗎？」

葛蓓蕾的眼睛出現了淚光，接著就開始流淚，她哭了。但山姆依然沉默，沒有任何反應，終於她放聲大哭：

「是我錯了，我忘了警惕，弗朗茨是法國的敵人。山姆，我很寂寞。馬修有了莫妮卡就不要我了，但是你一定要相信我，我沒有背叛法國。」

山姆讓她哭著，很可能，弗朗茨是使出了渾身解數，施展他的反間諜技倆，希望勾引葛蓓蕾成為叛徒，顯然他認為時機尚未成熟，還沒有表明他真實的目的，否則葛蓓蕾會有警覺的，山姆對她還是有信心的。

但是更有可能的是，她的感情生活裡沒有了男人，而弗朗茨的出現，正好填補了她生活裡的空虛。他走過去，摟住了還在哭泣和抽搐中的葛蓓蕾，他說：

「說真的，馬修想讓我把你當作我的情人，因為他認為這是唯一能說服你，同意和我一起撤離這裡到英國去。他很瞭解你現在的處境，擔心你的安全。他還是非常的愛你。」

她緊緊抱住了山姆，充滿了淚水的眼睛看著他：「你終於相信我了，是嗎？」

當葛蓓蕾看到山姆點頭回答，她的雙唇就吻住了他的嘴，放開了他之後才問：「德國蓋世太保特工知道我們的電台了，該怎麼辦呢？」

「但是他們不知道我們已經發現他們的企圖了。所以你當前的主要任務，就是保住弗朗茨，像沒有發生任何事情，和他繼續戀愛。尋找奧托・內特曼博士是十萬火急，最重要的任務，它關係著整個戰爭的勝敗。因此我們需要電台正常運作。一旦任務完成，葛蓓蕾，你和電台要馬上撤離，或轉移到地下。」

「我明白，但我不明白的是，納粹是如何發現我們二十三號小組的電台。」

「我和馬修對這問題也非常納悶，我們花了兩整天的時間，做了仔細的分析，最後的結論還是回到了美國戰略服務處內部叛徒。我同意馬修的看法，他認為你的身分已經進入了納粹特工的視線，你在這裡的生存空間會越來越小，你別無他途，只能跟我撤離到倫敦去。否則就會被逮捕了。」

「馬修錯了，我和他一樣的愛國。在每個納粹分子被趕出法國之前，我不會離開或放棄我的祖國。」

「實際上，前一段時間，我要求把你和馬修轉移到倫敦，」山姆說。「美國戰略服務處也同意我，你們已經做出了重大貢獻。他們批准了我的請求，並要求我在內特曼博士的任務之後即刻執行。現在你可以期待與馬修一起恢復正常生活，而不用擔心被叛徒出賣了。」

葛蓓蕾似乎異常的沉默，於是山姆問：「有什麼問題嗎？」

「我問你，自從安娜結婚以後，你有過多少女朋友？」

「不多，只有幾個。你為什麼問？」

「山姆，對我說實話。有過多少？」葛蓓蕾憤怒地說。

山姆不好意思地回答說：「其實是因為工作太忙，沒有時間去培養親密的女朋友。」

「就是這樣。你仍然盲目地迷戀著安娜，你還在找她，因為你希望她回到你身邊來。」

「是我曾經說過，承諾會照顧安娜。這跟有沒有愛情無關。」

「我的丈夫馬修，想讓你帶我去倫敦，這樣他就可以繼續和莫妮卡在一起，不受良心的約束。但你不想要我，因為你在等安娜回來。即使是我英俊的德國老闆也是寧願和男人鬼混，而不對我採取行動。」

「我不明白你想說什麼。」山姆說。

「那麼讓我來啟發你，我就像人見人怕的瘟疫，每個人都在努力躲避我。」

「葛蓓蕾，你說的不是真話。你是個很有魅力的女人，過了這些年，我第一次見到你，就失去了控制，侵犯了你。你不要輕視自己，我愛你，想和你做愛，但是我不能，因為你是我最好朋友的妻子，而他仍然深深的愛著你。」

「嗯，也許是我的命運，讓我喜歡男人，但是卻不能擁有他們。所以我會和你做個交易，我要你當我的情人，來換取我幫助你找到安娜。如果你不想給馬修戴綠帽子，那就不要刺穿我。你剛才對我做的那些動作就足夠了。」

山姆不說話，葛蓓蕾就補充說：「你就等著瞧吧，這個法國女人會征服你的。」

她靠在沙發上，閉上眼睛，山姆吻了她，撫摸著她。過了一會兒，葛蓓蕾歎了口氣：「山姆，你不能對我太吝嗇，我需要你。」

當山姆來到的時候，莫妮卡正在門口親吻馬修道別。他們看起來很累，但很高興。馬修豎起了大拇指，山姆明白這表示他有好消息了。

進了房門坐下來後，山姆問：「你看起來很累，但是莫妮卡看起來很滿足和高興。我羨慕你的愛情生活。」

「你就別管我的愛情生活，你只要照顧好葛蓓蕾，讓她開心就行了。」

「現在，你快告訴我，你的計劃被接受了嗎？」山姆說。「我希望莫妮卡對這事一無所知。」

「我剛和莫妮卡在慶祝計劃被接受了，你別擔心，莫妮卡比誰都清楚，她甚至連問都沒有問。」

山姆問：「那你是怎麼說服德國當局接受你的運輸計劃？」

「我告訴他們，武器貨運列車的最大危險是來自盟軍戰鬥轟炸機在空中的巡邏，以及抵抗組織的攻擊和破壞。因此，我建議，首先，這列火車應該看起來像是一列運送普通貨物的普通貨運火車。」

山姆問：「所以德國當局同意了。但是你的計劃內容是什麼？」

「首先，貨運車中不要包括人數眾多的軍警護衛部隊，也不要有裝有高射武器裝備的平板車。第二，這是一列普通慢車，不是從敦克爾克經巴黎到里昂的直達特快列車。相反的，它將經過農村地區，並且要對其他的列車讓路，允許它們優先通過。目的就是要避開在空中巡邏的盟軍飛機和抵抗組織的注意，而不會攻擊我們。」

「你打算怎麼把武器交到共產黨的抵抗組織手裡？」

「我需要先和你談談另一件重要的事情，這是一個出乎意料的新發展。山姆，你聽說過一個叫金・穆林的人嗎？」

「我在倫敦聽過這個名字。好像是你們的戴高樂想要求這個人去辦件非常困難的事，就是把法國所有的抵抗組織團結起來，成立一個叫做『聯合抵抗運動』的組織，戴高樂希望它會認同由他領導的『自由法國國家委員會』，並且執行它的政策。我恐怕這裡頭會有很多政治問題。」

「我說的就是這個人，我認識他，我們談得很愉快。他很有領導才能，我認為你也應該見見他。」

「我相信英國的特種作戰執行機構，以及美國的戰略服務處，都會非常支持。他們曾幫助戴高樂成立了情報和行動中心辦公室，為抵抗運動提供支援。一個代號為帕西上校的人，是負責這件事的人。」

馬修說：「這位穆林提到，隨著越來越多抵抗組織的出現，通過合作而不是分開來單打獨鬥，會完成更多的任務。穆林是想把抵組織武裝起來，開始對納粹進行遊擊戰爭。」

兩個人都沉默了很長一段時間，山姆說：「你知道我在想什麼嗎？」

「我不知道你在想什麼，我是在想要幹一件大事，而不是只給共產黨送兩百把衝鋒槍。」

山姆不說話，只是瞪著眼看他，馬修就繼續說：

「他媽的，要幹就幹一大票，我這輩子就值了。山姆，我要把敦克爾克的軍火全部拿下，你一定得幫我，我把我們老朋友的交情擺到桌面上了，你就看著辦吧！」

山姆哈哈大笑，他說：「我就想到你一定會有這餿主意，我們是想到一塊兒了。但是這會改變你提交給當局的運輸計劃嗎？現在不僅僅是搶劫一輛貨車，你還得讓整列貨車消失。」

「沒錯。但就如何愚弄德國人而言，這個過程並沒有太大的不同。但是，我們需要這位穆林先生，安排各個不同的抵抗組織在途中接收我們送去的軍火。」

「馬修，我相信美國戰略服務處會非常欣賞你的計劃，他們會全力支持的。但是你必須明白，搶劫整列火車不再只是抵抗運動的小打小鬧破壞行為，蓋世太保特工將會全力的追捕你。所以在事後，你需要撤離法國。」

「不，莫妮卡和我要去南方參加抵抗運動，我們在山區裡有朋友。但是葛蓓蕾是我的妻子，蓋世太保特工會逮捕她作為人質，她別無選擇，只能跟你去英國了，這事就要拜託你了。」

山姆說：「我不太能確定，你要搶劫火車的真正動機。你將成為法國的大英雄，但也是個聰明和狡猾的魔鬼。」

馬修笑著說：「現在看來我已經為你準備好了交換內特曼博士的武器。我想你需要和葛蓓蕾談談了。」

在戰爭初期，共產黨抵抗組織的軍事力量還是比較薄弱，但是它迅速的發展成為一個有力的武裝運動力量，確保法國共產黨仍然是一支有效的反法西斯力量。

儘管共產黨組織的成員有著積極的歷史和經驗，但是他們之間的派系和彼此之間的鬥爭還是很激烈，每個派系分別在莫斯科都有自己的後台和支持者。不同的共產黨組織，特別是紅軍和黨部支持的團體，之間的鬥爭十分激烈。

他們在為資源和權力的支配而戰。有時，使用的鬥爭手段十分的殘酷，充滿了血腥。這些組織被鬆散地控制在人民內務委員會，也就是蘇聯秘密警察的領導之下，它是整個蘇聯的聯合執法機構，直接執行蘇聯共產黨的政策和意志。並且接受共產黨總書記約瑟夫・史達林的嚴格控制。

只有在德國入侵俄羅斯之後，史達林才下令蘇聯秘密警察，將納粹定為目標，呼籲全世界的共產黨員對納粹德國發動革命戰爭。這就是共產黨抵抗組織需要武器的原因。

由於俄羅斯母親正與強大的德國軍隊進行著生死的戰爭，她無法為抵抗組織提供任何武器，這些組織必須用自己的方法來獲得武器。雷達科學家奧托・內特曼博士成了天上掉下來給他們的禮物，用來交換武器。

葛蓓蕾的母親是來自波蘭的法國人後代，波蘭的貴族很多都有法國血統，他們講法語，許多人世世代代都住在巴黎，其中包括了葛蓓蕾的遠親，奧爾加・亨特・菲利波夫。

她的丈夫是一位年長的波蘭軍官，也是一位貴族，在希特勒入侵波蘭時死於與德國人的戰鬥中。

有傳言說，她的丈夫多年來，一直是「布爾什維克」，所以葛蓓蕾並不感到驚訝，有一天奧爾加向她透露，她是蘇聯蘇聯秘密警察駐巴黎的代表。奧爾加還曾要求過葛蓓蕾，用她的秘密電台發送過緊急電訊，因為她自己的秘密無線電台發生了故障。

山姆請葛蓓蕾安排一次會議，他要和蘇聯秘密警察代表討論用武器交換內特曼博士的問題。會議是定在巴黎東郊的第二十區。在二十世紀初，許多移民就在那一區定居，後來大量逃離第三帝國的德國猶太人，以及逃離內戰的西班牙猶太人遷入，它成為了巴黎猶太人的聚居區。

馬修開著他的老舊法國雪鐵龍進入了狹窄的街道，那是人口密集的住宅區和商業區的混合地帶。當他們接近指定的地址時，看到站在路邊的人顯然是負責監視和警衛的安全人員。

馬修放慢車速，小心駕駛，在預定的門牌號之前，停在路邊的一輛汽車突然開走，騰出了停車的空間。這一切，包括了停車位都似乎是按照預先安排在進行。一個人從街角的林蔭道上走了出來，他穿著白色背心和白色圍裙，一塊四個角打結的白布戴在他的頭上。

山姆和馬修聞到了烤麵包的香味，那一定是麵包店裡燒著木頭的烤爐傳出來的。他們下了車，山姆帶上後座上的帆布袋。麵包師走近他們，帶著羞怯的笑容說：「兩位好，你們是馬丁先生和西蒙先生嗎？如果你帶著武器，你得讓我暫時幫你們保管。」

馬修回答說：「我們身上沒有武器。但是帆布袋包裡有商品和現金。」

山姆打開了帆布袋，讓麵包師檢查，確定槍裡沒有子彈，麵包師說：「對不起，先生們，我需要搜查你們身上有沒有武器。」

山姆感到開始樂觀，因為提升了的安全警戒是顯然有共產黨高層人員已經到場的跡象。因此，這場「交易」不太可能是一個騙局。麵包師帶他們上樓，來到一個大房間裡，三個中年男人站在會議桌旁，一位年輕女子站在門口。一位非常漂亮的中年女士，穿著保守，走上前來迎接他們。

「你好！我是奧爾加。從葛蓓蕾給我的描述，你一定是她的丈夫，西蒙先生。」

她伸出手來，馬修握著它輕輕地吻了一下：

「亨特‧菲利波夫夫人，你好，讓我介紹一下我的朋友，這位是從里斯本來的山姆‧馬丁先生。」

她向山姆伸出手說：「你好，馬丁先生。」

山姆回答說：「很榮幸見到亨特‧菲利波夫夫人。」

他握住並吻了她的手，但同時感覺到她的手緊緊地握著他的手。他抬頭一看，發現她那雙藍色的大眼睛盯著他。奧爾加笑瞇瞇的宣佈：

「讓我們大家坐下來介紹一下自己。瑪麗，親愛的，你能給每個人倒些咖啡嗎？」

原來站在門口的年輕女子就是瑪麗，她回答說：「是的夫人，馬上就來。」

在座的三個男士分別介紹自己是伯瑞斯同志，迪米崔同志和菲力浦同志。瑪麗端上咖啡時，他們靜靜地盯著山姆和馬修。奧爾加解釋說：

「出於安全考慮，從現在起我們只使用名，不用姓，我相信你們會理解。」

「當然。這對每個人都有好處。」山姆回答。

為每個人都倒了咖啡後，瑪麗又回到了她站在門旁邊的位置。山姆意識到她實際上是奧爾加的貼身保鏢。她襯衫下面腰部的隆起部分一定她的手槍。山姆能夠感到，共產黨的內部鬥爭是你死我活的，危險的程度一定是非常巨大。他開始說：

「奧爾加夫人和同志們，請允許我先說幾句話。我謹代表美國戰略服務處和我們在這裡的法國朋友，對各位在奧爾加夫人領導下與我們合作打擊納粹的意願表示衷心的感謝。為了表示我們的誠意，我的上級授權，讓我向奧爾加夫人提供象徵性的捐贈。」

山姆打開帆布袋，拿出一捆捆的現金。他繼續說：

「這是五萬美元，都是一百美元的鈔票。我們相信，奧爾加夫人，您會為我們的共同事業好好利用它。我想向您保證，今後，我們將增加對進一步合作的捐款。」

「山姆先生，謝謝你，我期待著與你進一步合作。」奧爾加輕聲回答。

突然，迪米崔同志說話了：

「也許，山姆先生，你可以考慮直接向我們的各個團體直接捐款。我相信這些資金將得到更有效的利用。」

山姆想，他們的內部鬥爭，已經變成了赤裸裸的不服從上級命令。他回答說：「是的，也許您說得沒錯。但是，我必須按照上級的指示執行任務，也就是要求奧爾加夫人來分配資金。也許迪米崔同志應該把您的看法，直接傳達給美國戰略服務處。」

奧爾加感激地瞥了山姆一眼說：

「為了節省時間，我想我們應該討論我們的共同任務，您同意嗎？山姆先生？」

「是的，我也是這麼想，對我們停留在一個地方太久是不安全的。」

「也許山姆先生可以告訴我們你住在哪裡，這樣如果有什麼重要的事情發生，我們就可以聯繫你。」

伯瑞斯同志插話，他還是不肯輕易的放棄。

「如果奧爾加夫人不能聯絡到我們，您可以在巴黎火車北站旁邊的一條狹窄街道，一家歐羅巴咖啡館裡留言。」

山姆就是不肯上鉤，奧爾加打斷了伯瑞斯同志說：

「好了，山姆先生，我們提出的交換條件可以接受嗎？」

「條件是沒有問題，我們認為兩百支衝鋒槍和每支槍有一千發子彈是可以接受的。但是，我們必須堅持在交換之前，一定要核實內特曼博士的真實身分。」

菲力浦同志第一次發言：「我們已經準備了所有的文件，您可以詳細的檢查。」

山姆相當肯定，菲力浦同志是巴黎當地共產黨員選出來的抵抗組織頭目，而不是由莫斯科指派來的領導人。而且非常可能目前內特曼博士是在他的保護之下。山姆面帶微笑地回答：

「我的朋友馬修先生告訴我，在被佔領的法國，德國的安全部門經常要求人們出示各種證件，例如身分證、配給卡、香煙證、旅行證、工作證等等，任何人持有可疑的文件都會被逮捕。因此，偽造文件已經成為抵抗運動的關鍵技能。我不能只靠文件，我需要親自和內特曼博士訪談。」

奧爾加回答說：「這似乎是合理的。我們將安排山姆先生和內特曼博士見面談話。」

菲力浦同志接著說：「你會給我們提供什麼樣的衝鋒槍？」

馬修從包裡拿出槍支和彈夾，他說：「像這樣的槍有兩百支，每支槍有一千發子彈。」

山姆把槍遞給菲力浦同志：「奧爾加夫人，這是英國製造的衝鋒槍，通常被稱為『史登槍』。它發射九毫米的子彈。這種槍以設計簡單、生產成本低而聞名，成為抵抗組織或遊擊隊近距離交戰時，最有效的武器。」

顯然，菲力浦同志很喜歡這把槍：「請問，你們還能提供更多的『史登槍』

嗎？」

「目前，我們無權告知供貨量。但是我可以說，我們有足夠的庫存。」

伯瑞斯同志接著說：「這些槍現在哪裡？你能告訴我們嗎？」

山姆說：「不，我們目前還不能透露。」

「那麼要如何保證，我們在提貨時，不被蓋世太保特工發現呢？」

「一旦我們核實了內特曼博士的真實身分，我們可以協商來決定一個雙方都認可是安全的地點。」

奧爾加插進來說：「山姆先生，您提到了我們今後的合作，是哪一方面的工作，目前可以說說嗎？」

「我們計劃執行某些秘密任務，涉及到情報收集、破壞行動，甚至小規模的作戰。我們可以提供物資和裝備，但是希望您能提供人力。當然，我們也會提供慷慨的補償。」

奧爾加回答說：「我相信我們是可以勝任這類的任務。」

伯瑞斯同志插嘴說：「如果補償是足夠的話。」顯然，他激怒了奧爾加。

她厲聲說道：「我需要再次嚴重的提醒伯瑞斯同志，對德國納粹的抵抗行動，包括政策和任務的執行，都是由莫斯科的委員會來決定。如果你不同意，我一定會報告我們的上級，由他們來做最後的決定。」

突然，會場鴉雀無聲，奧爾加目露凶光，盯住伯瑞斯。他環顧在場的同志，期盼有人發言支持他，當理解到他是孤軍一人時，他的語氣變軟：

「奧爾加同志誤會了，我一定會遵守紀律，服從領導的決策。」

奧爾加沒有回應他，而是說：

「馬丁先生和西蒙先生，非常抱歉我們內部問題讓二位不安。但是我保證，我們會很快的按剛才同意的計劃進行我們的第一個合作。請等待我的消息。」

會後，奧爾加和山姆一起走到樓下的麵包店。當他們以法國式親吻臉頰告別時，奧爾加的嘴唇輕輕地拂過他的臉頰，只逗留了幾秒鐘。她在他耳邊低聲說：

「我需要見你，瑪麗會跟你聯繫。」

在回來的路上，山姆對這第一次和共產黨抵抗組織的會議有著複雜的感覺，一方面是理解到他們是一股強大的力量，在抵抗納粹的鬥爭裡，是絕對不能忽視的。

但是在另一方面，他們內部之間的勾心鬥角，非常激烈，很可能會帶來重大的災難。他正想問問馬修是如何的看法時，馬修先開口了：

「山姆，你的感覺如何？我們能和這批人打交道嗎？」

「要非常小心，我的感覺是，到了節骨眼的時候，他們會毫不留情的把我們吃掉，連骨頭都不剩下。但是我們別無他途，硬著頭皮也得幹了。」

馬修還是猶豫不決：「是嗎？什麼理由？」

山姆說：「有兩個理由，都是關係國家的生死存亡，不是你和我能決定的。一個就是內特曼博士，他是雷達專家，有他，我們同盟國的勝利機會就大為增加。所以已經給我下了死命令，先是把他買過來，不能買就偷，不能偷就搶。不僅是流汗，就是要流血，甚至要人命，也得完成任務。馬修，我是咬住你了，你得幫我完成任務。」

馬修說：「沒問題，這個忙我幫了。那第二個理由呢？」

「這第二個理由也是為了你，你非得幹不可。那位穆林先生的計劃，把所有的抵抗組織聯合起來，武裝他們，成為一股強大的力量來打擊希特勒的納粹。要成功，敦克爾克軍火和共產黨的人力缺一不可。如果事成，你馬修就是法國的民族英雄，將會留名青史。」

「偷軍火的計劃需要美國戰略服務處在節骨眼的時候使力，山姆，這事你得替我辦好才行。」

山姆說：「沒問題，但是你和我還是要和共產黨團伙打交道，不能躲避了。」

「這是我們頭一次和他們碰面，我認為你給奧爾加夫人留下了很好的印象，她顯然很欣賞你。但是我不知道其他人的情況。他們之間似乎有很多問題。」

山姆說：「我感覺他們非常渴望我們的這筆錢，所以他們是會和我們合作的。但是他們的內訌令我擔心，我覺得他們會毫不猶豫地為了自己的利益互相傷害，到頭來會影響到我們的任務。」

「沒錯，我也有同樣的感覺，所以我們一定要非常的小心。但是奧爾加夫人看來做事很有魄力，只要是她負責，我相信事情是會成功的。」

馬修的臉上洋溢著喜悅繼續的說：「他媽的，一想到這我就渾身痛快，我們再也不只能乾瞪眼的看著納粹德國佬把我們法國女人擺平了做愛，我們可以開始要好好的收拾他們了。」

山姆也很興奮的說：「是時候了，我們也該真正的開始傷害這些納粹混蛋。首先，我的兩位得力助手，也是來協助二十三號小組的美國戰略服務處行動員，金・皮爾艾文和諾蘭・馬克辛，馬上就要到達。他們可能會有關於叛徒的消息。」

「山姆，事情過後，我會成為蓋世太保特工們追緝的首要犯人，我必須轉入地下。為了抓我，葛蓓蕾也會被捕。保護她的責任就交給你了。」

「我跟她說了，內特曼博士的事一結束，我就把她撤離到英國。但是她斷然拒絕了。」

「我說了，你必須要先把她擺平，她就不會拒絕你。」

「馬修，葛蓓蕾是你的老婆，我怎麼擺平她？」

馬修把山姆送到東方飯店，飯店的門房向他打招呼，說蘭伯特小姐在他房間裡等著。從經理那裡拿到房間鑰匙後，山姆決定不用電梯，爬三層樓到他的房間。正站在窗前向外看的葛蓓蕾被門鎖上鑰匙轉動的聲音嚇了一跳，她張開雙臂向山姆跑去，擁抱了他。

「我沒看到你回來。」她說。

「我不是從前面進來的。馬修把我放在側門口。」

「會議開得如何？我擔心共產黨的抵抗組織有很大的內部矛盾，聽說有些人是非常陰險惡毒的。」

山姆陶侃的說：「葛蓓蕾，你是在替我擔心，還是在掛念你丈夫？」

她沒有回答問題，向前走去，深深地吻了山姆。後退一步，山姆注意到葛蓓蕾今天是多麼美麗。她穿著一件新衣服，精心地化妝，突出了她迷人的身材和光滑潔白的皮膚。在過去的幾天裡，她的行為和她深思熟慮的表情，讓人相信這位和丈夫分居了的美婦人已經愛上了別人。

葛蓓蕾找到了她失散已久的情人，或者是找到了一個全新的情人。但是，這也讓她心煩：「當然，山姆，我擔心你。我也擔心你最要好的朋友。」

突然，葛蓓蕾大叫了一聲：「天哪，我差點忘了！奧爾加打電話來告訴我，她想給你看一些東西，作為內特曼博士驗明正身的文件證據，你得馬上去一個地方。所以我才來這兒等你。」

她從錢包裡遞給他一張紙。山姆看了看，問說：「我在那裡會遇見誰？」

「奧爾加說那個人會找到你的，她還說要你非常小心，因為還有其他的人，也想拿到這些文件。」

「奧爾加辦事真快，我現在就動身，但是你留在這裡。我可能會需要你幫忙，等我的電話。」

東方飯店的門房為山姆叫了輛計程車去到了麗茲酒店。到達後，山姆並沒進酒店，而是向相反的方向走回到孚日廣場。他停下來觀看書店的櫥窗，裡面陳列著的舊地圖和航海圖。

從眼角裡，他注意到在半條街後面，有一個男人也停了下來，顯然是在盯著一家煙草店的櫥窗。這人看來有三十多歲，戴著一頂灰色尖頂帽，手插在一件花呢夾克的口袋裡。

山姆繼續往前走，進入了附近的地鐵站。在他下樓時，他聽到頭頂上有急促的腳步聲，他回頭瞥了一眼。在腳步聲停下來一會兒後，山姆轉過身來，看見身穿花呢夾克的人，那人即刻轉過身來，消失在樓梯拐角處。

山姆很想知道這個跟蹤他的人，只是一個發現到自己走錯了路的人，還是蓋世太保特工？還是奧爾加敵對派系裡的人？

山姆聽到火車來了，他很快就走到月台上。葛蓓蕾不久前給他的那張紙條上寫得很清楚，要他等一個從地鐵車箱出來的人。

當到達的乘客出站，來搭車的乘們客都上車後，月台上幾乎空無一人。山姆想，也許這個人會在下一班火車上。

當下一班火車快到達時，更多的人下到月台上。火車駛近，減速，然後停了下來。

到達和搭車的乘客擠滿了車門，一個大約五十歲的男人出現了，穿著不好，深色的襯衫扣在喉嚨處，一張佈滿皺紋的臉上有一雙憂心忡忡的眼睛，毫無疑問是個斯拉夫人。

他遞給山姆一個棕色的大信封，他說：

「你有兩個小時的時間。然後把它送到拉丁區聖日爾曼大道上的弗洛爾咖啡館。你必須準時，這可能會關係到奧爾加的生命。」

山姆拿著信封問：「我該還給誰？」

那人很快的轉過身，朝地鐵車門走去，但是脫口而出：「你會知道的，別遲到了。」

就在火車開動和加速之前，山姆短暫地看了看那個人，認出來他就是那個麵包師，在與奧爾加會面之前，搜查他身上是否有隱藏武器的人。

在大街上，山姆迅速地瞥了一眼信封裡的東西。他看到一本大約十五到二十頁的筆記本，上面有精心繪製的電路原理圖和整齊手寫的數學方程式。

這些都應該是內特曼的雷達設計說明，奧爾加希望他審查後，作為此人是真實的證據。

很明顯的，她是顧慮到有些共產黨同志們會不同意她，所以她才秘密接觸。山姆在地鐵站找到一個公用電話亭，打電話到東方飯店，要求接通他的房間。葛蓓蕾接了電話，山姆緊急地告訴她：

「葛蓓蕾，這是緊急情況。請仔細聽。打開壁櫥，拿出架子上的手提箱子。它有一個假的底夾層，你可以扭轉手柄打開它。帶上裡頭的小相機，來到拉丁區聖日爾曼大道上的弗洛爾咖啡館。你需要坐計程車儘快來。如果我不在，請稍候。我可能需要擺脫跟蹤我的人。你明白嗎？」

葛蓓蕾重複道：「從手提旅行箱裡拿出相機，去弗洛爾咖啡館等你。我現在就出發。」

經過幾次閃避行動之後，山姆讓他的計程車司機停在離咖啡館有一條街的地方。他走來走去，停下來看商店的櫥窗，確定沒有人在跟蹤監視他。

當他最後走進咖啡館時，葛蓓蕾在一張角落的桌子上向他揮手，桌子上放著一個小小的有花邊的布袋，顯然是裝著照相機的。

在接下來的十分鐘裡，山姆在男廁所中離天花板燈光最近的隔間裡，拍攝了雷達設計筆記本。

當他回到角落的桌子時，已經是滿頭大汗了。

他把信封遞給葛蓓蕾：

「把這個放在你的包包裡，這是內特曼的雷達設計筆記本，我已經全部都拍了照了。現在，我們需要將它還給奧爾加而不讓人發現，因為在她的共產黨同志中，反對和我們做交換的大有人在。」

「山姆，有一對男女坐在另一個角落的桌子，正盯著看我們，有危險嗎？」

「不，他們是在等著拿這筆記本。」

葛蓓蕾說：「所以你認識他們。」

「是的。那個女的叫瑪麗，是奧爾加的貼身保鏢和助手。」

當瑪麗站起來走向女洗手間時，山姆叫葛蓓蕾跟著她進去，把信封交給她。三分鐘後，瑪麗離開了女廁所。當她的男伴去付賬時，瑪麗從座位後面撿起圍巾，迅速走向山姆，遞給他一張小紙片。

「這是夫人的私人電話號碼，請你打電話給她。記住號碼，並銷毀紙張。」

她和男伴走出咖啡館後，葛蓓蕾才回到座位上：

「瑪麗告訴我，兩天後你可以在這個時間和地點和內特曼博士談話。」

她遞給山姆一張紙，上面寫著地址和時間。他問：

「你知道這個『蒙馬特』地方嗎？」

「蒙馬特是巴黎北部的一座大山丘，」葛蓓蕾解釋說。「著名的紅磨坊夜總會就在那附近，離你和內特曼博士談話的地方只隔一條街。」

「不知為什麼，我對這個地方有一種奇怪的感覺。為什麼不能在麵包店會談？也許我應該讓亨利帶我先去查看一下地方。」

「為了安全我認為你應該先去看看，」葛蓓蕾同意了。「你永遠不知道這些共產黨人會有什麼花招。」

當葛蓓蕾抬起頭來時，山姆臉上帶著奇怪的表情向她微笑。

「你是在想什麼讓我難堪的事嗎？」她問。

「當然不是。我只是想知道你是不是餓了。」

「嗯，差不多是吃飯的時間了，你為什麼要問呢？」

「我很想請你吃頓飯，其實我已經想了有一段時間了，現在是最好的時機了。」

「那你是要跟我約會嗎？」她問。

山姆想了一會兒，回答說：「是的，你可以說，我是想和你約會。」

這次是葛蓓蕾頑皮地笑了：「山姆，在法國，當一個男人帶一個女人吃飯時，不僅僅只是吃飯。」

山姆沒說話，所以葛蓓蕾就繼續的笑著說：「你別害怕，我會很溫柔的。你想要帶我去哪裡？」

「就在這弗洛爾咖啡館，這裡有一家非常好的餐廳，有很多可口的菜肴。」

山姆和葛蓓蕾叫了一瓶好酒，享用了一頓豐盛的晚餐。晚餐後，他們決定去拉丁區散步。

離咖啡館不遠，他們從聖日爾曼大道轉入聖蜜雪兒大道。沿著綠樹成蔭的大馬路，他們經過了索邦大學和盧森堡花園，在走到皇家港火車站之前，來到了卡米爾朱利安廣場。

葛蓓蕾很高興，她開始感覺到山姆對她越來越像一個情人。儘管有時她的動作很強勢，他不再拒絕她的親吻和愛撫了。

同時，她也能感覺到山姆似乎很享受她溫柔的關愛，也越來越注意到她的女性特質，比如她的衣著、香水、皮膚和親吻。

從路過人們的表情裡，葛蓓蕾可以看出許多人都羨慕他們是一對深愛著的情侶。他們手挽著彼此的腰走路。

葛蓓蕾輕聲的問道：「我看到你衣櫥裡有一瓶頂級法國白蘭地酒。我可以喝一口嗎？我已經好久沒嘗過了。」

「當然。到我的酒店房間來。」

第九章：俄羅斯的愛情來到巴黎

山姆從來沒有忘記馬修是他最好的朋友，現在他更是一起出生入死的戰友，而葛蓓蕾多年來一直是馬修的妻子。

生死之交的好朋友也充滿了絲絲縷縷的複雜情感，馬修和葛蓓蕾去到海德堡上大學時是一對情侶，但是在校園裡葛蓓蕾碰到了讓她一見鍾情的山姆，遺憾的是山姆已經有了青梅竹馬的戀人，而葛蓓蕾自己也已經許身給馬修了，萬般無奈的葛蓓蕾將她對山姆火熱的愛情硬壓下來。

鬼使神差，戰爭改變了一切；葛蓓蕾和丈夫馬修分居，山姆的初戀也嫁了人。問題是，山姆發現他最要好的朋友馬修，還是深深的愛著他的妻子葛蓓蕾。

儘管如此，山姆還是情不自禁地喜歡她的陪伴。除了若即若離的愛撫，陳年的頂級白蘭地酒創造了讓人忘我和愉悅的幻覺，讓他們脫離現實。葛蓓蕾溫柔的懇求、引誘、勸說，甚至強迫他做愛，而山姆只剩下了微弱的象徵性抵抗。

葛蓓蕾低聲的說：「看來晚上的戒嚴要開始了，我今晚就只好待在這裡。但是你不必擔心，我不會強迫你，所以你不會給你最好的朋友戴綠帽子。」

一件事導致另一件事，兩人光著身子躺在床上，面對著火熱誘人的胴體，山姆使出了渾身解數，在葛蓓蕾雪白光滑皮膚的每一個角落裡留下了他到此一遊的痕跡。

她緊緊的摟著山姆，配合著山姆雙手的撫摸和熱唇的吸吮，全身在扭曲打滾。一次又一次，葛蓓蕾被帶入高潮，但是山姆還是不停的侵犯著被他壓在身下嘶喊中的女人，直到她氣若遊絲的苦苦哀求後，一切才風平浪靜，兩人擁抱著入睡了。

葛蓓蕾是因為有一隻手在她身上游走而醒過來，她說：

「我真的以為你是發瘋了，想要整死我。」

「但是你的反應那麼強，我以為是你想要，所以我才努力的賣命。」

「因為你的好朋友有了新歡，就忽略了他老婆的生理需求，所以我才開始侵犯你。」

山姆不說話，她就繼續說：「他不是派你來當替工嗎？結果你把我弄得徹底崩潰，都氾濫成災了，真是的。」

他還是不說話，葛蓓蕾又繼續：「我知道你的小心眼，就是要我承認你的床上功夫比他好，男人都是一樣，有自我膨脹的虛榮心。」

山姆說話了：「你的結論呢？」

「你還是沒有穿刺我，這是不完整的做愛，所以還不能下結論。你還需要繼續努力。」

「老天爺！我是真正的苦命人。」

葛蓓蕾給他一個長長的濕吻：「你的命不苦，你想聽聽馬修告訴我的一個故事嗎？」

「你說吧，我在聽。」

「實際上，這是發生在法國南部的一件真實故事。有兩個兄弟喝酒喝醉了，與人衝突打架。弟弟意外失手，致人於死。哥哥知道弟弟馬上就要結婚了，所以他向警方供認，說是他失手殺人。」

山姆說：「哥哥為弟弟做了一件高尚的事，不是每個兄弟都會這樣做的。」

「法院以殺人罪判處哥哥十五年徒刑，但是因為在監獄裡品行良好，關了十年就獲假釋出獄。弟弟接他回家，吃了一頓大餐後，問他還想要什麼。」

「我知道他想要什麼，」山姆說。「十年沒有性生活之後，男人只想要一件事：就是女人。對嗎？」

「他們去到酒吧和其他聲色場所，但是沒找到妓女，或是願意和陌生男人睡覺的女人。於是，他們只好回家，哥哥喝了點威士忌酒就上床睡覺了。」

「也許在農村，找一個放蕩的女人並不容易。」

葛蓓蕾繼續說：「弟弟看到他美麗和性感的妻子，眼裡有一種特別的眼神。很明顯的，哥哥也注意到了她，正是因為這個女人，他才放棄了十年的生命。」

山姆對這個故事越來越感興趣，他問道：「接下來又發生了些什麼？」

「弟弟非常明白，沒有哥哥的十年犧牲，他是不會娶到這女人做老婆，過了十年快樂的婚姻生活。所以他請妻子和他哥哥睡一晚。」

山姆問：「她同意了嗎？」

「你覺得呢？當然不會同意。大多數的女人是不會和陌生人上床的，尤其是和剛從監獄出來的男人。於是弟弟就繼續向妻子乞求，最後是跪在妻子面前乞求，終於妻子讓步了。」

「如果你是當妻子的，你也會同意嗎？」山姆問。

葛蓓蕾想了一會兒才回答：

「這是一個假設性問題，我從來沒想過的。」

她繼續講述這個故事，「有人打開了燈，叫醒了哥哥。是弟弟的妻子來找他，告訴他，她想和他睡覺。他很震驚，但是他拒絕了，於是弟妻就脫掉了衣服。當一個全裸的女人，出現在一個十年沒有碰過女人的男人面前，你認為會發生什麼事呢？」

山姆回答說：「這還用問嗎？」

「但是哥哥還想掙扎，他閉上了眼睛。但是那女人低沉的吼叫了一聲，就撲了上去。長期壓抑的性慾突然爆發，哥哥變成了一隻春情發作，熱血沸騰的野獸。」

山姆一聲不發，全神貫注在這個故事。葛蓓蕾說：

「女人開始有節奏的接納男人強有力的穿刺侵入，男人和女人都在自言自語，但是毫無疑問的，他們是在做愛。她的上臂似乎是在抵擋他的侵入，但是她的下半身卻在接納他，同時緊緊的將他包住。」

山姆說：「我想她的思維已經很混亂了，並沒想到她正在背叛她的丈夫。」

葛蓓蕾說到了故事的結尾：「男人就像騎著一匹野馬在廣闊的草原上奔馳著，兩個赤裸的身體都浸在汗水裡，皮膚在燈光下閃爍。當兩人的推送和接納節奏接近高潮時，她的雙臂和雙腿將他緊緊的摟抱著，兩個身體完全融合成一體。男女兩人呼喊著進入高潮，然後沉澱在昏迷裡。」

最後，山姆評論道：「我不認為這是一個真實的故事。太不可思議了。」

「大多數人會認為，這只是一個被剝奪了性生活的男人和一個年輕女人之間的激情性接觸。但這是一個真實的愛情故事；哥哥為了愛護弟弟犧牲了十年的青春。女人把她的身體和真正的激情獻給了救她丈夫的男人。他們打破了所有的道德約束，以及社會的禁忌。」

思考了一會兒，山姆說：「我雖然同意你的說法。但是任何人要做這種事都不是件容易的事。」

但是葛蓓蕾很嚴肅的回答：「雖然這是妻子為丈夫償還債務的行動，但是她在做愛時獲得的靈肉滿足感，特別是對女性來說，是一種正常的反應。因此，這不應該掩蓋了妻子為了體貼丈夫所作的高尚犧牲，以及她對自己身體的忠實反應。它讓你思考人類會如何用自我犧牲來應對某些情況。」

山姆說：「恐怕你所說的是真的，我只想知道你是不是還有別的想法。」

「沒錯，山姆，我想知道的是，在她和丈夫的哥哥激情做愛之後，她是否要向丈夫保證，儘管她對另一個男人有了強烈的反應，但她仍然愛自己的丈夫。此外，她還必須要讓丈夫重新取得他是他妻子身體和靈魂的唯一所有人。因為這是普世公認的婚姻定義。」

「葛蓓蕾，你認為這是個正常女人會做的事嗎？」

「實際上，我認為她應該把丈夫的哥哥推到她的身下，騎上他。」

山姆沒有回答，於是葛蓓蕾就繼續說：

「我是想知道，和兩個兄弟一個接一個地做愛，是什麼感覺。你知道馬修為什麼要告訴我：這個奇特的故事嗎？」

山姆回答：「我不知道，你知道他是為什麼嗎？」

過了很久，她才說：「如果你真的不知道，就繼續的猜吧！山姆，如果女人想征服一個男人，男人是抵擋不住的。」

葛蓓蕾閉上眼睛睡著了。

金．穆林來到了歐羅巴咖啡館後面一個黑暗的角落，在一張小桌子旁和馬修見面，他們握手後坐下點了咖啡。

馬修說：「我幾乎沒認出你來，你是什麼時候開始化裝的？」

「自從我從英國回來後，就感覺到有德國的特工一直在跟蹤我。這也正是英國特種作戰執行機構告訴我會發生的。所以我接受了他們的建議開始偽裝自己，也許它能幫助我活得久一點。」

馬修問：「門口的兩個人是你的保鏢嗎？」

「是的，我們有不少朋友都因為內部有叛徒而被逮捕，非常遺憾，我們似乎沒有辦法阻止有人會告密，要把別人送進監獄。所以我決定在我被捕時，我和我的保鏢會進行最後一場戰鬥。」

「你說的太正確了，我們的抵抗小組最近剛接到情報，說我們有內部叛徒，在此同時，我們也失去了一些成員，讓我們不得不暫時停止活動一段時間，我們都需要非常小心。」

「謝謝你，馬修，我會記住的。但是今天我給你帶來了好消息。敦克爾克的武器不會浪費了！他們將被用來殺死德國士兵。」

「啊！我的朋友，你已經成功地聯合了不同的抵抗組織。祝賀你！這肯定是一項艱巨的工作。」

「是的，的確如此。我們法國人對如何合作總是有不同的意見。不過，在好說歹說之後，現在達成協議，大夥團結一致了。」

金．穆林環顧四周，確定沒人在注意他們後，從夾克內口袋裡拿出幾張紙。他說：「這是八個抵抗組織協商定下的分配清單，它是根據每個小組的人力大小，以及計劃中的行動而定出來的。這是我在兩個有軍事背景的英國特種作戰執行機構行動員協助下，完成的分配清單。當然，我們也非常感謝你們提供的敦克爾克武器庫存清單，希望每一個槍支和彈藥都能得到充分和有效的利用。」

馬修看了一下分配清單後，他說：「你們討論過不同抵抗小組的交貨地點了嗎？」

「有的，我們是根據舊廢棄鐵軌上的貨運列車路線來做的。正如你所建議的，在這表格上，我們用數字代表不同的小組，以及他們選擇的交貨地點。在下一頁的路線圖上，這些交貨點都已經標定好了。」

喝了一口咖啡後，穆林繼續說：

「由於有暴露行蹤的可能性，運送過程將是最危險的。我們想知道你是否可以將分配給不同抵抗組織的軍火，裝在不同的貨車上。然後你可以把貨車停放在交貨地點，火車就可以立刻離開，繼續前進。」

馬修說：「這是個非常好的建議，你看看這些交貨點，我們很有可能會在一個晚上，完成交貨任務。這樣會將我們暴露的風險降到最低。」

「但是在敦克爾克，你必須在八輛不同的貨運車上裝不同的軍火，這會引起問題嗎？」

馬修說：「我想不會，因為在敦克爾克，倉庫搬運工的工會和火車操作員工會都控制在我們手裡。」

穆林問說：「太好了，那就這樣了，你認為什麼時候可以有一個明確的時間表？」

「從現在起一周後，你給這家咖啡館打個電話，說你是從敦克爾克來的貨運代理，是來取時間表的。接電話的人會告訴你去哪裡拿。」

「那就這麼辦了。還有一件事你必須明白，在這之後，你很可能會成為蓋世太保通緝的重要逃犯。也許你應該考慮是否要離開法國了。」

「美國戰略服務處已經建議把我撤離到英國，但是我拒絕了。我是法國人，我的目的是把德國納粹趕出法國。如果我會死，也得死在法國。但是我相信，我轉入地下後，是可以生存直到戰爭結束。」

「你說得很對，這也正是我要做的。」

兩人握手的時間比平時要長一些，但是他們沒有想到，這是他們最後一次在一起喝咖啡。

在法國，傳統的右翼勢力在貴族和天主教徒中佔有優勢，但是他們從來沒有接受法國大革命後的共和國制度。他們要求法國回歸到傳統的文化和宗教路線，在摒棄民主的同時接受獨裁主義。

在法國南部的納粹傀儡政權，維希政府，作為法國法西斯主義的一部分，是在尋求反現代化和反革命。另一方面，德國入侵蘇聯時，法國最強大的左翼共產主義份子，轉而反對維希政府。

法國國家鐵路公司是屬於法國的國有企業，負責管理法國的鐵路運輸。它們的雇員工會是信仰和支持共產主義者的大本營之一。它裡頭的抵抗組織就是在德國佔領期間，破壞鐵路的機車車輛及其基礎設施的主要組織。

馬修・西蒙的父親和祖父都是有社會主義理想的法鐵雇員工會的成員，但是，在馬修從海德堡大學獲得學位，並申請到法鐵工作後，他成為了管理層的一員，而不是像他的父親和祖父那樣成為工會的一員。

他沒有加入法鐵的抵抗組織，而是自己組成了一個獨立的抵抗小組，由他的同學好友，山姆・李和美國戰略服務處提供支援，它成為了由盟軍指揮的第二十三號敵後行動小組。

在馬修和葛蓓蕾結婚之前，他有一位名叫香黛兒・卡里達的情人。當時馬修的家庭是工人階級，而香黛兒的家庭是上層社會的商人。這兩個年輕人在整個高中時期都深深的相愛著。但是當他們開始談論政治的時候，他們之間的感情有了改變。

馬修發現香黛兒信奉法西斯主義，顯然她是受到了父親的影響。而令他最不安的是，她也提倡馬修最反感和厭惡的反猶太主義和反布爾什維克的學說。

當葛蓓蕾出現時，馬修和香黛兒就分手，各奔東西，當時認識他們的朋友中，沒人感到驚訝。

馬修和葛蓓蕾結婚後不久，香黛兒嫁給了較她年長的菲利浦・費朗先生，一個堅定的法西斯主義者。

費朗成為納粹傀儡，維希政府的重要官員，也是其領導人菲力浦・佩坦元帥的密友。香黛兒住在里昂來西公園附近的一所私人住宅，她很驚訝的接到馬修給她私人的住處打來的電話。不到二十分鐘後，馬修就出現了。當他們坐在客廳裡，女僕把咖啡端出來時，香黛兒說：

「在電話裡，你說有一件我應該知道的緊急事情。是嗎？」

馬修繼續的盯著她看了一會兒，然後說：

「你和多年前沒什麼不同，我最後一次見到你已經快十年了吧？」

「是的，一切都改變了，我不可能保持不變。但是我明白你的意思：我和以前一樣的醜惡。」

「這不是我的意思。我是說，你看起來和以前一樣有吸引力，這也許是隨著女性成熟的關係。別忘了我是很有資格做出這樣的判斷。」

香黛兒沉默了一下，然後說：「你不必提醒我，雖然我們曾經在一起相戀了很久，你還是為了另一個女人把我甩了。」

「我希望提醒你，是誰拋棄了誰這個問題，一直是我們之間爭論的焦點。」

「我不認為你是來和我討論我們的過去。你想要我做什麼？」香黛兒問道。

「首先，我謝謝你同意見我，我知道這對你是很為難的事。我有一個不知道如何處理的問題，才來找你。這不是我個人的問題，而是牽涉到法國的問題。」

「你還在法鐵工作嗎？」

「是的，這個問題與我在法鐵的任務有關。」

「馬修，你參加了抵抗活動嗎？」

「對不起，我不能回答這個問題。但是在任何時候，你指一指大門，我就會立刻離開這裡。如果你要打電話給蓋世太保，我也不會怪你。這些你都可以接受嗎？」

「你就說吧，告訴我，你想要什麼。你不必把自己說得那麼高尚。我已經習慣了，大多數的法國人都恨我們。」

「香黛兒，德國佔領當局要求法鐵把英軍在敦克爾克留下的軍火運送給維希政府。」

「我知道，德國人一直不願向維希的安全部隊提供常規武器。他們只是不信任我們，經過長時間的談判，他們最終同意了，讓維希安全部隊使用英國人留下的武器。」

「法鐵將運送任務交給我，他們強烈要求，必須避開盟軍的飛機攻擊，以及避免抵抗組織的破壞。因此，我需要避開主要鐵路幹線，而利用長久以來已經不使用的軌道。但是老舊軌道的鐵路道岔是鎖著的，我們需要鑰匙來打開它們。」

「什麼是鐵路道岔？」香黛兒問道。

「鐵路道岔，有時稱為道岔組，是一種機械裝置，使鐵路列車能夠從一條軌道引導到另一條軌道。在鐵路樞紐，支線或側線分岔的地方，就會需要有這種裝置。」

「它們是如何將列車從一條軌道移到另外一條軌道的呢？馬修，你得原諒我的無知和好奇。」

「鐵路道岔組是由兩條逐漸變窄的平行鐵軌所組成，由連接住的手動扛杆控制它們橫向移動，兩條軌道可以互相緊靠著，或是分開有間隙，由此來引導列車朝著直線路徑或分流路徑移動。我們稱之為調車。」

「那為什麼有鎖和鑰匙呢？」

「對於無人值守和看管的軌道，鐵路道岔組的控制扛杆是被鎖定在固定的位置，以防破壞和未經授權的調車。」

「你的法鐵老闆應該很樂意為你取得這些鑰匙的。」

「在我的計劃報告中所說明火車路線與我實際要採用的是完全不同。你一定知道，在我們法鐵裡，有非常活躍的抵抗組織。這種特殊的貨運列車將是他們希望破壞，甚至劫持的最理想目標。為了武器的安全，我需要將路線保守秘密。」

「我明白。但是我能為你做些什麼呢？」

「你父親曾經是法鐵的重要人物，我記得他以前有一套鑰匙，用來開啟所有老舊和廢棄的鐵路道岔組。我希望能夠借用幾天。」

香黛兒想了很久，然後問：「我為什麼要幫助你？你選擇了我的對手，而離開了我。我們不已經是敵人了嗎？」

「我傷害了你，如果你不想和我有任何的瓜葛，我理解。但是如果你能聽聽我的解釋，你就會明白，這件事是和法國人民有關的。」

香黛兒沒有反應，馬修就接著說：「貨運列車最後的目的地是里昂郊外小鎮維勒班尼的一個倉庫。這就是我來找你的原因。」

「我以為這些武器是為維希政府準備的，他們的倉庫不在維勒班尼。」

「那裡的倉庫是德國軍隊儲備設施的一部分，我不想把這些武器交給納粹德國。也許你能幫我把它們交給維希政府，到底他們還是法國人。」

香黛兒看著他：「你想過，幹了這樁事後，你自己的處境嗎？」

「也許蓋世太保會來找我，我會成為納粹通緝的數百名法國同胞之一。沒什麼大不了的。」

香黛兒一句話也不說，就盯著他看。她的表情非常奇怪和複雜，馬修無法判斷她是在想什麼。長時間的沉默之後，馬修站起來說：

「我很抱歉打擾了你，我會自己出去。香黛兒，我再次表示抱歉。」

「馬修，你給我坐下。這麼多年了，你才來見我，你不能就這麼溜走了。」

「香黛兒，十年前，我們作為情人分手了。那不是因為我們的愛情消失了，而是因為不同的政治理念。正如我在上次談話中告訴你的，我仍然相信你將永遠是個法國的愛國者。正是因為這種信念，它促使我來尋求你的幫助。」馬修繼續站著說。

「儘管我周圍的人都已經改變了，我對法國的奉獻精神沒有變。」香黛兒說，「是的，我想幫你。但我需要考慮如何獲得這些鑰匙，所以我才猶豫。」

「我以為你父親有收藏這些鑰匙。記得他很寵愛你，你和他之間有問題嗎？」

「只是我再也不跟他說話了，他去年去世了。順便告訴你，他很喜歡你。」

「哦，我非常抱歉。我不知道他去世了。這是怎麼回事？」

「他的心臟病發作，很快就走了。醫生說他沒有受苦。但是我很清楚，他是因為痛心而死。」

馬修說：「我們的政治觀點不同，但是我尊重他，他是個好人，你為什麼認為他是死於痛心呢？」

香黛兒說：「謝謝你的美言。他的許多朋友和同事都改變了，維希政府現在只是納粹的傀儡。」

「那不是你父親的錯，他不應該自我責備。」

「在戰前，我父親是法國人民黨和全國人民大會，這兩個右翼政黨的非正式意識形態領袖。停戰協定達成後，兩個政黨的黨員人數都在下降，剩下來幾千人。他們中有許多人和維希政府有聯繫。」

「香黛兒，我們都知道維希政府幾乎完全被納粹支持者滲透了。它變成了一個傀儡政府也不足為奇。」

「但是他們，特別是他們的警察部隊，通過圍捕猶太人、反法西斯分子和其他持不同政見者，來支持納粹政策。使它們消失在『黑夜和霧』裡，和納粹德國完全一樣，非常噁心。」

馬修沉默了，香黛兒抬起頭說：「我想，你要的鑰匙肯定還在舊房子的某個地方，我會去找找。但我最好有個藉口，這樣我就不會被懷疑了。你永遠不知道，蓋世太保可能在僕人中埋伏有告密者。」

馬修說：「我不希望你因為我而陷入麻煩，你就把這整個事情忘了吧！我會想出另一種方法來解決這些道岔被鎖住的問題。」

「馬修，你還是一點都沒變，非常會體貼人。但是讓我先試試，如果有困難，我會告訴你的。」

「那你要小心點。」

「謝謝。我會的。馬修，你能多待一會兒嗎？我好久沒和朋友說話了。」

「當然，香黛兒。我是怕你還在生我的氣。」

「沒錯，你為了那個性感的社會主義信徒而遺棄了我，我當然還是很生氣。但是我很高興，你仍然認為我是個愛國者。」

「香黛兒，你把時間序列搞錯了。是你先找到了一個新男朋友以後，我才去交了女朋友。」

「那只是個小小的細節，不重要。知道你和另一個女人睡在一起，就讓我受了重傷。」

「對不起。也許我應該成為一名神父，在修道院度過餘生。」

香黛兒突然哈哈大笑：「太好了，每次我召喚你，你就會馬上回來找我。」一笑泯恩怨，她這一大笑融化了他們之間在過去十年裡所建立的冰凍隔閡。

「你的丈夫還好嗎？他為什麼不帶你一起去維希呢？」馬修問。

香黛兒的心情變得很快，她的笑容消失：

「人是會變的。當年父親和我加入右翼運動，接受法西斯主義時，我們是出於愛國主義，希望有一個強大的法國。」

「是的，我記得你還告訴過我的。雖然我不同意，但我尊重你的觀點。」

「但是很明顯，你不能忍受有一個法西斯女朋友，所以你就給自己找了一個共產主義信徒。」

「剛剛你還在說人變得很快，而你在幾分鐘內，就把我當年的女友從社會主義者提升到了共產主義的信徒。」

「馬修，你不要老是在細節上鑽牛角尖。我們真正的法西斯信徒，主要的動機是反對共產主義。」

「是的，香黛兒，我知道。」

「無論如何，我想讓你知道的是，有很多的右翼人士出於自身的利益，已經成為納粹的合作者。很不幸的是，也包括了我丈夫。」

馬修問：「他怎麼了？」

「他仍然是負責文化事務部，但是他有一個德國女朋友，是一個小有名氣的電影明星。她的父親是一名德軍將領，很有影響力。」

「這對他有實際的好處，所以你離開了他，你們離婚了嗎？」

「菲利浦・費朗，他不想離婚。他仍然對我的家庭財富抱有熱望。馬修，你現在告訴我，你和你那位性感的共產主義女人情況如何？她叫什麼名字？」

「她叫葛蓓蕾。我們一起去海德堡大學念書，回到巴黎後就結婚了。我們在一起差不多有十年了，但是我離開了她。」

香黛兒問說：「發生了什麼事？」

「我想我們的愛情不再讓她興奮了，她的德國老闆在追求她，一個多年前的老朋友又出現在她的生活中。」馬修回答。

「她的老闆是德國的納粹嗎？」

「葛蓓蕾說不是，她也否認和老闆上床，但是誰知道。現在有那麼多法國婦女和納粹同床共枕。」

「馬修，讓我跟你說真話。有一個德國將軍看上我的身體，我丈夫居然建議我去和這德國佬睡覺，一怒之下，我就把老公趕出家門。現在每當我見到我的丈夫，我都會感到噁心。」

一周後馬修回來看香黛兒，她很驚訝地看到馬修帶來了一束花，他也驚訝地發現香黛兒和一周前完全不同。

她看上去很高興，滿臉笑容，蹦蹦跳跳。甚至她穿的衣服也不一樣，一種更年輕、更時尚的款式，展示了她的身材。

他們互相吻了對方的臉頰後，香黛兒握住了馬修的手，把他帶到客廳，給他端上咖啡，把一張小椅子移到他坐的沙發旁邊，坐了下來，她的腿輕輕地碰著他。馬修突然意識到，他們多年前就是這樣坐著交談的。

馬修說：「我覺得今天受到的歡迎和上周大不相同。」

「當有人送我花時，表示恰當的感激是應該的。儘管從你臉上流露出來的焦慮表情，明顯的告訴我，你是來取鑰匙的。但是花還是花，我很高興。馬修，你等一下，我去給你拿鑰匙。」

「我的焦慮是來自急著想見到你，而不是鑰匙。香黛兒，你碰到任何困難了嗎？」

「完全沒有，我去到舊抽屜的儲藏室，在那裡翻箱倒櫃的時候，正好沒人在那裡。馬修，你的甜言蜜語和討好女人的功夫一點都沒變。是你把那些花放在我父親的墓前嗎？你怎麼知道他是埋葬在那裡的？」

「記得嗎？你曾經帶我去過你們家的墓地。我很喜歡你父親，一束花來表示我的一點心意。我總是記得他的溫和勸告，試圖改變我的政治觀點，我會常常想念他的。」

香黛兒被感動了，她彎腰吻了吻他的嘴唇：「謝謝你想起他。」

她從邊桌的抽屜裡拿出一個盒子遞給馬修。裡面有一個鑰匙圈，上面有六把大鑰匙。馬修仔細檢查了一下，看了看蝕刻的數字，然後說：

「是的，我們要的就是這些鑰匙。香黛兒，我該怎麼感謝你？」

馬修站起來，擁抱了香黛兒，吻了她。她張開了嘴，接受他的試探性的濕吻，而他的手開始撫摸著她的身體。許久，他們分開來喘口氣。

「現在是黃昏，還記得我們巴黎人在這段時間裡是做什麼嗎？」馬修問。

「馬修，你現在不能擁有我了。你還記得嗎？我在你面前發過誓，只有接受真正右翼思想的人才能擁有我。這就是為什麼你離開了我，而去找你共產主義信徒的原因。」

「香黛兒，你的體溫在上升，你不要否認自己，我們以前就曾這樣愛得死去活來，你曾經非常享受。」

「馬修，請你不要誘惑我。我已經在里昂最好的餐館預訂了座位，我們先喝香檳，吃頓豐盛的晚餐吧。在過去的幾個月裡，我一直是過著修女般的生活。」

馬修和香黛兒吃了一頓愉快的晚餐，不僅是因為食物和美酒，還因為他們一起回憶十年前的談情說愛情景，友誼和愛情的重生與復活，讓他們重新享受到了彼此帶來的快樂。

當他們回到香黛兒的住處時，兩人都很興奮，他們熱吻著，把每一寸身體的皮膚都試圖擠壓在一起。

「香黛兒，今晚我要收回我失去的東西，你別想阻止我，你不會成功的。」

「我說過了，你現在不能擁有我。但是看在老朋友的份上，我會讓你做一個簡短的回味調查。然後你可以告訴我，你錯過了多少美妙的感覺。」

香黛兒把馬修帶到臥室，她脫下長袍，露出了絲綢內衣。馬修急不可待地走向前，把她推到床上，壓在他身下。

當他開始侵犯性的親吻她時，他的心跳加速，皮膚發熱，當他將親吻轉移到香黛兒高挺著的胸部，開始吮吸她的乳頭時，她輕聲地呻吟了。馬修的身體繃緊了，讓所有香黛兒試圖擺脫他控制的努力都不能成功。

十年前的炙熱愛情感覺，排山倒海般的又湧了回來。他知道，如果不能佔領眼前的美女，他就將會死去。

「香黛兒，在這個時候，你的丈夫可能和他的納粹女演員在做愛，而我的妻子可能和她的納粹老闆在做愛。你不認為只有我們也同時做愛，這才是公平嗎？」

「我現在要你別管我的丈夫，或是你的妻子，我只要你專心一意的在我身上努力。」

「香黛兒，你別逼我。」

「馬修，我們要看看，是誰在逼誰。」

她試圖打開他褲子的紐扣，當她握住了他的時候，馬修喘了一大口氣。他感到這樣下去，他就會失控了。但為時已晚，她已經用手指緊握住，也撫摸著。酥麻的感覺像閃電一樣，穿過他的全身，使他顫抖。她的另一隻手開始在他裸露的胸部滑動，事情發生得太快，一把火將馬修點燃，而香黛兒是唯一能把火焰冷卻下來的人。

「香黛兒，這一刻如果我不進入你的身體，我就要爆炸了。」

「你還記得怎麼讓我開門嗎？」

香黛兒撫摸著他的頭髮，然後用力的將馬修推向她的下身，他回到了十年前，啟動了開門的程式。她呻吟著，把臀部推向他的臉，喘息的叫著他的名字。他輕輕的撫摸她的皮膚，但是她在回憶十年前的激情，渴望他將會觸摸她身體的最私密部位。

她緊緊的抓住他肌肉發達的肩膀，熱吻他，她的身體因需要而在抽搐，期待著他們的合體。但是香黛兒很清楚，一旦馬修征服了她，她將失去一切的控制，然後他就可以對她的身體為所欲為。儘管如此，在最後的關鍵，她還是大聲地對她唯一愛過的男人呼道：

「馬修，我要你，快點進來吧！」

馬修把她推到床上，將她的兩腿放在他跪著的大腿上。在他們彼此凝望著對方，他慢慢地，用一個長長的推送，穿刺了她，進入到她身體的最深處。當她感覺到他開始退出時，香黛兒喘息了一下，但是即刻他發起了第二次的進攻，以更大的力量再次推送，穿刺到底。

香黛兒感到馬修似乎已經要進到她的喉嚨，本能的將入侵的馬修緊緊的包住，開始強力的收縮，顫抖，他的身體和靈魂進入了天堂。

馬修的推送速度越來越快，香黛兒有韻律和節奏的反應，毫不落後，亦步亦趨，邁向高潮。當那繽紛燦爛，五光十色，如夢如幻的境界來臨時，他們被送上了頭暈目眩的高處，她的兩臂雙腿緊緊的摟住了他的背和腰。

高潮將他們放在一個長長的快樂的波浪上，就在香黛兒感到身體和感覺逐漸平靜下來的時候，馬修的第二次穿刺開始了。但是香黛兒已經完全癱瘓，任何的抵抗都無能為力，只能乞求馬修的憐憫。

午夜過後，香黛兒醒來，發現馬修正在愛撫她的裸體。她閉上眼睛說：

「感覺真好，不要停下來。」

「我不會的，你的皮膚上包含了很多我們過去的歷史，撫摸它會帶來很多回憶。」

香黛兒問：「是美好的還是不堪的？」

「經過了這麼多年，我們之間所發生的事情，留給我們的印象都已經改變了。沒有好的或壞的分別。我只記得那些讓我忘不了的事。」

「所以我不是你心目中的壞女人，是嗎？」

「我從沒認為你是個壞人，只是你我有不同的政治觀點。」

「馬修，我能請你幫個忙嗎？」

「當然可以。如果在我的能力範圍內，我一定會做到的。」

「不要把這些武器交給維希政府，把它交給抵抗組織。」

馬修驚訝得一時說不出話來，過了一會，他說：「為什麼？你為什麼突然改變了主意？」

「這不是突然的改變，我已經想了很久，不想再自欺欺人了。維希政府現在只是一個完全服從納粹的傀儡政權。他們會按照納粹的指示分發這些武器，結果是這些武器只會用來殺害我們法國人。」

馬修無法向她透露他的真實計劃，所以他說：

「我有朋友可以幫助我做這些事，但是我得想個計劃。出於安全考慮，請你不要向別人提起這件事。我是說對任何人都不要提。」

「我明白。別擔心，馬修。我們所討論的將留在這個房間裡。」

「還有我們的做愛。別讓你丈夫知道我給他戴了綠帽子。他可能會殺了我。」

「還有一件事我忘了告訴你。你還記得我最好的朋友珍奈・拉莫緹嗎？」

「當然。她近況如何？我聽說她丈夫加入了抵抗運動。」

「她丈夫被處決了。她在維勒班尼小鎮裡有一家餐館，德國的軍事基地就在那附近。如果你有需要，可以去找她。還記得嗎？她對你有特別的好感。」

馬修的愛撫加劇了：「是，但現在，我只對你有特別的興趣。我需要再一次穿刺你。」

「哦，你不可以，你會把我蹂躪死了。」

第二天下午晚些時候，香黛兒帶了一個很疲倦的馬修去到了里昂火車站。當他們等待開往巴黎的特快列車時，馬修問道：

「香黛兒，你參加了抵抗組織嗎？」

「就像你一樣，我不能回答這個問題。」過了一會兒，她繼續說，「我認識金・穆林。他是我們家裡的朋友，和我父親很熟。」

馬修大吃一驚，問道：「你最近見過他嗎？」

香黛兒沒有回答他的問題，只是說：「馬修，你一定要保住你的命，你不能死。只要我們能生存下來，那就是我們的勝利。」

蘭布依是位於巴黎郊區的一個小村莊，離市中心西南約二十七英哩。它是緊靠廣闊的蘭布依森林的邊緣。森林裡有一個圓形的湖。因此，它被稱為環湖。湖的直徑大約有兩英哩，在湖的一邊有一片空地，有半英哩長，五十英呎寬。那是一片沒有樹木的草地。在廣闊的蘭布依森林中，小湖及其草地幾乎讓外人看不到。由於它地理位置的隱秘性，以及特殊的地形，山姆認為這是一個理想的秘密基地，英國皇家空軍特殊任務的「一三八中隊」，可以用來進出法國，執行人員和物資的運補任務。

二十三號抵抗小組一直在隱藏著四名英國飛行員，他們是從受損的轟炸機在巴黎北部地跳傘逃生。他們逃脫了被抓捕的命運，和地下組織取得了聯繫。大約兩周前，他們被轉移到二十三號小組，等待撤離到英國。

兩架「一三八中隊」的萊桑德飛機將第一次在環湖基地著陸，它們是要運送美國戰略服務處特工，金・皮爾艾文和諾蘭・馬可辛向山姆報到。

萊桑德飛機返程時，會帶上被擊落的飛行員。同時，山姆有重要的文件要交給美國戰略服務處：這是他相機裡的底片，裡面有內特曼博士的雷達設計說明。馬修還有他的二十三號小組成員亨利和保羅，以及四名英國飛行員一起驅車前往蘭布依小鎮裡的一間小屋，那裡的安全已經仔細的檢查過了。

從那裡開始，他們計劃是在天黑前，徒步進入森林，分成三組，每組由二十三號小組成員帶領，以不同的間隔離開，向目的地前進。與此同時，山姆開著馬修的老舊法國雪鐵龍，把葛蓓蕾帶到村子的另一邊。

他們黃昏時到達，他把車停在亨利姑媽的農舍附近，隱藏於茂密的樹林中。兩人躲在房子後面的工具棚裡，等待天黑。二十三號小組採取了這些嚴格的防犯措施，因為涉及到的代價太高了。

這裡包括了英國的飛行員、美國戰略服務處行動員和德國的先進雷達設計，他們沒有一點容許犯錯誤的空間，山姆和馬修都曾分別在白天演習過需要走的路程，來熟悉地形和周邊的環境。山姆花了兩倍的時間才把葛蓓蕾帶到著陸點。當他們到達環湖時，他們的眼睛已經適應了黑暗，可以看到環湖的輪廓、周圍的樹林和草原。山姆指著湖岸說：

「這將是跑道的開始，萊桑德飛機需要在這裡著陸，然後滑行到草地的另一頭去。」

葛蓓蕾說：「所以這是著陸點。或者準確地說，是跑道的開始。」

「是的，所以到時候，我們需要點起火來，為飛行員標示出跑道。」

山姆從背包裡拿出三個鋁盆和一個煤油筒。他讓葛蓓蕾從背包裡拿出三條大浴巾，然後把浴巾放到盆裡，用煤油浸泡。他們朝草地的另一端走去。

「我們將把另外兩個盆子放在跑道盡頭，相距八公尺左右。當飛行員看到火焰形成三角形時，他就會知道這是著陸點了。」山姆解釋說。

「但是他怎麼知道要從哪個方向著陸呢？」

「根據三角形的形狀，他會知道應該在哪一個角著陸，何況，我會告訴他方向的。」

山姆從背包裡拿出了一個草綠色的金屬盒，像兩條香煙的大小，他說：

「這是美國軍隊使用的，模型SCR-536，手提無線電對講機。」他從金屬盒的一角拉出來約有一公尺長的天線，山姆解釋說：「在午夜過了五分鐘之後，第一架萊桑德飛機應該到達，當聽到引擎的聲音時，我會發射一個信號彈，表示我們在地面準備好了，然後飛行員會呼叫我們，要求降落指示。」山姆繼續說。

葛蓓蕾說：「聽起來是很緊張，山姆，你要我做些什麼事嗎？」

「你需要做好幾件很重要的事，所以仔細的聽我說。開始，我是會在飛機的著地點，因為黑暗，我們彼此看不見對方。當我確定飛機將要到達時，我會點燃照明的火焰，當你看見我點燃的火焰，你要馬上點燃你這裡的兩個火焰盆。你明白了我所說的嗎？」

「當我在另一個盡頭看到火焰時，我會點亮這裡的兩個火焰，對嗎？」葛蓓蕾重複敘述。

山姆吻了她一下：「非常好！現在你把這打火機和一盒火柴拿好，確保你別把它們丟了。」

山姆從背包裡拿出了最後一樣東西，兩支短棒，一頭是用一團布包著，用鐵絲固定住。他說：「我會把他們泡在煤油裡，點燃後，就將是兩支火把，用來引導萊桑德飛機在降落前，進入最後的下滑航道。好了，現在我們只需要等待飛機的來到了。」

他們在跑道中間的草地上坐下，互相握著對方的手。葛蓓蕾說：「這裡真的是很安寧平靜。」

「當我和馬修白天來到這裡時，他也說了同樣的話。這裡真是個很美的地方。」

葛蓓蕾問說：「山姆，馬修現在哪？他不是要把跳傘的飛行員帶來的嗎？」

「是啊！他就在這附近。」

「真的嗎？你怎麼會知道？」

「大概在一個小時前，他向我發出了信號。」

葛蓓蕾好奇的問說：「我怎麼沒有看到有任何信號呢？」

「因為我是一個訓練有素的間諜，而你只是個漂亮的美女。但是我應該告訴你，馬修是真的很愛這個地方。他說他會帶你到這裡，並且就在我們現在坐的地方和你做愛。」

「山姆，你說謊，他絕不可能這麼說話。馬修到底跟你說了什麼？」

「他說他會帶他的女人來這裡，和她做愛。」

「他指的是莫妮卡，馬修已經有六個月沒有碰我了。」

山姆沉默了，葛蓓蕾繼續說：「記得海德堡的莎莉・霍夫曼嗎？」

「當然記得，她是沃夫岡・科納斯的女朋友。我想他們是訂婚了。」

「是的，他們回到柏林後就結婚了，後來我在安娜的婚禮上碰到過他們。」

突然，山姆開始警惕，他說：「你是有話要告訴我，是嗎？」

「昨天莎莉來了一張明信片，卡片上的照片是海德堡大學的圖書館。你還記得那棟大樓嗎？」

「我記得。納粹曾在那附近的廣場焚燒過書籍。莎莉是怎麼說的？」

「她寫道：『安妮塔找到了她的舊書』這對你有特別的意義嗎？我只知道安妮塔是西班牙語的安娜。」

山姆突然變得情緒化：「啊！我的上帝！安娜收到我的信了！」

葛蓓蕾說：「山姆，你冷靜點。告訴我這是怎麼回事，你怎麼能寫信給她？那不很危險嗎？」

他深吸了幾口氣，然後說：

「幾個月前，我秘密的到柏林去撤離一位我們的臥底。我去了安娜的舊房子，但是空無一人。所以我在柏林火車站和附近百貨公司的佈告欄上，留下了幾張給安妮塔的卡片，要求她聯繫我，我是用羅薩里奧的名字，那是我母親的姓。從那以後，什麼音信都沒有。」

「安娜可能不住在柏林了。」葛蓓蕾說。

「上個月在里斯本，我見到我的德國朋友，他是打算去海德堡的，我請他在大學圖書館的佈告欄上貼一張留言卡：『請安妮塔去看看郵票冊，然後聯繫莫拉加。』顯然，安娜是看到了那張留言卡。」

「但你剛才說她收到了你的信。那是怎麼回事？」

「柏林的任務結束後，我去了海德堡大學，希望能找到一個知道安娜近況的人。我想起了圖書館裡那本有關郵票的珍貴舊書，我和安娜都很喜歡它。我在一片薄紙上寫了一封簡短的信，向她保證我對她說的話。然後就把信留在書裡了。」

「安娜和莎莉一定是去參加海德堡大學的校友聚會了。馬修和我也收到了通知。在留言卡或信上，你有沒有……」

談話被微弱的飛機引擎聲音打斷了。他們抬頭望著漆黑的天空，不確定聲音是從哪個方向傳來的。山姆拿起了信號槍，它的形狀像是一把超大的手槍。

「我現在能聽到飛機的聲音，但什麼也看不見，天太黑了。」葛蓓蕾說。

「再等幾分鐘，我們就可以看到它的信號燈了。」

兩分鐘後，隨著清晰可聽的引擎聲在靠近，黑暗的天空中出現了一對閃爍的紅綠燈。它們持續了三十秒，在黑暗的三十秒之後，它們又出現了三十秒，接著又是黑暗。很明顯，飛機正在發送某一個信號。

「這是我們的萊桑德飛機，它正向我們飛來，」山姆喊道。

《國際民用航空協議規定》要求所有飛機的翼尖都應配備閃光燈：紅色的在左翼尖，綠色的在右翼尖。當一對閃光出現在黑暗的天空中時，如果左邊的是紅色，右邊的是綠色，飛機是在飛離目視的人。

山姆舉起手臂，發射了信號彈。一道鮮紅的亮光突然升起，向天空拱起。對講機裡傳來一個清晰的聲音：「飛鷹一號呼叫土撥鼠，飛鷹一號呼叫土撥鼠。你聽見了嗎？」

山姆按住了對講機的對話按鈕：「土撥鼠呼叫飛鷹一號，你的信號響亮而清晰。」

「飛鷹一號對土撥鼠，你在我的十一點鐘方向，即將飛越，請點燃。」

「收到，遵命，土撥鼠。」

山姆對葛蓓蕾喊道：「現在去把兩個火點起來，待在原地。」

兩個黑影向相反的方向跑去，不一會兒，三團火被點燃了。即刻山姆的對講機再次響起，但是飛機引擎的噪音越來越大。

「飛鷹一號對土撥鼠，目視著陸點，將返回進場。」

「土撥鼠收到。」

一個巨大的，黑暗的，蝙蝠狀的陰影掃過頭頂，山姆跑去和葛蓓蕾在跑道的盡頭會合。

「你沒事吧？」他問。「萊桑德飛機將在幾分鐘內著陸，馬修和他的人也將在這裡。葛蓓蕾，這是最危險的時刻。睜開你的眼睛和耳朵，注意你的周圍。把自己移到樹林裡隱蔽。」

山姆將火把蘸上煤油，點著了。他聽到：「飛鷹一號對土撥鼠，準備進場，你收到了嗎？」

「土撥鼠收到。飛鷹一號，進場方向一六零。地面風向一七五，風速約為四節。」

「飛鷹一號對土撥鼠，航向一六零，風向一七五，風速四節。」

馬修像個鬼魂一樣，無聲地出現在葛蓓蕾身邊，她嚇了一跳，幾乎尖叫了。他的大手捂住她的嘴，在她耳邊低語：

「是我。我要鬆手了，不要尖叫。」

馬修把他的手從葛蓓蕾的嘴上移開，然後把嘴唇印在她的嘴上。她沒有抵抗，並且張開了嘴。

過了一會兒，葛蓓蕾問：「你這是幹什麼？」

「這是一個法國丈夫親吻他的法國妻子。你有異議嗎？」

「馬修，你是想告訴我，莫妮卡現在拒絕你了嗎？」

「你就別管莫妮卡，告訴我山姆和你之間發生了什麼。你和他上床了嗎？」

「我們之間什麼也沒發生。」

「為什麼？你還是在跟你的納粹老闆睡覺嗎？」馬修問。

「我要告訴你多少次，我從來沒有和弗朗茨睡過？山姆仍然愛戀著安娜。」

「但是安娜是在被她的納粹丈夫穿刺，你得讓山姆明白這一點。」

「但是他不在乎。此外，他對和他最好朋友的妻子做愛也有猶豫。」

「山姆告訴我他愛你。如果一個男人對一個女人這麼說，那就意味著他想和她做愛。」

「我試過，但是他拒絕了。」葛蓓蕾說，「除了做愛之外，他倒還像是個情人。」

「我不相信山姆能抗拒你，沒有人能拒絕你。你只需要做一些他不能拒絕的事不就行了嗎？另外，我知道你，你需要一個好男人來穿刺你，否則你會發瘋的，所以也許你會讓弗朗茨把你擺平了。」

談話被飛機引擎的聲音以及亨利的出現打斷了。萊桑德飛機的駕駛員檢查了他的儀器，確定航向是一六零。通過擋風玻璃觀察高度和著陸點，他調整了下滑道。他發現了他是在水面上飛行。

很快的，他的高度已經降低到看見水面上自己的黑影，就像是編隊飛行，只是在他下面的飛機一直是倒著飛行。前面有兩支火把映入了眼簾，慢慢地朝著他飛行路線的方向移動，好像是在將他拉得越來越近。

在離水面二十英呎時，飛行員打開了著陸燈。強光照亮了快速接近的湖岸，前面的草原地帶，站在地帶盡頭的人在拉動著火把。

當移動的火把停下來互相交叉時，飛行員將螺旋槳順槳，消除了發動機的推力。他將機頭稍稍上抬，完成了完美的三點觸地，然後開始向拿著火把的人滑行。萊桑德飛機在草原地帶的邊緣停了下來。飛行員關閉了發動機，世界突然恢復了寧靜。飛行員埃德加·戴維斯上尉走下飛機，後面跟著美國戰略服務處行動員金·皮爾艾文，他拿著兩個大型軍用帆布行李袋。在招呼和握手之後，戴維斯上尉笑著說：

「我真希望每一個任務都有這樣的地面迎接人員，即使是第一次降落在一個陌生的新地點，整個任務變得如此的簡單輕易。」

「下次我一定要記得把這話告訴我在倫敦的老闆。請問，第二班飛機什麼時候來？」山姆笑著說。

「任何時候就要到了，我的回程貨物來了嗎？」戴維斯上尉問。

「是的，他們就在那排樹的後面。」山姆遞給他一卷膠捲，「請直接把它交給我在美國戰略服務處的老闆。他在等著。這是很重要的，還記得嗎？邱吉爾先生答應請我們吃一頓牛排晚餐呢。」

金・皮爾艾文過來，遞給山姆一張折疊的小紙：「老闆，這是美國戰略服務處的命令，閱讀後銷毀。」

那是一張非常薄的紙，如果面臨迫在眉睫的逮捕，持有人可以把它吞下肚裡。上面寫著：

「叛徒確認，二十三號小組立即重新啟動。敦克爾克軍火分發批准，並優先處理。內特曼緊急。」

山姆聽到對講機傳來了：「飛鷹二號呼叫土撥鼠，你聽見了嗎？」

他將美國戰略服務處的命令放進火把裡後，回答：「土撥鼠對飛鷹二號，響亮而清晰。」

「飛鷹二號對土撥鼠，跑道目視，準備進場，請引導指示。」

「土撥鼠明白。飛鷹二號，方向一六零。風向一七五，大約為四節。」

「飛鷹二號對土撥鼠，進場方向一六零，風向一七五，四節。」

十分鐘後，第二架萊桑德飛機安全落地。戴維斯上尉介紹它的駕駛員是一位波蘭飛行員。他的全名是湯馬斯．斯皮浩斯基，因為名字太長，大家就叫他「斯皮」。

德國佔領波蘭後，「斯皮」逃到英國，加入皇家空軍「一三八中隊」。現在他將另一名美國戰略服務處行動員諾蘭．馬可辛和他的特大行李袋，送來巴黎向山姆報到。

馬修和亨利把四個跳傘逃生的飛行員從樹林後帶出來。然後他們聚集了金．皮爾艾文和諾蘭．馬可辛，很快的離開了現場，因為他們有一段很長的徒步路程，才會到達蘭布依小鎮裡的一間安全小屋。

山姆和葛蓓蕾幫助將要離開的英國飛行員們進入了兩架萊桑德飛機的後座。

雖然座位非常擁擠，但是他們很高興將要回家了。兩架飛機開足了馬力，一個接一個地轟鳴著引擎，陸續的向環湖起飛。不久，這兩架萊桑德飛機就消失在沒有月色的黑暗天空裡。

清理完現場後，山姆和葛蓓蕾走回到工具棚屋，等待天亮，然後加入開進巴黎市中心的車輛交通。葛蓓蕾用山姆帶給她的真正的咖啡豆，準備了一個滿裝的保溫瓶咖啡，還有用葡萄牙火腿做的可口三明治。兩人在棚屋裡享用，由於一整晚緊張的活動，將繃緊了的神經有所放鬆。山姆說：

「皮爾艾文從美國戰略服務處帶來了新的命令，內部叛徒的問題解決了，二十三號小組可以即刻啟動復工。」

葛蓓蕾說：「現在我可以回去操作電台了，折騰夠了，也該是時候了。」

「葛蓓蕾，我看見馬修來找你，有什麼重要的事嗎？還只是你們夫妻間的事？」

「他來問我，我們為什麼還沒睡在一起。」

「那你是怎麼跟他說的？」山姆問。

葛蓓蕾沒回答他的問題，但是說：

「如果是像你說的，他是在說我們夫妻間的事，山姆，你還要問嗎？」

沉默了好一會後，山姆才回答：

「我看見你們夫妻擁抱著熱吻，看來馬修是回心轉意，將要和你恢復正常的夫妻生活了。我不應該來打攪你們的婚姻。」

葛蓓蕾清楚的感覺到山姆的話裡所帶著的傷感，他是真的放棄了安娜，愛上我了嗎？她說：「我明白你和馬修都不能透露你們未來的工作，但是我知道那將是非常危險的任務。我說的對嗎？」

「你是怎麼知道我們要去執行危險任務？」

葛蓓蕾神秘的笑著說：「山姆，想知道你的好朋友有個天大的秘密嗎？」

「如果是和我們的任務有關，他一定會告訴我的。我一點印象都沒有。」

「因為那也是像你說的，是我們夫妻間的事，他當然不會告訴你了，何況他也知道我心裡一直有你。」

山姆有點急了，他說：「葛蓓蕾，你要明白，馬修非常的愛你，而且他更體貼你。他是擔心在他暴露後，蓋世太保特工為了要抓捕他，而會先將你逮捕。所以他要我把你撤離法國，這樣馬修就沒有後顧之憂，專心於他的任務。」

「不太可能。我已經告訴過你了。如果我必須要死，我和馬修一樣，要死在法國。對了，山姆，我忘了告訴你，我工作的文件中心老闆換人了，你擔心的弗朗茨・赫爾曼突然被調走，換了一個新人。」

「新老闆也是個納粹嗎？」

「不是，他是個法國人，還是個語言學家。你們擔心我的電台暴露，可能是場虛驚。」

「葛蓓蕾，你知道弗朗茨被調走的原因嗎？或許是因為他沒把你吸收為叛徒。我還是很擔心你和電台的安全。」

「不過也好，電台所有的緊急措施都已經按你的指示完成了，你不必擔心，現在納粹動不了我了。」

「你還是要提高警覺，注意你周圍的人和事。無論如何，等內特曼的事一解決，我們就處理電台是否要轉移陣地。現在就說說你老公的天大秘密吧！」

葛蓓蕾沉默了一會，山姆站起來為兩人加上咖啡。葛蓓蕾說：

「當馬修準備去執行一項危險任務時，他一定要激情的穿刺我。他說，一個死刑犯在被處死前會享受一頓最後的晚餐，而我是他愛情的最後晚餐，所以我會死去活來的配合他，讓他淋漓致盡的滿足，然後他就安心的視死如歸去完成任務。我敢肯定現在莫妮卡取代了我，她會讓馬修很滿足。」

在黑暗中，山姆看到葛蓓蕾明亮的眼睛裡充滿了感情。他緊緊地擁抱著她：

「你在這裡已經做了夠多的抵抗納粹的工作，請你別讓我再擔心你的安全，讓我帶你去倫敦吧。」

「你不用擔心，我會轉入地下，納粹找不到我，我會等你。戰爭結束後，如果你還想要我，可以來找我。山姆，你馬上要去執行危險任務了，我要你享受一頓愛情的最後晚餐。」

葛蓓蕾跪下來，解開了他的紐扣，把臉靠近。當他明白她的意圖時，已經太晚了。她說：「因為你拒絕穿刺我，進入我的身體，所以我要把你包住在我的身體裡，也會讓你留下紀念品。」

他只能用手推著她的肩膀。很快的，她的嘴和舌頭就完全征服了他。一陣麻木的快感很快的氾濫到他的全身。他失去了控制，只能喃喃自語：

「快停下來，請你……」

但葛蓓蕾還繼續在加強動作，她的手已經進入了他的褲子裡，愛撫著他的胯部和臀部。

「葛蓓蕾，請你現在馬上停下來。我忍受不住了。」

當葛蓓蕾突然停下來時，他感到如釋重負。但這只是她需要深呼吸。她又開始進攻，把他帶到一個更高的快樂的高原上。

最後，他在她的體內爆炸，一瀉千里。

「山姆，你的一部分現在已存在我的體裡。你是我的了，所以別想逃跑。」

葛蓓蕾從倫敦收到電報，證實內特曼的設計筆記內容真實，指示山姆需要馬上驗明他的正身。由於法共的抵抗組織有內部矛盾，產生了強烈的內訌。山姆將面臨的不僅是他自己的安全，同時也擔心內特曼博士的安全。

他在天黑之前到達了一座三層樓的商業建築，大樓的前後兩邊都是走廊，一邊面向克里希大道，另一邊面向後面的一座建築物。

山姆來到了二一一號房間，門口的牌子上有兩位會計師的名字，辦公室是夾在一個兒童芭蕾舞工作室和一個牙醫診所之間，都已經下班關門了。

敲門後，一個五十歲左右，穿得像個普通工人的人應門。山姆很快的走了進來，把門關上。

「對不起，請問奧托・內特曼博士在嗎？」

「我就是內特曼，您是山姆先生嗎？」

「是的，我是美國戰略服務處的情報軍官，倫敦派我來與您會面，目的是瞭解您的背景。」

內特曼露出了笑容：「終於見到了倫敦的代表。」兩人握手。

山姆環顧了辦公室裡不同的房間，確保所有的門窗都鎖上了。他們圍坐在一張小桌子旁，顯然是為會計師和他們的客戶準備的。

「請問，是誰帶你來的？」山姆問。

「那是一位女士，一位相當漂亮的女士。其他人稱她為奧爾加夫人。」

「內特曼博士，你明白這次會面的原因嗎？」

「你需要確認我是奧托・內特曼，是曾經參與納粹德國先進雷達研製的科學家。」

「你在德國的什麼地方出生的？」山姆開始用德語問話。

「我是奧地利人，出生在維也納。」內特曼博士用德語回答。

「你上的是哪所大學？」

「維也納理工大學。」

「在你出逃之前，你是在哪裡工作？」

「在柏林的德國軍備部，我負責先進雷達的研究。」

「請告訴我，你出逃的原因。」

「我妻子是猶太人。她的父母是從聖彼德堡移民到維也納。德國人通知我，如果我想繼續工作，我必須和妻子離婚。但是我拒絕了，並且決定返回奧地利。後來他們要求我開發一種先進的雷達，並向我保證，他們會保護我的妻子免受迫害。但是四個月前，她出去購物，再也沒有回來。她是在街上被捕，並立即被送往集中營。我發現的時候已經太遲，她被處死了。所以我決定逃亡。」

「內特曼博士，我對您妻子的不幸，深表遺憾。」

在長時間的沉默之後，內特曼博士說：

「這都是我的錯。我本應該聽她的，即刻離開德國，但是我被這項研究工作吸引住了。」

「請不要自責，內特曼博士。事實上，納粹的種族政策既不道德，也沒有人性。歷史會對他們做出嚴厲的批判。如果我可以建議的話，你應該做的就是來協助加速毀滅納粹，以及他們邪惡的思想。」

「山姆先生，這正是我想去倫敦的原因。」

「你是怎麼來到巴黎的？」

「我妻子有一位遠親，是半個猶太人。因為我說法語，他幫助我逃到巴黎，聯繫了一個法共的抵抗組織。」

「您這位親戚，他是共產黨黨員嗎？」

「我不知道，也沒問。但是我很確定，他參加了柏林的一個反納粹的抵抗組織。」

「您對現在窩藏您的抵抗組織，有瞭解多少嗎？」

「完全沒有，我只聽說，他們的領導人是菲力浦同志。是他帶我去見奧爾加夫人的。我覺得她是俄羅斯人。」

「很好，內特曼博士，我可以問一下，什麼是都普勒效應嗎？」

「都普勒效應或稱為都普勒頻率移動，它是以我的同胞，奧地利物理學家克利斯秦・都普勒命名的。他在一八四二年提出，如果一個波源在移動，觀測到的頻率和發射出的頻率，就會存在差異。」

「這太科學了，你能給我一個日常生活的例子嗎？」

內特曼博士變得興奮起來：「如果你聽到消防車接近的警笛聲，聲音的音調會越來越高，這是因為頻率的增加。當消防車離去時，會相反，聲音越來越低，因為頻率在變低。我解釋的清楚嗎？」

山姆沒有回答，顯然，他還是沒懂，所以內特曼博士繼續說：

「想像一個棒球投手每秒向接球手投出一個球，頻率是每秒一球。假設球是以恒定速度運動，投手靜止，接球手每秒會接住一球。但是，如果投手向接球手移動，接球手接球的頻率會增高，因為投球和接球間距變小，接球頻率就會增加。相反的，如果投手離開接球手，則情況正好相反。他在單位時間裡接球的次數變少，頻率減少，因為傳球的時間增加較長。」

山姆笑著說：「嗯，您這麼解釋，我完全明白了，因為我是打棒球的。現在告訴我，更多關於奧地利物理學家克利斯秦·都普勒的背景信息。」

「你還想知道什麼？除了相隔半個多世紀之外，我們都在維也納理工大學同一物理系念書。他在那裡時，這所學校被稱為皇家理工學院。你可能也有興趣知道，位於薩爾茨堡的都普勒出生地就在莫札特家的隔壁，他們是鄰居。」

「音樂和科學。這是一個有趣的組合。我想這只能發生在奧地利。」

突然，桌上的電話開始響了。山姆嚇了一跳，但內特曼把食指放在嘴唇上。

但是第二次鈴響後，它停了下來。

「奧爾加夫人告訴我，只有當電話響了兩次就停了，然後又重複了一遍，我才應該在第三次響的時候接電話，」內特曼說。

電話又響了，兩響就停了。第三次響的時候，內特曼拿起話筒回答：

「是我，他在這兒，請稍等。」他把電話遞給山姆：「奧爾加夫人想和你說話。」

山姆接了電話。「奧爾加夫人，我是山姆。面試非常令人滿意，謝謝。」

「聽著，這是緊急情況，」奧爾加的聲音透過電話傳來。「你和內特曼必須馬上離開，到隔壁的芭蕾舞工作室去。你明白嗎？」

山姆回答：「我們馬上轉移去隔壁的芭蕾舞工作室。」

「把東西隨身攜帶，但不要關燈，只要鎖門。不要打開芭蕾舞工作室的燈，也要鎖門，並且確保從窗口看不到你們。」

山姆重複說：「帶上我們所有的東西，亮燈但鎖門。轉移到芭蕾舞工作室，不開燈鎖門。躲開窗口視線。」

「很好，這種情況應該在一小時內解決。那就打電話給我。你有我的電話號碼，是嗎？」

「是的，我知道。我給你打電話。」

外面已經很暗了，但是從窗戶進來的路燈為山姆和內特曼提供了足夠的光線。山姆看到內特曼的臉上充滿了深深的緊張和感激。

「內特曼博士，你知道這是怎麼回事嗎？」山姆問。

「我能想像到。就在來這裡之前，奧爾加夫人告訴我，他們的內部存在分歧。儘管我想去倫敦，鮑里斯同志想送我去莫斯科，雖然她可以命令鮑里斯服從，但她擔心鮑里斯的人可能會綁架我。」

「你也可能會有更可怕的命運，」山姆說。「眾所周知，他們冷酷無情，甚至會傷害你，阻止你去倫敦。我認為這就是奧爾加夫人發出警告的原因。讓我們看看是怎麼回事。」

過了一陣子，什麼也沒發生，內特曼說：「就在我逃離柏林之前，我被叫去德軍總部。他們要我對大西洋長城的先進雷達位置提出建議。你聽說過大西洋長城嗎？」

山姆解釋說：「它是一個由納粹德國，沿著歐洲大陸和斯堪地納維亞海岸建造的海岸防禦系統和防禦工事，用來阻擋盟軍攻入歐洲。」

「所以這是希特勒保衛第三帝國的計劃。難怪！在我向他們解釋了各種型號雷達的不同性能後，他們標記了雷達的位置，以便在某些雷達受到損壞的情況下，他們可以有重疊的覆蓋範圍。」

「內特曼博士，我想你是要告訴我一些事，就請繼續說吧。」

「他們在討論的時候，會在一張大地圖上做了各種記號。當他們改變主意的時候，他們會換一張新的地圖，並將廢棄的地圖扔到一個大桶裡燒毀。當他們把我一個人留在那間屋子裡時，我拿了一份被丟棄的地圖，藏在我身上。」

「你為什麼冒險去偷地圖？我以為雷達站的位置還沒有決定呢。」

「沒錯，但是所有海岸防禦工事的位置都有清楚的標記，而且它們是不可移動的。」

山姆很驚訝：「天哪，你真的知道怎麼去傷害那些納粹，太精彩了。」

內特曼解開襯衫的扣子，拿出一個大信封，他說：

「為了要控制我，奧爾加夫人同意妥協，把我的雷達設計筆記本交給了鮑里斯同志。但是我保留了地圖。」

他把信封遞給山姆時，突然把手放在嘴上，他們聽到有人們試圖在走廊裡靜悄悄行走的微弱聲音。他們停在隔壁二一一號房間，其中一人小聲的說：

「你們兩個把槍準備好，把安全扣打開。」

山姆想像，三個刺客出現了，他們破門而入，一個人顯然很生氣：

「你們確定，這是鮑里斯同志說的地方嗎？」

「我親眼看到內特曼進來，然後美國戰略服務處特工跟著就出現了。所以我才打電話給你。」

「後來你就沒看見過他們離開嗎？」

「我肯定他們還在這幢樓裡，讓我們開始一間間的搜查吧。」

「你發瘋了嗎？你知道這要用多久的時間嗎？紅磨坊夜總會的表演很快就要結束了。街上到處都會是德國軍人，你想開槍嗎？」

「那我們只好現在就撤退走人，可能會有蓋世太保特工認出我們。只能再想辦法去抓內特曼了。」

過了一會兒，山姆轉向內特曼說：「你最好現在開始呼吸，你的臉色已經開始發青了。」

內特曼吸了一大口氣，回答說：「我從沒想到，如果我不去莫斯科，他們會殺了我。」

「你知道，我們很幸運。顯然，奧爾加夫人是一個非常能幹的地下工作者。她在我們會議地點旁邊安排了一間安全房，沒人會想到的。」

山姆拿起電話，打電話給奧爾加夫人，她回答：「我是奧爾加。你是山姆先生嗎？」

「是的，奧爾加夫人，我們現在安全了。您的安排太好了，救了我們避開危險。我該把內特曼博士送去哪裡？」

「恐怕我們目前有一些嚴重的內部問題。可能會威脅到內特曼博士的安全。

目前，您願意暫時的監護他嗎？我相信他安全到達目的地後，你會通知我的。」

山姆很驚訝：「但是我們還沒有給你送貨呢。」

「你一定會的。為了你和我的利益，你需要在發貨前，將此事保密。」

她掛斷了電話。山姆被奧爾加的決定感動了。事情平靜下來後，他問道：

「內特曼博士，你認識帝國軍備部的漢斯・馮・利普曼博士嗎？」

「我認識一位叫這個名字的奧地利原子科學家同事，他怎麼了？」

「他和他的妻子都是猶太人。由於他工作的重要性，他們受到了特殊的保護。雖然我認識他們，但好久沒見了。」

兩天後，內特曼博士帶著大西洋長城地圖，來到了巴黎郊外的環湖，在二十三號抵抗小組安排的撤離計劃下，一架萊桑德飛機將他安全運往英國。山姆收到電報說：「薩沃伊牛排在等待」。

他打電話通知奧爾加夫人，說明內特曼博士已經安全抵達英國。他感謝她，再次向她保證武器將按協議交付給她。但她想見他，希望面對面交談。約定在位於羅浮宮和凱旋門之間，巴黎市中心的一家非常豪華的布里斯托酒店會面。

奧爾加在酒店裡的法蘭西雅丁咖啡館等他。見面時，山姆輕吻了她的臉頰，但是她回吻了他的嘴唇，還在上面停留了片刻。奧爾加從她已經點的一瓶酒裡給他倒了白葡萄酒，她看上去和他們第一次見面的時候大不相同；她穿著隨便，沒有化妝，顯得心情很愉快，笑容滿面。他們互相舉杯後，她就很自然的握著山姆的手，他說：

「亨特‧菲利波夫夫人，我希望您的內部問題已經有所改善了。」

「從現在起，你能叫我奧爾加嗎？因為我要稱呼你山姆了。我的問題沒有消退，而是完全消失了。」

她開始撫摸山姆的手臂，他高興的說：

「恭喜你！我很高興內特曼博士的事件，沒有讓鮑里斯同志帶給你更多的頭痛。」

「不再會了，鮑里斯同志再也不會帶給任何人頭痛了。」

「在你的組織裡，你一定是一位很有效力和說服力的領導者。」

「山姆，我確實一直在努力的當一個好領導者。但是，你要明白，絕不能讓下屬在重要問題上，對你的決定提出挑戰。」

「是的，我同意這是作為領導者最重要的能力。鮑里斯同志現在調走了嗎？」

「我最後一次聽到關於他的信息是，有人發現他的屍體漂浮在塞納河下游。」

山姆驚訝的說不出話來，奧爾加就繼續說：「我見你有兩件事，一件是公事，另一件是私事。」

「那我們就先談正事吧。」山姆建議。

「讓我先說說我對你的瞭解：在法國，你的身分是從里斯本來的一名記者；山姆・馬丁先生。對於抵抗組織，你是一個從倫敦來的，攜帶物資支援和命令的人。而實際上，你是一名在美國戰略服務處的美國情報軍官。我不知道你的真名和軍銜，但是沒關係，重要的是，你有很強的工作能力，你的法國朋友們非常信任你。山姆，你覺得我說的如何嗎？」

「作為蘇聯秘密警察在巴黎的代表，你的情報還不錯。」

奧爾加笑了：「僅僅是如此嗎？也許我應該讓友好的情報機構更多地瞭解我自己。」

「對不起，奧爾加，我一定錯過了你的一些重要背景。能告訴我嗎？」

「我是蘇聯紅軍的情報官。山姆，你一定聽過紅軍外國軍事情報機構這個組織吧！」

山姆說：「當然，鼎鼎大名的蘇聯陸軍總參謀部所屬的情報機構。」

「你知道德黑蘭會議的時間和地點了嗎？」奧爾加問。

一九四一年六月德國對蘇聯宣戰，戰爭爆發後，邱吉爾立即向蘇聯提供援助，並在一九四一年七月十二日簽署了一項協定。雙方代表團在倫敦和莫斯科之間進行了訪問，以安排具體實施援助計劃的內容。

美國參戰後，代表團也在華盛頓開會。成立了一個參謀長級別的聯席會議，協調英國和美國的行動以及他們對蘇聯的援助。

全球性的戰爭爆發後，盟國之間缺乏統一的戰略，此外，如何在歐洲和亞洲之間分配資源的問題上，由於非常複雜的因素，也尚未得到解決。它很快的引起了西方盟國和蘇聯之間的相互懷疑。

另外一個重要問題就是開闢第二戰線，來緩解德國對蘇聯紅軍在東線的壓力。英國和蘇聯在互相協助的行動中，都在尋求美國的信貸和物質支援，因而時常造成矛盾。而美國和英國之間也存在著緊張關係，華盛頓不希望在戰爭勝利後，繼續扶持大英帝國。

與此同時，美國和英國都不準備在東歐，讓蘇聯的史達林，隨意放手一搏。最後，同盟國在如何處理希特勒滅亡之後的德國問題上，也還沒有統一的政策。

邱吉爾、羅斯福和史達林之間，就這些問題是通過電報和特使在進行溝通。但是很明顯，他們迫切的需要進行，面對面的直接談判。

德黑蘭會議代號為「尤里卡」，是約瑟夫·史達林、佛蘭克林·羅斯福和溫斯頓·邱吉爾計劃舉行的戰略會議。這將是第二次世界大戰期間蘇聯、美國和英國三大盟國領導人的首次會議。

史達林非常擔心自己的安全，以及他的內部敵人和外部帶來的威脅。他拒絕搭乘飛機或輪船旅行，非常不願意離開蘇聯國境。因此有人提議「尤里卡會議」在蘇聯駐伊朗德黑蘭大使館內舉行。

所有這些都被列為絕密，訊息的分享非常嚴格，基於需要知道的要求，知道實情的人非常有限。

奧爾加繼續說：「我們可以理解，參謀長聯席會議有充分的理由，需要將『尤里卡』的存在絕對保密。但是我們的情報顯示，德國現在已經掌握著有關『尤里卡』的信息。問題是，誰洩露了這個秘密？」

山姆問：「我可以假設，你提出這個問題，一定是說洩密是來自美國或英國嗎？」

「沒錯。在蘇聯大約只有十五個人知道此事。我們剛剛完成了一次徹底的調查，沒發現洩密者。」

「奧爾加，前一段時間，我在報紙上讀到了三大巨頭會議對各方都有利，但是沒有詳細的背景資料，我也從未聽說過『尤里卡』的代號。當時我們就問過，難道報社會比我們美國戰略服務處知道的還多嗎？讓我問一下；你的情報有多可靠？」

「這是非常可靠的情報，我們先是從一位線人那裡得到的信息，後來又從一位臥底的情報員得到證實。」

「你是在說『紅色管弦樂隊』嗎？」山姆笑著問。

「我親愛的山姆，『紅色管弦樂隊』是蓋世太保特工給柏林的反納粹組織，以及德國在歐洲的佔領區和瑞士的蘇聯間諜所取的名字。但是我們的情報是一位紅軍情報機構特工獲得的。他手下有好幾個紅軍情報機構的間諜網，不斷收集軍事和工業情報。因此，我確信我們的情報是準確的。」

「親愛的奧爾加，你就是那一位紅軍情報機構臥底嗎？」山姆笑著問。

奧爾加緊握著他的手說：「我不是那位臥底，但我和他很熟，很瞭解他，我們經常見面。」

山姆兒說：「那你一定是這個臥底情報員的情人了。」

「好了，不談我了。我有更重要的事情要和你討論。但是首先，你們在倫敦有沒有調查關於洩密的事情？」

「美國戰略服務處和英國特種作戰執行機構正在進行安全檢查，但是針對的目標是抵抗組織，而不是三巨頭會議。並且洩密的源頭已經找到了。」

奧爾加喝了一口白葡萄酒：「我們也只能希望洩密是被堵住了。現在，我想討論一個相關的問題，我們有情報顯示，德國正在計劃一個軍事行動，代號為『跳遠』。你知道這件事嗎？」

「我對此一無所知。它與『尤里卡會議』有關嗎？」

「『跳遠行動』是德國在德黑蘭會議期間，企圖要同時暗殺史達林、邱吉爾和羅斯福的計劃。」

「你知道細節嗎？」山姆提高了警覺。

「我們得到的情報是：希特勒已經批准了『跳遠行動』，並將行動的控制權移交給了德國安全辦公室主任，恩斯特·卡爾滕布倫納。他從黨軍的武裝部隊中，挑選了著名的突擊行動專家，納粹黨軍上校，奧托·斯科澤尼，來策劃和率領這次任務。我們的一位長期敵人，也是紅軍情報機構最憎恨的德國特工，埃爾耶薩・巴茲納，代號西塞羅，也從土耳其的安卡拉被調來這裡參加行動。」

山姆很驚訝：「奧托・斯科澤尼和埃爾耶薩・巴茲納都是美國戰略服務處所熟知的，他們有令人羨慕的作戰功績。我們必須要進行一次反制的操作。」

奧爾加為山姆倒了酒：「實際上，我有個更好的主意；不要進行反制操作，而是要破壞他們的操作，這樣既便宜又容易。」

山姆好奇的問：「說說你的好主意吧！」

「外交情報處的黨軍准將沃爾特・舍倫伯格和恩斯特・卡爾滕布倫納在希特勒面前是死對頭，他們的權力鬥爭是非常血腥的。我們需要散播一個謠言，說『跳遠行動』真正的幕後目標是要以卡爾滕布倫納來接替沃爾特・舍倫伯格的外國情報部門。那麼我相信舍倫伯格就會破壞了整個行動。」

山姆非常欽佩地看著奧爾加：「你是我認識的最有想像和創造力的間諜。」

「不要太快下結論。我們還需要一個保險計劃。眾所周知，如果希特勒覺得他下屬三心二意，而妨礙了他的行動，他就會繞過下屬。他很可能會直接把整個行動交給奧托・斯科澤尼，繞過卡爾滕布倫納和舍倫伯格。」

奧爾加喝著她的白葡萄酒，繼續說：

「我們需要確保奧托・斯科澤尼的突擊隊，不會在預定的時間，到達他們的目的地。迫使他們放棄暗殺行動。你有什麼想法嗎？」

經過一陣深思熟慮後，山姆說：

「根據他先前的操作模式，斯科澤尼很可能在最後一分鐘，將他的突擊隊帶到目的地。他的隊伍必須乘坐德國的禿鷹運輸機，從德國直飛德黑蘭。」

奧爾加問：「山姆，什麼是禿鷹運輸機？」

「禿鷹運輸機是福克－伍夫公司研製的大型運輸機，這是第一架在柏林和紐約之間能不需落地加油，而直飛的四引擎運輸機。飛行距離約為四千英哩。德國外交部長里賓特洛普曾兩次使用它，從柏林直飛莫斯科，談判並簽署了德國與蘇聯之間的《互不侵犯條約》。奧爾加，你應該清楚這事。」

奧爾加仍然不理解山姆的解說，所以他進一步解釋：

「你和我需要說服我們各自的政府，他們的軍事人員應該在三巨頭會議之前，暫時控制德黑蘭機場。當納粹突擊隊到達時，將有卡車被置放在機場跑道上，因而機場被關閉。這將迫使禿鷹運輸機在距離德黑蘭一百五十公里的最近機場著陸。突擊隊將被迫暴露，如果沒有陸路運輸，他們很難及時到達目標。」

奧爾加終於明白，她熱情的說：「聽起來，很不錯。我希望歷史能夠記住，是你和我從希特勒手中拯救了三巨頭。」

「我認為歷史是不會把你和我記錄下來的。」山姆說。

「好吧，這個世界充滿了遺憾，那就這樣吧。現在我需要你幫我一個忙，這是我私人的事。」

「當然。只要是能力所及，我會很高興的為你幫上忙。」

奧爾加又捏了捏他的手：「我有一個親弟弟，他是波蘭空軍的飛行員。當德國軍隊入侵時，他參與了保衛的戰爭。後來就失去了音信，傳說是他為國犧牲了。但是最近，我又聽說他輾轉的逃到了英國。如果你能在倫敦為我找找他，我將不勝感激。」

山姆說：「我回到倫敦後，我是說，如果我能夠回到倫敦後，我一定會去調查的。我知道有很多波蘭飛行員是在英國皇家空軍裡服役。請問你弟弟叫什麼名字？」

「我們家族的姓是『斯皮浩斯基』他的名字叫『湯馬斯』，因為我們波蘭人的名字太長，大家都簡單的叫他『斯皮』。他是個很優秀的飛行員。」

奧爾加看見山姆臉上露出了神秘的微笑，她問：「有什麼好笑的嗎？」

「一點也不好笑，尋找一個在戰爭中失蹤的親兄弟，是一件非常嚴肅的事。但是我想知道，如果我把你的親弟弟帶來見你，你會如何的感謝我？」

「在巴黎？那是不可能的。你只是在跟我開玩笑。」

山姆兒說：「別管我是不是開玩笑，告訴我你要怎麼感謝我。」

「我這一輩子，都會虧欠你。」

「我不想要你的一輩子，我能拿它幹什麼？我想要更實際的東西。」

「那我會當你的奴隸，當一天。怎麼樣？」

「你確定嗎？你不許反悔，改變主意的。」

山姆坐在一輛豪華大雪鐵龍，羅莎莉型轎車上，向司機指點去路，奧爾加和她的助手瑪麗坐在他後面。

天快亮了，一輪滿月還掛在多雲的天上。他們雖然是有戒嚴期間的駕駛許可證，但是法國警察和德國安全人員都還沒有讓他們停車檢查，也許是這輛汽車已經表明了車主身分，它比戒嚴期間的駕駛許可證更有效。

他們進入了巴黎北郊，經過了散佈著農舍和穀倉的平坦田野，在山姆的引導下，他們向左轉，在一條狹窄的道路上行駛了一段距離，然後停了下來。

山姆顯然有些緊張，他叫司機關掉前燈。五十米外，一對大燈閃了三次。山姆把手放在司機的肩膀上說：

「現在我們可以繼續往前走了，但是不要打開前燈。」

雪鐵龍羅莎莉在半黑暗中緩慢地行駛，來到了一個農舍，停在一輛老舊雪鐵龍旁邊的大穀倉裡。有一個人手裡拿著手槍，離開駕駛座，向他們走來，瑪麗立即從她背上的槍套裡拿出她的貝雷塔手槍。

山姆說：「不要緊張，他是我們的人。」他開了車門對來人說：「亨利，萊桑德到了嗎？」

「已經來了，馬丁先生，它就在這兒，但是我們在等要送出的貨物。」亨利收起了他的手槍。

山姆牽著奧爾加的手，走在一條崎嶇不平的石路上，在穀倉的後面，奧爾加驚訝地看到一架高翼單引擎飛機停在那裡。山姆喊道：

「斯皮浩斯基中尉，請過來，我需要你來見一個人。」

「是的，長官，我來了。」

湯馬斯・斯皮浩斯基中尉在黎明前的黑暗裡接近，突然，他停了下來：

「我的姐姐奧爾加嗎？」斯皮浩斯基中尉驚訝地喘息著說。

「啊！我的湯馬斯！」

姐弟兩人飛撲到一起，擁抱著，痛哭失聲。他們以快速的波蘭語談話，姐姐和弟弟都陷入了高度的情緒化。突然，奧爾加開始衝著她弟弟大喊大叫，而且還打了他一耳光。

在場的二十三號小組行動員，亨利說：

「啊！老天爺，這下一定好疼。波蘭的諺語說：一個人絕不可以和他的姐姐過不去。」

令大家驚訝的是，斯皮浩斯基中尉跪下來，抱著姐姐的腿，抽泣著。奧爾加也跪下了，緊緊地抱著他，用溫柔的聲音對他說話，她用手帕擦乾了弟弟的臉，拍著他的背，直到臉上露出笑容。亨利又說了：「波蘭家庭的戰爭與和平。」突然，他的幽默停止了：「他們來了！」

一對汽車的前照搭燈迅速靠近，然後閃爍了三次。湯馬斯對奧爾加說：「我來接運的貨到了，我需要上路了。奧爾加，請好好照顧自己，再仔細想一想，要不要去倫敦。」

奧爾加不情願地讓她弟弟走了：「湯馬斯，我為你感到驕傲。你一定要小心。」

兩名身穿英國皇家空軍飛行夾克的男子從車上下來，向他們看了一眼，就喊說：「斯皮，真的是你嗎？你這小子，我就知道你會來接我的。你怎麼讓我們等了這麼久？」

「你說話好一點，否則我讓你等下一班飛機。你過來，見見我姐姐奧爾加。」

斯皮浩斯基中尉將他帶到奧爾加面前說：「還記得我們鄰居的小傢伙嗎？我們以前常在一起踢足球。和我一樣，他現在是科瓦斯基中尉了，是英國皇家空軍，蚊式戰鬥轟炸機的飛行員。」

奧爾加笑著說：「你好嗎？小夥子。我當然記得他，他是你們足球隊裡最優秀的臨門一腳前鋒。」

科瓦斯基中尉向奧爾加行了軍禮之後，他說：「許多年前，每個人都認為斯皮有個世界上最漂亮的姐姐，現在你還是最漂亮的。和我們一起去倫敦吧，這樣我就可以和你約會了。」

她還沒來得及回答，山姆衝過來說：「你們得走了，很快就要天亮了，在地面或空中都會不安全。」

斯皮浩斯基中尉舉手行禮：「少校，感謝一切。請保護我姐姐的安全，我將永遠感激。我很小的時候，我們的父母就去世了，是奧爾加把我扶養大的。她不僅僅是我姐姐，對我來說她就像個母親。我們曾經是一個有很多親戚的大家庭，但現在只剩下奧爾加和我了。請說服她來倫敦。她在巴黎不安全。」

「我會盡力的試試。斯皮，你很幸運有一個像奧爾加這樣的姐姐。她是個能幹的女人。」

萊桑德飛機載著兩名跳傘逃生的飛行員起飛返航，消失在黑暗的天空中。在地上，地平線上出現了一絲灰色。黎明不遠。奧爾加過來吻了山姆，她說：

「我很高興再次見到了我弟弟，我以為我已經失去了他。我要謝謝你。跟我到我家來。」

「我們需要將這個地方恢復到原來的狀態，不要為這裡的業主造成麻煩，讓他和管事當局發生衝突。稍後我會打電話給你，我會來享受我的奴隸，記得嗎？」

在又一次熱吻之後，奧爾加在他耳邊喃喃地說：「別讓我等得太久，我需要你。」

科伯特酒店位於巴黎的第七區，也是艾菲爾鐵塔的所在地。它有一個微妙而不易察覺的入口，玻璃門上有金色的酒店名字，在毛毛細雨的黃昏時分，大廳的燈光會照亮潮濕的人行道，有人會意識到，科伯特酒店是個讓人產生遐思的地方，但是又讓人感到很安靜和謹慎。它迎合了巴黎人喜愛在下午五點至七點之間，進行不希望為人所知，但是會令人興奮的親密行為。這也是被人稱為「靈活的傍晚」時間。

山姆面臨著一個窘境，這是他從事地下工作以來，所面對的最大難題。在安排用武器交換納粹雷達專家內特曼博士事件，以及對希特勒企圖在德黑蘭暗殺三巨頭的反應和處理，這兩件事情上，美國戰略服務處意識到奧爾加是一位有才華和能力的地下工作者，所以指示山姆設法吸收她參加美國戰略服務處的反納粹活動。

但是山姆強烈反對，他知道奧爾加是一個信仰堅定，而且是頑固的布爾什維克無產階級，對共產黨的領導忠心耿耿。作為一個領導者，她會毫不猶豫的懲處共產黨的叛徒，最近她將一個對她叛逆的下屬，以溺水方式處決了。奧爾加是不可能被吸收，成為共產黨的叛徒。

儘管如此，最近她和現在是英國皇家空軍飛行員的弟弟重逢，可能會促進她對參加盟軍的意願。美國戰略服務處命令山姆繼續努力。

為了鼓勵，美國戰略服務處批准了山姆的請求，將一名為他在柏林臥底的德國軍事情報官員及其家人撤離到英國。

奧爾加·亨特·菲利波夫夫人對山姆來說，是個謎一樣的女人。雖然她在反納粹的行動中表現出了非凡的能力，但是她對山姆發起的棄而不捨，全方位的「女性進攻」，卻顯示出了她強烈的自我個性。當她在傍晚歡迎山姆進入她的套房時，他無法擺脫她散發出的魅力。

奧爾加穿著一件無袖藍灰色長裙，露出了她雪白的手臂和肩膀，一條長腿從長裙腰部的裂口處露了出來，一頭烏黑的頭髮不很長，只到耳邊，但是捲成了一團。山姆注意到，除了一點口紅外，她沒有化妝，也沒有首飾。

山姆和許多男人一樣，覺得沒有人為化妝的美感，是最有吸引力的。一個成熟，但是樸實無華的處女，所散發出女性魅力會激發出狂野的想像力，那是男人無法抗拒的。

奧爾加的原始外表，和她那件材料很薄，剪裁很緊，就像第二層皮膚的長袍，讓山姆心驚肉跳，激起了他性慾的想像。

當她走向他時，高跟鞋使她搖晃。在她熱吻之後，山姆問：「我們是要去參加一個正式宴會，還是要去夜總會？」

「兩者都沒有包括在今晚的節目計劃中。」奧爾加笑著說。

「那為什麼要穿漂亮的連衣裙呢？別誤會我，我非常喜歡。它顯示了你是多麼的美豔。但是也讓我覺得我穿著不合適。」

「一點也不。事實上，針對將要發生的情況，我相信你是穿得太多了。但別擔心。當時間到來時，它很容易被糾正。」

山姆竭力的抵制她露骨的語氣侵犯：

「考慮到內特曼交換武器和德黑蘭暗殺情報交換所發生的事情，我們的上級顯然非常高興。他們希望我們進一步合作。我認為我們是要面對面討論未來的合作。」

奧爾加繼續微笑著說：

「是的，的確，我們會議的主題是未來的合作。如我們所知，在任何兩個團體或兩個人之間的合作中，最基本的因素是雙方之間的互動。在我們的例子中，第一次互動將是你和我，一個男人和一個女人。我們對彼此的密切瞭解將是我們成功的保證。另外，別忘了，我是你的奴隸。」

奧爾加明目張膽地說，她想和他上床睡覺，作為未來合作的條件。但山姆仍在掙扎：「我不太明白。雖然我同意個人相互瞭解和密切合作是很重要，但我們需要首先定義我們將一起工作的專案。」

「也許吧，但是……」

突然，奧爾加站起來走到落地窗前。她靠在窗台上向外看。她說：

「我一直認為，這個黃昏時刻是遊覽巴黎街道的最佳時機。現在黑暗還未來臨，當落日餘暉和街燈剛亮時，你就能看到巴黎人的面孔。」

他站在她身後，問道：「你在那些臉上看到了什麼？」

「我看到了期望。巴黎人正趕在這個時候回家迎接他們的愛人。在路上，他們會考慮他們會對他們的愛人做什麼，以及他們的愛人會對他們做什麼。」

「他們會怎麼做？」

「他們先親吻，然後脫下對方的衣服。男人將穿刺女人，女人會包住男人。激情會將他們帶進高潮。」

突然的無法控制衝動，使山姆從後面抱住了奧爾加。他開始親吻她的脖子，用一隻手撫摩她的腹部，慢慢地向下移動，而另一隻手撫摩她的胸部。

山姆緊緊地貼在她身上，薄薄的衣料讓他感覺好像在觸摸她裸露的皮膚。奧爾加抬起頭，閉上眼睛。從她喉嚨深處傳來一個充滿饑餓、渴望和欲望的聲音。

當她轉過身來時，山姆看到眼淚從她臉上滾落下來。

山姆意識到，在她欲望的外表下，是奧爾加真摯而充滿激情的愛。她淺色的嘴唇微微張開，饑餓的呻吟充滿了欲望。他再也控制不住自己了，他開始以同樣和更急迫的饑餓吻她。

山姆解開了奧爾加身上長袍的扣子，把手放在她光滑的後背上，捏緊了她的臀部。當他的手伸進她比基尼的細繩時，她攔住他，把他帶到臥室。

窗戶的窗簾還沒有拉上，街燈和早期的星光混合在一起，湧入臥室。奧爾加脫下長袍，全身雪白光滑的皮膚開始反射窗外的落日餘暉。

山姆很快脫下衣服，奧爾加躺在床上，身上只穿著黑色的三角比基尼。他溫柔地脫掉了她的比基尼。

在他面前出現的是一位豐滿的乳房和連接著長腿的小腰身女神。山姆開始用手和嘴輕撫她赤裸的身體，同時低聲說出他對她的愛。她張開嘴呻吟著，沙啞的聲音說：

「山姆，我現在就要你。在我爆炸之前你必須進入我的身體。」

「我不能。我不能和盟軍的情報官員發生性關係。」

「我會告訴所有的人，是我用槍逼著你，要你服從我。」

「你認為別人會相信嗎？」

在臥室裡，山姆不是奧爾加的對手，最後他不得不投降。

當他從短暫的睡眠中醒來時，奧爾加緊緊地抱著他，睡著了。

山姆望著她那美麗而平靜的臉，回想起他們不久前相遇後她所做的一切。毫無疑問，她是從事地下工作和秘密活動最傑出的婦女之一。她不遺餘力地追求與他更深入的關係，渴望他的身體和靈魂。他繼續撫摸著她，吻著她的頭髮。

她的身體動了動，她說，「如果你繼續這樣碰我，你將對接下來發生的事情負責。」

「奧爾加，抱歉打擾你的睡眠。你感覺如何？」

「我去到了天堂，剛剛才回到這世界。山姆，你在哪裡學的，這麼厲害的伺候女人方法？」

「這是保密資料，尤其是針對女性間諜，要滴水不漏。」

奧爾加笑了。「那我就綁架你，把你留給我自己。」

「你不需要綁架我。我很樂意隨時為您效勞。」

「不要說你將來會後悔的話。我以為你們美國人應該誠實。」然後她說，「順便說一句，我想和你們做個交易。你不想招募我，我也不想招募你。但我們會互相幫助的。」

山姆笑了。「如果你不想讓我為你工作，我一定是讓你失望了。」

「相反，我擔心自己無法抗拒誘惑。」

「哪一個？我們的錢還是我的身體？我是開玩笑。我同意，我們不要在抵抗納粹的活動上擁有對方。」

「現在，我不必擔心你引誘我遠離我的信仰。可以嗎？你要以美國童子軍的榮譽來發誓。」

「所以你知道我是美國人。葛蓓蕾一定把我的一切都告訴你了。」

「是的，除了保密資料，她都告訴我了。這就是為什麼我問你在哪裡學會了如何對待女人。」

「我還是不太瞭解你，除了你是波蘭貴族，還有一個弟弟在英國皇家空軍工作。你能告訴我更多嗎？」

奧爾加開始撫摸他，同時娓娓道來：

「當然。你有資格認識我。」她擴大了她撫摸的範圍。「我來自一個普通的波蘭家庭。當我年輕的時候，像任何一個十幾歲的女孩一樣，我是一個喧鬧的調皮鬼。我想成為一個古怪的劇作家和詩人，但當我成熟時，卻變成了一個脾氣暴躁的女人。當我接受了布爾什維克主義，在父母雙雙去世後承擔起撫養我弟弟的責任時，一切都改變了。」

山姆很好奇：「為什麼接受了布爾什維克主義而不是自由市場經濟，以及民主政治制度？」

「也許我在波蘭看到過太多受苦的窮人。」她開始逼近山姆的敏感區，「我母親是一個有爵位的法裔波蘭人後代，所以我放棄了斯皮浩斯基，而接受了她的姓，亨特。當我嫁給了我的丈夫，一個更老的男人，也是一輩子的布爾什維克之後，我成為了奧爾加·亨特·菲利波夫夫人，因為菲利波夫將軍也是貴族。」

「我知道菲利波夫將軍死於華沙城外的一場戰鬥，當時是希特勒指揮德軍入侵波蘭。」

「是的，但在我和他結婚之前，他就把我招募參加了俄羅斯的蘇聯秘密警察，成為華沙的駐地特工。從戰爭開始，我就在蘇聯陸軍總參謀部的外國軍事情報局工作，也叫紅軍情報機構。山姆，你是知道我以後的故事。」

「有人告訴我，你和蘇聯秘密警察和紅軍情報機構的高級官員都有著親密的友誼。」

「沒錯，我喜歡男人和性愛，我喜歡和高官男朋友做愛。我不同於那些年輕女性，她們是為了個人利益而追求年紀大的男人，而我會照顧這些老男人，關心他們的健康和福祉。更重要的，我不想把他們從他們的配偶身邊扯下來，所以他們覺得和我在一起很安心與舒服。缺點是他們都是老人，我需要在床上採取主動。」

「你是個了不起的女人。沒有多少女人能像你這樣無私。」

「山姆，你也許不信，但你是我第一個上床睡過的年輕人。我不願意承認，因為你給我的感覺太好了，我會在不同的情況下把你占為己有。順便說一下，你需要和葛蓓蕾做愛。她愛你，她告訴我你也愛她。你們有什麼問題嗎？」

「她丈夫是我最好的朋友，我不能給他戴綠帽子。」

「但是他在和另一個女人做愛，不會碰葛蓓蕾。」

「馬修仍然非常愛葛蓓蕾。他想讓我成為她的情人，這樣她就可以和我一起去英國了。」

「葛蓓蕾是個美麗的女人，但她正在枯萎。就像一棵美麗的開花樹，她需要一個男人來灌溉和滋養她。」

他臉上帶著淘氣的微笑說：「你是一位美麗的女人。我認為你還需要男人給你補充營養。」

「山姆，你在幹什麼？不行，山姆，求你了，你會殺了我的。」

奧爾加試圖抗拒山姆，但是失敗了：「山姆，請溫柔一點！我求求你！」

透過開著窗簾的窗戶，明媚的晨光照射在兩具光溜溜、精疲力竭的身體上。山姆醒來看見奧爾加的頭躺在他的肩上，她的一條長腿搭在他身上，臉上帶著滿足的微笑，在睡夢中顯得美麗而平靜。

山姆吻了吻她的額頭，低聲對她的耳朵說：「奧爾加・亨特・菲利波夫夫人，新的一天開始了。我們得起來和納粹作戰。」

她掙脫了山姆的束縛，伸了伸胳膊和腿：「我們整晚都在做愛嗎？」

「或多或少，沒停過。」

「難怪我全身痠痛。」

「是你告訴我，你很喜歡。所以我別無選擇，只能繼續努力下去。」

「在那些時刻，女人沒有清晰的思維頭腦。」

「下次我會記住的。現在，我們洗個澡吧。你和我都出了一身的汗。」

奧爾加很驚訝地發現，山姆很賣力地為她清洗全身，居然又點起她的欲望。

他們再次回到床上。

在豐盛的早餐和一壺真正的咖啡之後，奧爾加終於讓山姆走了。她告訴他，蘇聯駐東京大使館獲得了重要情報。一群英國政治家，主要是國會上院議員，正在尋求與日本帝國的獨立和平協議。

第十章：撤離巴黎騰空而去

麗茲酒店是世界上最豪華的酒店之一，位於巴黎市中心的第一區。可以俯瞰旺多姆廣場的八角形邊界。

海明威曾經說過，「在巴黎，唯一不會住在麗茲酒店的原因就是住不起。」德國佔領巴黎後，德國空軍將總部設在麗酒店裡。有傳言說，他們的總司令，赫爾曼・戈林，曾經帶過一位非常美麗的猶太人情婦，住進過「愛德華七世」的套房。

山姆收到了指示，要儘快在麗茲與里斯本的朋友見面，然後馬上就要回倫敦彙報。山姆感覺到他的朋友迪特・厄哈德帶給他的情報一定很重要。

當他到達酒店大廳時，他注意到有一半以上的人是穿著德國軍裝。他對在場的大量年輕法國婦女感到驚訝，其中有不少是非常的漂亮，她們被德國軍官摟抱著。葛蓓蕾曾向他指出，在德國，有超過兩百萬法國士兵被當作戰俘或強迫性的勞工。雖然他們沒有面對死亡的危險，但是有八十多萬年輕的妻子留在法國，過著焦慮的分居生活。雖然政府提供了適度的補貼，但是法國法郎對德國馬克的兌換率貶值了百分之二十，留守婦女在日常生活中面臨著嚴重的經濟困難。十分之一的人為了養家糊口而成為妓女，沒有配偶在身邊的德國軍官，似乎成為這些婦女們值得交往的朋友。

馬修還指出，德國從法國徵用糧食的政策促成了法國的糧食短缺。從一個法國女人的角度來看，帶著一個德國情人成為一個理性的經濟選擇。「橫向合作」已經廣泛存在，許多法國婦女生下了有德國血統的私生子。

正如馬修所指出的，許多法國人對他們的女同胞似乎認為德國男性更具吸引力，這一事實深表不滿。他自己也懷疑他的妻子葛蓓蕾正在和她英俊的德國老闆睡覺。這些人都想反擊那些把當地所有女孩都帶走，並且讓人討厭的德國佬。「橫向合作」是年輕法國人成為抵抗戰士的主要原因。

在酒店的櫃檯，山姆出示了他的《歐洲週刊》記者證，是來會見德軍軍官迪特・厄哈德先生。他立刻被送到大廳後面的小酒吧。這是一個小而安靜的酒吧，周圍環境陰暗，適合親密的交談。厄哈德坐在後面的一張小桌子旁。山姆花了點時間觀查了一下酒吧裡的顧客，尋找他熟悉的面孔。當沒有發現任何可疑的目標後，他走到厄哈德跟前。他看上去很累，比上次見面時更老了。握手之後，厄哈德給山姆倒了些白葡萄酒。

「迪特，你看起來很累。現在的日子變得更艱難了嗎？」山姆問。

「很難想像的辛苦。山姆，我沒有太多時間了，我要趕晚上去柏林的航班。所以請仔細聽我說。」

「等等，你現在有危險嗎？」

「還沒有。但是我的危險可能很快就要來了。首先，『跳遠行動』取消了。外交情報處的黨衛軍准將沃爾特・舍倫伯格和德國安全辦公室主任恩斯特・卡爾滕布倫納在這件事上相互指責，甚至希特勒也不能把他們擺平。希特勒要求德國軍事情報局，阿布韋，與突擊隊專家，奧托・斯科澤尼，就這次任務的可行性進行討論，但阿布韋爾給出了否定意見。所以希特勒取消了任務。」

「太好了，德黑蘭會議可以按計劃進行了。」

但是迪特還沒有講完，「山姆，你需要瞭解大西洋長城計劃裡的一些重大新進展。」

希特勒發佈了他的第四十號「元首指令」，要求在歐洲的大西洋沿岸建造一堵防禦工事，代號為「大西洋長城計劃」，目的是防禦盟軍發起的登陸進攻。

同時在那裡，海軍和潛艇基地也將受到嚴密的保護。防禦工事在港口周圍將有集中的加強，納粹聲稱大西洋長城將從挪威延伸到西班牙邊界。托德組織曾在大戰前幾年沿法德邊境設計和建造了齊格弗瑞防線，現在是負責設計和建造大西洋長城及其主要的炮位和防禦工事。它將建在被佔領的法國、荷蘭、比利時以及英吉利海峽群島的海岸上。

「你所說的重大發展是什麼？」山姆問。

「納粹一直在研製威力巨大的原子彈。但是，德國空軍似乎正在失去空中的優勢，希特勒沒有信心，戈林的飛機能把炸彈送到任何特定的目標。因此，為了保衛歐洲大陸免遭盟軍入侵，德國最高司令部已預先選定了幾個地點，在這些地點附近將存放和隱藏原子彈。當大量盟軍接近到附近時，原子彈將被引爆。」

山姆意識到了，盟軍可能會遭受到大規模毀滅，他問說：「你有這些預選點位置的情報嗎？」

「我有更好的東西。」他繼續說著，同時拿出了一份報紙，「在這份報紙裡，有一張大西洋長城的地圖，上面標出了所有的預選點，以及我說過的主要炮台和防禦工事。你得快點把這地圖送到倫敦。」

「是的，當然。倫敦將欠你一大筆債。你考慮過我們上次討論的內容嗎？」

「這就是我接下來要說的。有多項消息都表明，蓋世太保的反間諜工作正在加強。他們正在監視南部軍區司令部的一名軍事情報部門的軍官，他是直屬於總部設在慕尼黑的武裝部隊最高指揮官。」

「你知道這位情報軍官的名字嗎？」

「他是阿克塞・戈茨，他是陸軍中校也是一名專業計量師。我敢肯定那不是他的真名。無論如何，倫敦需要儘快將他撤離，他正面臨將要被逮捕的危險。」

「明白了。還有別的嗎？」

厄哈德顯得很傷心，他說：「山姆，我改變主意了。我要離開德國。」

「哇！該是時候了。是什麼事讓你改變主意的？」

「實際上，最悲慘的事發生了。記得我說過我的親家住在海德堡很多年，我的老丈人和丈母娘都是大學裡的教員。他們被蓋世太保逮捕，罪名是他們把一對猶太人夫婦窩藏在家裡。」

「他們現在被拘留在什麼地方？」

「顯然，他們被捕後不允許聯繫我們，也沒有人通知我們。差不多一個月後，我們才發現他們被送到達豪集中營。」

「你有沒有去找一些能幫助你的人，把你親家救出來？」

「我去找了我的老闆，他是軍事情報局局長，威廉・卡納里斯海軍上將，我們一起去到了集中營。營區指揮官給我們看了囚犯的記錄，上面沒有我親家的名字。」

「你的意思是他們消失了。有可能嗎？」

「當然有可能。在納粹統治下，一切都有可能。但我不認為是這樣，我想他們已經被殺了。」

「你怎麼知道？能確定嗎？」

「首先，如果他們是在營區裡，就沒有理由不讓我們知道，因為最終我們會發現的。其次，從營區指揮官對我問題的反應來看，很明顯他沒有告訴我真相。他很難在我們面前說，他們已經把我的老丈人和丈母娘殺死了。」

「天哪！難道他們不知道你們家的三代人，你的祖父、父親和你自己都是德國的英雄嗎？你們三代人都是這片土地的最高榮譽，鐵十字勳章的持有者。」

「我是在胸前滿掛著勳章去的。你以為納粹們會關心嗎？營區指揮官只是冷笑一下而已。他一定在想我只是狗運亨通，為德國出生入死，還沒死在戰場。他們是一點都不在乎。」厄哈德痛苦地回答。

「你和你妻子討論過這事嗎？」

「她非常贊成我們離開德國，她也無法想像，有一天我們的女兒必須參加希特勒少年營。她要我找出是誰殺害了她父母，她要報仇。我需要你的幫忙。」

「我原以為你最終會要撤離納粹的德國，」山姆承認，「但是我從沒想過他們會殺了你的親家。我會馬上開始計劃你們全家撤離的行動。有什麼特別的事情我需要知道嗎？」

「我認為情況會越來越惡化，對我來說會更危險。希姆勒已經在蓋世太保組織裡，建立了一個秘密的特別反間諜小組，專門針對我們德國軍事情報局，如果局裡所有的高級官員都受到了監視，我一點都不會感到驚訝。」

「卡納里斯上將已經把像你這樣反對希特勒和納粹黨的軍官放在他身邊了，軍事情報局的安全性應該是沒有問題的。」

「這是的，但是同時也不是。自從希特勒上台以來，德國的軍隊是唯一有能力推翻納粹黨的組織。幾年前，卡納里斯參與了一個國防軍官組織的軍事政變計劃。他們甚至與梵蒂岡進行了秘密會談，要求教皇庇護十二世成為與英國進行和平談判的中間人。」

「迪特，這些我都清楚，你想告訴我什麼？」

「他們發起了瓦爾基里行動，計劃暗殺希特勒，從納粹黨手中奪取德國及其武裝力量的政治控制權。」

他喝了一口酒，繼續說：「他們希望儘快與西方盟國取得和平，卡納里斯已經安排任命一名德軍情報軍官，擔任駐瑞士的副領事。他會見了美國戰略服務處的高級官員，很可能是美國戰略服務處在瑞士的情報站站長艾倫・杜勒斯，作為德國反對希特勒組織的聯絡人。」

「這是個好消息。你為什麼認為這很糟糕呢？」

「因為我知道他們被出賣了。蓋世太保沒有逮捕他們，是因為他們要建立一個完整的陰謀者名單。這張單子上可能會有幾千個名字。」

山姆明白了形勢的嚴重性：「你還有多長的時間？」

「不會超過一個月，三、四個星期是樂觀的安全期。卡納里斯利用他與西班牙獨裁者弗朗哥將軍的關係，為參與政變的人策劃了一個出逃的計劃，以防萬一。但是蓋世太保特工已經掌握了這個計劃。在繼續監視我們的同時，法國和西班牙之間，在巴斯克人居住地區，庇里牛斯山脈的邊界，人員進出的控制已經進行了極大的加強。參與政變者名單上的任何人，都沒有機會進入西班牙。」

迪特・厄哈德從口袋裡拿出一個信封：

「這是我妻子、女兒和我最近的身分證照片。背面寫著真實的人物：約翰、凱薩琳和格迪・海因茨。他們的詳細資料和照片在同一張紙上。他們和我們年齡相仿，最近死於空襲。請讓您的人為我們製作身分證、護照和其他必要的證件。現在到處都是叛徒，為了安全起見，我決定不用我認識的文件偽造者。」

當天晚上近午夜時，山姆帶著大西洋長城地圖和厄哈德的照片，乘坐萊桑德飛機抵達英國。

在瑞士首都伯恩，有一個古老的中世紀地區。在一九三〇年時，這區裡位於赫倫加斯路，二十三號的一棟兩層樓的房子被分離，成為出租式公寓。

二戰開始時，門上出現了一塊牌子，上面寫著「艾倫・杜勒斯，美國駐瑞士大使特別助理」。路過的人都會認為公寓裡住的是一名外交官。但是他真實的身分是美國戰略服務處瑞士情報站的負責人，他的實際任務是收集有關納粹和法西斯敵人的信息。如果必要的話，他也會悄悄地支持和鼓勵抵抗希特勒和墨索里尼的活動。

為了減少不必要的懷疑，公寓的後門是最方便的。客人可以來去自如而不被注意。杜勒斯還設法關閉了公寓外的路燈，幫助訪客們維持保密，這些來訪的人包括了間諜、叛徒、難民、牧師、流亡者和外籍人士。任何人，只要能提供相關的情報，都是受歡迎的。

最著名的到訪者之一是馬克斯・蘭根堡，他是希姆勒的特別助理。另一位特別訪客是銀行家保羅・亨特，他是蘇黎世阿爾卑斯銀行的老闆兼執行長。杜勒斯和亨特是一對典型的「華爾街律師和瑞士銀行家」朋友。

幾年前，亨特送來一位柏林的年輕女孩海蒂・斯玨勒，她是在蓋世太保特工監視的眼皮底下被救出來。杜勒斯雇她做為辦公室助理。

海蒂的主要工作是幫助瑪麗・班克羅夫女士，她是美國戰略服務處伯恩情報站的資料分析家。班克羅夫是一個充滿活力，有世界觀的現代女性，她的繼父，《華爾街日報》出版社社長巴倫很溺愛她，在他的庇護下，瑪麗・班克羅夫從小就在波士頓的比肯山地區長大。她也是美國戰略服務處站長，艾倫・杜勒斯，的情婦。他曾經告訴她：「我們可以讓工作掩蓋浪漫，讓浪漫掩蓋工作。」

由於自己的能力和瑪麗・班克羅夫的細心調教指導，海蒂成長為一名有能力的情報分析員，尤其是從德國來的情報，成為她的專長。一年後，決定將她送到情報學校接受培訓，之後她被分配到倫敦的美國戰略服務處，在那裡她一直在分析來自不同來源的高級戰略信息。

和所有瑞士銀行一樣，阿爾卑斯銀行也有許多國際客戶。包括了德國第三帝國政府，納粹政權通過阿爾卑斯銀行進行對外貿易，阿爾卑斯銀行最大的分行是在慕尼黑。那裡的一個保險箱是屬於一位特別用戶，箱子裡的任何東西都會被立即由專人帶到蘇黎世的總部。從那裡，保羅會轉送到在伯恩，赫倫加斯路，二十三號的公寓。其中的一些情報成為海蒂的分析作業。

倫敦的美國戰略服務處負責分析在歐洲收集的情報，包括用秘密的手段和從官方收集的所有情報。它們共有三組分析人員，海蒂是在第二組，負責處理來自德國，特別是柏林的情報。

海蒂的老闆，道格拉斯．柯斯比上尉，是波士頓大學的歷史學家。在過去的三個月裡他們一直是情侶。柯斯比上尉是個已婚男子，但他一再表示他深愛海蒂，並希望與海蒂共度餘生。也許是因為情感上的孤獨，海蒂不能確定自己是否愛他，但她還是同意了他們的戀情。現在她開始懷疑自己了。

一九三六年五月，日本政治領袖中野正剛成立了極端國家主義組織，「遠東會社」。他就極權主義的存在對日本的必要性發表演講，他主張日本應該擁抱法西斯主義或納粹主義。中野還反對「多數人統治」的政治理念，因為他確切相信，多數人是造成現代頹廢的主要原因。由於個人主義不關心他人，中野呼籲政府要超越民主，而直接考慮到人類的本質。

中野曾經和本尼托・墨索里尼有過私人會面，不久之後，他又見到了希特勒和他的外交部長里賓特洛普。與此同時，歐洲的法西斯主義者，仍然秘密地與英國法西斯主義者接觸，包括有國會議員、他們的助手和外交官，他們曾通過中野秘密提議，英國與日本達成和平協議。

海蒂對柯斯比上尉要在下午開的會議感到不安。當她到達柯斯比的辦公室時，那裡已經有一個人，他被介紹是軍情五處的史密斯先生。

柯斯比先開口：「這是我們的分析員，海蒂・斯玨勒小姐，她是我們送給你的報告作者。」

史密斯握了握手後說：「我已經無法再強調我們對你的報告有多感激。它使我們能夠辨認出來一群叛徒。我今天來是要給你們一封軍情五處處長的感謝信。

不幸的是，安全規則不讓我們對外宣佈。柯斯比上尉已經向我保證，這封信將存入你的人事檔案中。我們希望有一天它會被公開宣佈。」

史密斯把信交給海蒂，她看完後回答說：

「謝謝史密斯先生。這真是太好了。請您轉達我對軍情五處和處長美言的感謝。我非常高興與軍情五處的同事們合作。」

「正如我已經告訴柯斯比上尉的話，軍情五處對你在本案中表現出來的專業能力印象深刻。我們都期待著繼續合作。」

柯斯比插嘴說：「軍情五處希望你能協助他們獲取叛國罪的證據，將叛徒們繩之於法。」

「斯玨勒小姐，根據你的報告，我們已經確認了一個國會助理，派崔克・皮爾森，外號叫『PP』的人，是一個可能的叛徒。他是上議院議員，巴林頓勳爵的資深行政助理。」

柯斯比又打斷了他的話：「我們知道，長期以來，巴林頓是一個信仰法西斯主義的分子。」

史密斯先生說：「柯斯比上尉，這一事實早已為人所知。巴林頓、莫斯利和羅瑟米爾三人共同建立了法西斯和國家社會主義者的英國聯盟。他們公開鼓吹在英國執行法西斯主義，一直到希特勒的納粹主義被政府禁止後，才停止了他們的宣傳活動。」

海蒂說：「在民主國家裡，即使在戰爭中，擁有法西斯意識形態並不是犯罪行為。」

史密斯先生笑了：「沒錯，除非有人採取實際的行動來幫助敵人。」

「史密斯先生，您好像有什麼特別的想法。」海蒂說。

「我感覺到，在你的調查分析過程中，你一定對所犯的叛國行為有過一些想法。」

「是的，史密斯先生。這就是為什麼我指出了我對ＰＰ的懷疑。」

「正如你所說，我們不能基於懷疑或意識形態進行起訴。如果一個人相信法西斯主義，那不是犯罪。我們需要證據。斯珏勒小姐，我們瞭解到你和ＰＰ關係密切，他很喜歡你。」

海蒂臉紅了，她回答說：「我確實試圖利用皮爾森對我的渴望來獲得他的信任。當我假裝是德美聯邦的成員時，他開始敞開心扉，談論巴林頓議員的組織。」

史密斯先生點點頭：「顯然，ＰＰ意識到該組織的主要目標是要促進對納粹德國的有利看法。你有沒有察覺，巴林頓團夥和日本帝國代表已經簽署了某種文件的可能性？」

海蒂回答說：「這太有可能了。我的直覺很強，因為當我要求看看簽署了的文件時，ＰＰ並沒有否認文件的存在，他只是說，不能讓我看。」

「柯斯比上尉，斯玨勒小姐，我們也非常強烈的相信這個文件是存在的。我們希望您的幫助，再次嘗試取得它。」

史密斯先生離開後，海蒂和她的上司柯斯比起了爭論。兩人都對官方事務和私人事務的無助混亂感到不安。柯斯比急切的要完成軍情五處的要求，因為這有助於他的升遷，但是海蒂並不那麼熱心。「抓到一個英國叛徒不關我們的事，這是英國的內務事情，所以讓他們自已去解決問題，」她說。

「但如果我們能拿到那份文件，我們的團隊就會脫穎而出。這將是一項屢獲殊榮的成就。海蒂，我想你應該去做這件事。」

「這個皮爾森是個壞人，居心不良。除非我和他上床睡覺，否則他是不會讓我看文件的。」

「海蒂，你很清楚這份文件有多重要。我只要求你再試一次，再努力一點。」

海蒂生氣了：「所以你想讓我去睡他，是嗎？」

柯斯比沉默了，這讓海蒂更生氣了：「道格，你還記得你說你愛我的時候嗎？你要離婚，然後和我過一輩子。現在你居然要我和別的男人上床，你一點都不在乎另外的男人蹂躪我嗎？」

「請你冷靜一點，我們的事什麼都沒有改變。戰爭結束後，我就和老婆離婚，跟你過日子。」

「所以現在是延遲到戰後了。與此同時，何不和皮爾森睡一覺，替你取得文件呢？」海蒂諷刺地說。

他們都沉默了一會兒，海蒂最後說：

「如果我必須從皮爾森那裡拿到文件，我需要有個保鏢。」

「為什麼？你不會殺他，他也不會殺你。這不是一件用武力的任務。」

「我擔心他，」海蒂說。「如果他不能得到他想要的，他可能會用暴力。你會當我的保鏢嗎？」

「不行，我老婆和她父母都要來了，在接下來的兩周裡，我必須帶他們去蘇格蘭遊覽他們的祖籍地，這是很久以前就計劃好的。」

海蒂痛苦地說：「所以，如果這傢伙用暴力穿刺我，你認為這沒你的事，你是不在乎的，是嗎？」

「海蒂，我真希望你不這麼說。我們的關係不應該和你的工作混在一起。你從皮爾森那裡拿到文件後，他就完了，他就什麼也不是了。」

海蒂終於吼起來：「那你為什麼不自己去拿這個上帝詛咒的文件呢？」

現在兩人都很生氣，辦公室顯得非常安靜。

「如果你認為我對你沒用，你不是唯一的人，我對我自己也有同樣的感覺。那你為什麼不在我的調職申請上簽字呢？」海蒂說，「那我就會從你的世界裡消失了。」

「海蒂，我知道你一心一意要加入秘密行動組。除非你幫我拿到文件，否則我是不可能在你的申請書上簽字的。」

「你這個混蛋。我恨你！」她衝出去時砰地一聲關上門。

海蒂．斯玨勒的心情和倫敦的天氣一樣糟糕。兩天後，她不情願地回到了自己的公寓。在打開郵箱拿郵件時，她注意到一個穿著制服的男人坐在大廳裡看著她。海蒂習慣了男人在公共場合注意她，但這個男人不同。當他站起來微笑著接近她時，她終於認出了他。

「哦，天哪！山姆！你終於記得來看我了。」海蒂高興地喊道。她衝過去緊緊地抱著他，把頭埋在他的脖子上。山姆的胳膊摟著她的腰，他意識到她的整個身體都在顫抖。

他抬起她的下巴，看見眼淚從她漂亮的臉上滾落。

當海蒂第一次從瑞士來到倫敦時，第一個來見她的朋友是山姆。她很高興安娜的長期男朋友成為她的同事。他們把大部分閒置時間都花在一起談論安娜。山姆急於想瞭解安娜回到柏林後的生活。海蒂告訴他，當她被邀請參加安娜的婚禮時，她很驚訝，因為她不知道安娜已經有了新的男人。

她告訴山姆，安娜的丈夫是來自奧地利的原子彈科學家漢斯・馮・利普曼博士。海蒂覺得安娜的婚姻不是愛情，而是別的東西。

她指出，在德國，許多猶太人和非猶太人的夫婦離婚，但不是因為缺乏愛。相反，因為他們仍然愛著對方，他們犧牲了婚姻來拯救對方。海蒂給他講了自己的故事，她的父母冒很大的風險把她偷運到瑞士。山姆認為海蒂是個小妹妹，但海蒂希望山姆把她當作一個成熟的女人來對待。現在，山姆用手帕擦乾了她的眼淚：「海蒂，別哭了。告訴我發生了什麼事。」

她的臉上出現了笑容：「別擔心，山姆。我很孤獨，很想你。你的辦公室又不告訴我你是在哪裡。」

「他們不能透露我的任務。你是應該知道的。」

海蒂沒有回答。相反，她吻了吻他的嘴唇，逗留了一會兒：「你是什麼時候到的？」

「兩天前我打電話給你的辦公室，聽說你在休假，但他們沒有說會多久。原來你的行蹤也被保密了。」

「不是的，這不是機密。電話太多了，所以他們拒絕告訴你。」

「我想有太多男朋友想找到你。我打電話到這裡，但是沒有人接。所以我就來找你，是你的鄰居告訴我你已經離開兩天了。所以我才來等你。」

「我們能找個地方吃飯嗎？我這兩天吃得不好。你要在倫敦待多久？」

「也許再過一周。我在等一些文件。」山姆舉起一個大帆布袋說，「我從葡萄牙給你帶來了一些食物，一些蔬菜和一瓶我剛買的酒。我來燒頓飯好嗎？」

「太好了！我們不用出去了。看到了你，我就高興。我有很多事情要告訴你。走，上樓去我的公寓吧。」

山姆的帆布袋裡裝滿了他在里斯本的親戚寄來的東西：大塊煙燻火腿、煙燻香腸、罐裝沙丁魚和各種乳酪。海蒂特別高興有兩袋真正的咖啡豆。還有一瓶昂貴的香水吸引了海蒂的注意。

「終於有人給我買了一瓶真正的法國香水！謝謝你，山姆。」

「我真不敢相信你的男朋友會這麼小氣。」

「在倫敦，只有廉價的仿製品。你最近是在法國嗎？」海蒂用手把嘴捂住，「啊！我又忘了，問了不能問的問題。」

他們決定用烤火腿做義大利麵。在做飯和吃飯時，海蒂開始談她生活中發生的事情。她承認和已婚的上司有了婚外情，並說她現在明白了，她是不該有這樣的行為，到頭來，她是傷害了自己。但是，自從離開柏林以來，她一直想家，每天都想著她的父母。她幾乎每天都會看到有關納粹大屠殺的信息，但是卻沒有任何關於她父母的信息，這讓她很痛苦。但是有件事一直困擾著她，同時也給了她一線希望。除了山姆，海蒂不敢和任何人談論這件事。他是唯一能理解的人。

她一直等到他們晚飯後喝咖啡時，「你聽說過安娜的下落嗎？」海蒂問。

山姆知道問題來了，「沒有接到過任何有意義的消息。」

「我也沒有。但是如果你保證不告訴任何人，我想和你討論一件事。」

「如果它不會把我送進監獄，那就說吧。」

「你記得上次你和我在同一個會議上嗎？」

「關於納粹建造大西洋長城的會議，是嗎？」

「是的，」海蒂說，「美國戰略服務處喜歡我的分析，所以他們讓我成為項目的關鍵分析員。除了各種來源的零碎訊息外，最完整和有系統的訊息來自三個來源。」

「海蒂，我們曾給過你兩套訊息。它們有用嗎？」

「是的，非常有用。它們是三個來源的一部分。」她繼續說，「有關大西洋長城最早的情報是來自德國內部的一名納粹抵抗分子，是一名軍官。」

「他的情報品質好嗎？」山姆問。

「你隨後提供的信息證實了他的情報素質。這主要來自奧托•內特曼博士和你在德國軍事情報局的朋友。這個高品質的情報來源，一直繼續向我們發送有價值的情報。」

山姆說：「任何間諜都不會在德國存在很久，他是個勇敢的人。」

海蒂走近山姆，把她的胸部壓在他的上臂上，親吻他的嘴唇，低聲說：「我想他是我父親。」

「你說什麼？」山姆差點從沙發上跳下來，但海蒂緊緊地抱著他。山姆說：「海蒂，你需要把它解釋清楚。」

「首先，他的報告和其他德國佔領區內來的報告不同，它包含了他自己的分析。很明顯，這個人是一個專業計量師，因為他使用了很多技術上的術語。我父親是一名職業計量師，所以我熟悉這些術語。其次，我對他的文字風格很熟悉。毫無疑問，報告是我父親寫的。」

「這很有趣。不過，這仍然是間接證據，不是證明你父親的直接證據，」山姆說。

海蒂說：「他寫了關於荷蘭防禦工事的文章，並提到了荷蘭南部的諾德維克鎮。它位於海邊，以海灘和多姿多彩的花田相結合而聞名。」

山姆反駁說：「這只能證明他對這個地區很熟悉。在他的分析報告部分中，還有其他觀點嗎？」

「他描述了該地區的基礎設施及其軍事行動的效用。在他的結論中，他寫道，他瞭解這個地區，因為他在戰爭前的八月二十六日就曾去過那裡，慶祝他妻子和女兒的生日。」

「海蒂，你母親的生日是哪天？」

「她的生日是八月二十六日，和我的生日同一天。山姆，你告訴我，世界上有多少母親和女兒都是八月二十六日出生的？」

「應該不太多。但是你還記得你父親帶你和你母親去諾德維克的事嗎？」

「當然。我清楚的記得那天。我很高興，曾試著在海裡游泳，但水是冰冷的，所以我們最後只看到了各種花田和花卉。」

「你父親知道你在為美國戰略服務處工作嗎？」

「我不能確定。我曾被要求給他寫幾句話，告訴他我一切都好。因為措辭含糊不清，我不知道他是否明白了。或者他是否明白我是在為美國戰略服務處工作，當時我並沒有清楚的表明自己的身分。」

山姆若有所思地說：「也許他想告訴你，他還活著，而且很健康。」

「不久前，倫敦決定把他從德國撤離，我很高興。他們說，間諜只會持續一段時間，遲早會被發現。」

山姆說：「是的沒錯。有沒有可能，這位間諜的名字是阿克塞•戈茨？」

海蒂說：「是的，這是他們告訴我此人的名字。」

「那麼發生了些什麼？他被撤離了嗎？」

「他們告訴我，戈茨拒絕撤離，」她回答。「他想要繼續他的抵抗工作。」

「這不是好事，他活不了多久。所有的間諜都很高興被撤離，是發生了什麼事嗎？」

「唯一能阻止我父親離開的就是我母親。也許是她出了什麼事。」

山姆說：「當我們撤離一名間諜時，通常是將全家人一起行動。留下來的親人，在蓋世太保的手裡，他們的命運是不可想像的。」

「我是唯一能說服我父親改變主意的人。所以我想轉到秘密行動組，這樣我就能找到他。但是我的上司柯斯比不會在我的調職申請上簽字。除非我替他取得一份文件。」

海蒂說出了整件事的來龍去脈，山姆說：「所以這個皮爾森不會讓你看文件，除非你和他上床睡覺。而你的情人兼上司柯斯比，一點也不會為此在意。對嗎？」

海蒂抓住他說。「所以，最後我終於明白，柯斯比這個人從來沒有愛過我。他只是對我的身體感興趣。我很沮喪，所以去了海灘，在那裡待了兩天，思考我的未來。」

「也許我能為你做點什麼。」山姆說。

「當我仔細的審視了自己的生活時，我終於明白自己是這世界上最孤獨的人。我不知道我父母在哪裡。我沒有兄弟姐妹，也沒有人真正愛我或關心我。如果我死了，沒有人會注意到。所以我想我應該離開這個世界。」

山姆意識到海蒂正處於嚴重的混亂之中。她失敗的戀愛引發了她的沮喪。

「海蒂，你錯了。你不認為我是關心你的朋友嗎？」山姆問。

「但是當我需要你的時候，我找不到你。關於我的問題，我找不到任何人可以推心置腹的交談。」

山姆突然明白了她的真正問題。與柯斯比的失戀只是一個外在的因素。他把海蒂抱得更緊些：「看著我，海蒂。我知道你在想什麼，但是你的結論完全錯了。安娜曾經告訴我，你在柏林和海德堡是一個很受歡迎的女孩。你現在的處境是因為這場該死的戰爭。如果有人需要離開這個世界，那就是希特勒和他的納粹同夥。你怎麼能不這樣想呢？」

海蒂又哭了起來，無法控制地抽泣著：「沒有人像你剛才那樣跟我說話。我感到很絕望，好像沒人關心我一樣。」

兩個人沉默了一會兒，因為山姆陷入了沉思。

「不管這個阿克塞・戈茨是不是你父親，」他說，「他已經貢獻了足夠的情報。他需要被撤離。事實上，美國戰略服務處認為他將是一名優秀的情報分析員，一定會重用他。」

海蒂漂亮的臉上露出了笑容：「一個父女分析員的組合，來對抗希特勒，所向無敵。」

「聽著，海蒂，我是美國戰略服務處最成功的撤離行動者。如果我自願的話，他們會讓我擔任撤離阿克塞・戈茲的任務。但是如果他不想離開，我也無用。所以你得和我一起進去。如果你能讓這份文件把一個叛徒繩之於法，你就立了大功，美國戰略服務處不會不同意你加入我的任務。現在你聽聽我的計劃。」

英國國會上院議員巴林頓勳爵的資深助理派崔克・皮爾森邀請海蒂共進晚餐。他同意讓海蒂看看巴林頓與日本帝國代表簽署的文件。由於文件保存在皮爾森公寓的保險箱裡，海蒂不情願的同意去到他住的地方。皮爾森一邊喝著白蘭地，一邊問說：

「海蒂，我很高興你同意了我們的安排。」

「我不明白你在說什麼。我們有安排嗎？」

「別跟我玩遊戲，海蒂。你知道我很喜歡你，也很想和你在一起。我有你想要的東西，為什麼不讓我們聚在一起？」

「你是說，我們要開始獨佔性的友誼安排嗎？我只和你約會，不和別的男人做朋友，是嗎？」

「是的，同時我也不去碰別的女人。我相信我能讓你很開心。很可能我會有一個讓你吃驚的未來。」

「我相信你會的。但是你知道我想發展自己的分析員事業。美國戰略服務處將對任何與我有長期關係的人進行詳細的身家調查。你不在意嗎？」

皮爾森被嚇了一跳，他沉默了下來。海蒂花枝招展的笑起來繼續說：

「我親愛的派崔克，現在談這樣的安排還為時過早，儘管我很感激你對我的感情。讓我先看看文件，然後我會更舒服的。今天晚上我們的時間還很多。」

對皮爾森來說，海蒂發出的信號很明顯，她已經讓步了，但是他需要謹慎：

「再提醒我一次，你為什麼對這個主題感興趣？」

「我不感興趣，但是美國戰略服務處感興趣。美國正在太平洋地區與日本軍隊進行激烈的戰鬥。當然，他們會關心她最重要的盟友，英國的政治發展。儘管對軸心國的戰爭仍在繼續，但是你們法西斯派是否另有考慮，美國當然會有興趣。如果我能取得獨到的分析，我的地位會上升，說不定會有更大的企業，例如新聞界的報社，會來挖我過去。」

皮爾森猶豫了一下，但是海蒂站起來熱情地吻了他：

「我能洗個澡嗎？我希望你這裡有熱水。派崔克，睡覺前我喜歡喝一杯熱的薄荷茶，幫助我入睡。」

海蒂送出的訊息不可能更清楚了，皮爾森很興奮。海蒂發現客廳和臥室之間的浴室相當寬敞。她打開淋浴器，鎖上了門。然後她打開了滑動窗，打開和關閉了幾次，以確保它不會卡住。在洗澡前，她把燈關了又開了兩次。海蒂有意的把手提袋遺忘在沙發上，浴室門一鎖上，皮爾森立刻將它打開，他只發現了一般婦女攜帶的物品，沒有錄音或其他電子設備。

當海蒂走出浴室時，她穿著一件掛在浴室裡的男士襯衫，婀娜移步，慢慢的靠近皮爾森：

「我希望你不介意，我穿上你的乾淨襯衫了。」

皮爾遜從來沒有見過這麼迷人的女人。襯衫的前面只扣了兩個扣子，可以清楚的看到她豐滿的胸部。她的修長和勻稱的大腿完全暴露在外。

「你真性感，」他說著，也急於吻她。海蒂推開了他：

「別那麼快，你需要先讓我確定，你是不是真的有我想看的文件，我才能放心的瘋狂，記得嗎？」

皮爾遜不情願的放了她：

「你今晚是不會離開的，所以我還是讓你看看吧。文件鎖在臥室的保險箱裡，那反正是要去的地方。」

臥室很寬敞，有一張大床，床尾放有一個長長的床台，靠牆有一個大衣櫥，一個帶抽屜和鏡子的梳粧檯，還有一張堆滿書籍和文件的桌子。保險箱就放在桌子下面。皮爾森跪下來，來回的轉動數字開關。當金屬碰撞的咔嗒聲響起時，他扭轉把手，打開了保險箱。海蒂聚精會神地看著保險箱裡的東西，她感到震驚。皮爾森拿出一個看起來很正式的信封，從裡面取出一張厚紙，關上了保險箱。

文件標題為「瞭解備忘錄」。她大聲的讀出了上面的文字：

簽署人的目的是：聚集一群志同道合的仁人志士，同心協力以行動促成各自政府，大不列顛和大日本帝國，達成和平協議。協議的基礎為：

一、大不列顛正式承認大日本帝國對華北和滿洲的主權。

二、大日本帝國將馬來半島和新加坡的主權轉移給大不列顛。

簽署人：
愛德格・巴林頓勳爵中野正剛
英國國會議員日本首相顧問
日期：一九四二年二月二十六日

接著，海蒂笑了：「是的，就是它，這是我要找的文件。太好了！」

皮爾遜的臉上也掛著微笑，「那我們在等什麼呢？讓我們開始好好的享受吧！」他激動的說。

突然，海蒂的語氣變了：「派崔克・皮爾森先生，你仔細聽著。作為一名盟軍軍官，我代表軍情五處，以叛國罪逮捕你。你……」

在她說完之前，皮爾森大吼：「你這個婊子！」同時重擊她的頭部，海蒂被打昏了。

皮爾森把她抱到床上，很快脫了她的衣服。看著她纖細的腰身，扁平的肚子，還有兩條修長性感的長腿，他想，我從來沒有穿刺過像她這麼漂亮的女人，如果她是昏迷，沒有反應，那真是太可惜了。他俯下身來，張開她的大腿，開始「埋頭苦幹」。

過了一會兒，海蒂很快地睜開眼睛，看一下臥室的門。皮爾森感覺到她有點動靜，就更加努力。然後他就聽到了她低沉的聲音：「嗯！我要你……」

她彎起膝蓋，張開了她的身體，似乎是要迎接他的穿刺。當他試圖爬到她身上時，她突然伸直了膝蓋，閃電般的挺直了大腿。她的腳跟以強大的力量踢中了他的命根子，一種劇痛在他的全身輻射，皮爾森尖叫著倒在海蒂身上。

「天哪，真疼！從現在起，他可能會成為一個太監了。」門口的一個聲音說。

山姆走向床邊。她掙扎著要從沉重的身體下逃脫，她尖叫：

「山姆，你這該死的傢伙，別只站著看我掙扎，快把他從我身上推下來。我要吐了。」

山姆用戴著手套的手緊緊抓住他的頭髮，把皮爾森從海蒂身上扯下來。

「山姆，看看他的保險箱。裡面有很多有意思的東西。扭轉鑰匙號碼三一七四。」

皮爾森明白，他保險箱裡的東西暴露後會產生的嚴重後果。他痛苦地大聲說：「你最好不要動我的東西，沒有我的允許，打開我的保險箱是違法的。我會控告你的。」

山姆說：「哦，是嗎？我的區區法律見解是，法院不會接受你的指控，更有可能的是，你會和劊子手有個約會。」

山姆整理了保險箱裡的物品，他說：

「皮爾森，你這裡確實有很多有意思的東西。讓我們看看：大量的現金和兩把手槍，英國法西斯主義者的宣言，英國法西斯主義者聯盟的名單，行動計劃，最重要的是，一份政府連絡人名單。皮爾森先生，你的日子現在已經結束了。你最好是去找找希特勒或墨索里尼吧！」

「海蒂，你這個德國猶太婊子，」皮爾森惡毒地嘶叫著，「等到整個歐洲都被法西斯主義統治後。我一定會把你關進集中營裡活活燒死你。」

「派崔克・皮爾森先生，」海蒂回答，「我知道報應和幸災樂禍不是你高尚的英國道德準則中的美德。在我卑微的猶太人文化中，也不被視作是好人的行為。但我就是喜歡看著你享受高溫熱水。」

令皮爾森驚恐的是，海蒂仍然光著裸體的身子，提著熱水壺慢慢的朝他走去。當他意識到她的意圖時，他驚恐的懇求她：「不，海蒂，請不要這樣做，不，請不要，我求你……啊！」

尖叫聲驟然結束，皮爾森失去知覺，他的命根子旁邊的腹股溝上形成了巨大的水泡。

「海蒂，我想他受夠了。從你有力的一腳踢，到熱水燒燙，他未來的性生活已經沒多少希望了。」

「想到他把手放在我身上，我就噁心，」她說。

「軍情五處隨時都會到了，你最好穿上衣服，」山姆說。

「你一直在看我的裸體，看夠了嗎？」

史密斯先生和軍情五處的人到了。他們查看了文件和皮爾森保險箱裡的東西。史密斯說：「斯玨勒小姐，我代表軍情五處感謝你。言語無法表達我們的感激之情，你很快就會收到我們的訊息。我預測邱吉爾看到這些之後，議會將會發生翻天覆地的變化。當然，除非美國戰略服務處不同意，否則您的貢獻將被及時記錄下來。」

山姆說得很認真。「史密斯先生，我們現在把一切都交給你了。就美國戰略服務處而言，我們與這裡發生的事情無關。我希望我們能得到你的保證。」

史密斯開始放聲大笑：「當然。一位過路人向當局發出了警報，他們到達時在地板上發現了一名受傷的受害者，他的空保險箱打開了。警方正在調查。李少校，這樣會令人滿意嗎？」

「謝謝你，史密斯先生。我們現在就走。」

他們拒絕了史密斯先生的交通工具，叫了一輛計程車，一聲不響的回了海蒂在倫敦北部的公寓。山姆打開門，幫她進去。說晚安道別時，輕吻變得停留的久一點，然後更久一點，又再持續了很長時間。

海蒂緊緊的擁抱著他，低聲說：

「山姆，請你……」

「是的，什麼……」山姆還沒來得及回答，她就吻了他。

「請和我再待一會兒。我的身體受到了干擾。我情不自禁。」她說。

陽光透過窗戶照得通明，海蒂醒了過來，但她連一根肌肉都不敢動，因為一隻手正遊走在她的裸體上。這讓她全身酥麻，她不想停止。

她聽到：「海蒂，你什麼時候醒來的？」

海蒂回答：「請你不要停下來，我很喜歡。」

她又聽到：「如果我繼續，你就得承擔後果。」

「什麼樣的後果？」她問說，「你要變成個青蛙嗎？」

山姆：「安娜沒有告訴過你，早上是男人的男性荷爾蒙最高時期嗎？」

「她只說，在你溫暖裸露的身體旁邊醒過來，是她生命中最快樂的感覺。我同意她的看法。山姆，我很高興，謝謝你。」

「不客氣。昨晚，你也讓我很開心。」

海蒂開始咯咯的笑了起來：「我不是在說我們昨晚的做愛，你是個很溫柔體貼，又善解人意的男人。但是我在說，你來看我，救我脫離了絕望。那是個太糟糕的經驗，我甚至都想自殺。」

山姆吻了她：「我要你答應我，你再也不會這樣想了。海蒂，不管情況有多糟，一個人應該永遠保住自己寶貴的生命。」

海蒂熱情的回吻著他：「是的，先生，我保證。」

「海蒂，美國戰略服務處已經正式指派我去撤離阿克塞・戈茨，並且同時指派特工海蒂・斯玨勒小姐協助執行任務。」

海蒂非常高興：「啊！真是太棒了。你會找到我父親，我會幫你找到安娜。這是我的承諾。」

「安娜應該告訴你，當你魯莽地勾引一個男性激素正在升高的男人時，會發生什麼樣的後果。」

「哦？會嗎？」

「安娜告訴我，如果她不能照顧我，她會讓你來照顧我，我認為這包括了照顧我的需要。現在她是另一個男人的妻子，所以你必須履行你的職責。」

「安娜還說了什麼嗎？」

「安娜告訴我，葛蓓蕾曾對我有感情，」山姆停頓了一下說。

「我知道你一定有被派到巴黎過，當你遇到葛蓓蕾時，你和她做愛了嗎？」

「她是有丈夫的人，更何況，馬修是我最好的朋友，我怎麼能和她做愛？」

「但他們是法國人，他們有不同的愛情觀念。我們德國人要嚴肅得多。安娜有沒有提到我也愛上了你？」

「是的。但是你只是海德堡的一個小女孩，那是一種小哈巴狗式的愛情。」

「不是的。我現在長大了，我還是有同樣的感覺。」

海蒂騎上了山姆，她的激情，排山倒海似的吞噬了山姆。

道格拉斯‧柯斯比上尉從蘇格蘭回來後，曾多次給海蒂打電話，但是沒有人接。在第二天去辦公室的路上，他在報上看見了一個令人費解的新聞。

《倫敦時報》的第二頁，一份簡短的新聞提到，國會議員愛德格‧巴林頓勳爵在接受軍情五處的審訊後死於自殺。他的資深助理，派崔克・皮爾森因叛國罪被捕，但小腹受傷，在監獄醫院治療中。柯斯比匆匆趕到辦公室，驚訝地看到海蒂在等他。他說：

「我昨天給你打了好幾次電話，你沒有接。你到哪裡去了？」

「我不認為我需要給你任何解釋。」海蒂回答。

「你對我沒當你的保鏢還是很不滿，是嗎？你拿到文件了嗎？今天早上的報紙……」

「這是保密事件，你現在沒有需要知道的級別。」海蒂打斷了他的話。

「你是什麼意思？我是你的上級。我當然需要知道。」

「不，你沒有。我不再為你工作了。」

柯斯比憤怒的說：「什麼？你瘋了嗎？」

海蒂笑著回答：「你為什麼不給人事部打電話問問呢？」

柯斯比滿懷信心的說：「我當然會，現在我就打電話。」

說完電話，柯斯比的臉色變得蒼白。他小聲的說：「他們告訴我你已經被調走了。沒有我的同意，這是不可能的。怎麼搞的？」

「因為你沒有需要知道的保密級別，我不能告訴你。他們還告訴了你別的事嗎？」

「他們說我有新的人事派令。那一定是我的升職通知了。我跟我岳父抱怨多次，我從第一天起就沒有得到任何升職，還是拿上尉的薪餉。」

海蒂臉上帶著燦爛的微笑問說：「柯斯比上尉，你有很多保暖的衣服嗎？」她遞給他一個人事部的信封：「這是你的人事派令，但是我不相信它包括了你的晉升令。」

柯斯比沒有升職，而是被派往盟國在冰島的信號監聽站。他暴跳如雷的喊說：「這太離譜了，我老婆肯定會很生氣，我岳父會在華盛頓掀起一場風暴。」

海蒂的臉上還是帶著笑容，她說：「是嗎？我懷疑你的妻子會介意。還記得你寫給我的情書嗎？指著老天發誓，要和你妻子離婚。這些情書正在去她旅館的路上。」

柯斯比的臉因憤怒而扭曲：「你這個骯髒的德國猶太人婊子！納粹應該用毒氣毒死你。」

海蒂衝上去，狠狠的打了他一耳光，差點讓他失去平衡。她說：「你是第二個叫我這個名字的人。你想知道第一個人怎麼了嗎？」

一個新的聲音響起：「那個傢伙現在被銬在監獄醫院的病床上，進監獄是因為叛國，進醫院是因為命根子受到嚴重燙傷，那是侮辱猶太女性的後遺症。你剛才對斯玨勒小姐說的話，已經構成了叛國行為。」

聲音來自一個身穿美軍少校軍官制服的人，他繼續說：「斯玨勒小姐很快就要去執行一項特別任務，你最好為她祈禱，因為如果她出了什麼事，你將是頭號嫌疑犯。如果我是你，我會在冰島保持低調。」

海蒂很嚴肅的說：「柯斯比，你不值得我去報復，把你的情書送給你妻子，是要她醒過來，看清楚你是個大渾球，從來沒有愛過她，只是要利用她老爸。她才是你婚外情的最大受害者，而我是你的幫兇，為了減低罪惡感，我決定要促成她重新走上她的人生。而你就好自為之吧！」

山姆．李少校回到法國開始他的撤離任務，海蒂．斯玨勒則開始了她的外勤強化訓練。

迪特．厄哈德在一個愉快的星期天帶了他的家人去郊遊。父親、母親和女兒三人都穿著輕便亮麗的衣服，提著一個野餐籃上了汽車。

他們正前往柏林郊區一個令人舒暢的地方，就是格倫瓦德森林。這一切都在蓋世太保特工的觀察下。

厄哈德的許多同事都發現了他們受到蓋世太保特工們的監視，他很快的發現到，所有德國軍事情報局的高級軍官都是被監視的目標，有些還是受到全天候二十四小時的監視。

無可否認的，一旦收集和分析了足夠的證據，目標就會被逮捕。除非蓋世太保特工還在收集更多的證據，以確定是否有更多的同謀者。雖然他和家人還沒被二十四小時監視，但是厄哈德覺得他的被捕迫在眉睫。

因為天氣好，路上的車很多，去格倫瓦德森林的交通很擁擠。蓋世太保的兩名特工在厄哈德的車後面保持五十到七十公尺的距離。一旦目的地明確了，蓋世太保就放鬆了，讓更多的車輛插入在他們和目標之間。

進入了格倫瓦德森林後，厄哈德一邊加速，一邊注視著道路。一輛停在路邊的公路維修卡車出現了。厄哈德輕輕地按了一下汽車喇叭，很快右轉到卡車旁邊的一條小路上，然後他立即又右轉。

汽車停在一個由矮樹和灌木環繞的凹地裡隱藏，避開了過往車輛的視線。當蓋世太保特工到達路口時，小路已經封閉，有臨時路標上寫著「修路：請勿進入」。於是他們繼續沿著主幹道行駛。幾分鐘後，厄哈德一家人都換了衣服，開著另一輛車走了。

當天晚上，蓋世太保特工的報告說，目標是在進入格倫瓦德森林後消失的。在這片廣闊的森林中搜尋，卻找不到他們。特工們回到目標的房子，但發現房子還是沒人。

同一天，柏林交通警察報告了格倫瓦德森林發生的一起交通事故，涉及一輛客車和一輛小油罐車。這輛小客車似乎失去了控制，開上了對面的車道，造成了正面碰撞，點燃了油罐車的燃料。

大火燒毀了一切，包括三個成年人和一個十歲左右的孩子，只剩下兩輛車的金屬骨架。隨後的調查確定這輛小汽車是屬於迪特・厄哈德。

雖然屍體被燒得面目全非，但由於部分被燒毀和熔化的物品，如一枚阿布韋，德國軍情局的勳章戒指和結婚戒指，調查人員得出結論，車上的屍體是迪特・厄哈德夫婦和他們的女兒。

兩天後，德國軍事情報局，阿布韋，向柏林警方報告，厄哈德和他的家人失蹤，並請求他們協助尋查。警方調查員、阿布韋代表和蓋世太保特工會合，進入厄哈德的房子。他們發現一切正常，沒有長途旅行的跡象。衣服、珠寶和金錢都還在房子內。廚房裡有做三明治和準備野餐的痕跡。

蓋世太保特工向他們的上級報告說，迪特・厄哈德和他的家人在交通事故中喪生。德國軍事情報局正式宣佈厄哈德的死亡，蓋世太保特工也正式停止了他們的搜尋和監視行動。

當然，山姆和他的團隊策劃了這次交通事故。這些屍體是盟軍轟炸襲擊的受害者，被從三個不同的停屍房裡帶走。由於人力短缺和疾病的考慮，對屍體的護理和記錄的保存變得寬鬆了。

對山姆來說，最困難的任務是偷一輛油罐車。至於厄哈德一家，他們是在汽車停在凹地後，很快的換了衣服，另一輛車把他們帶到了當地的火車站。從那裡，他們分為兩組上路；母親和女兒在一起，厄哈德自己單獨一人。他們搭乘了許多當地的短程火車，基本是朝同一方向行駛，有時在換車前，步行一小段路。厄哈德會在短距離外目視著他的家人，但他們就像陌生人一樣，不碰面。

他們花了兩天時間才到達科隆，然後到了阿亨市。阿亨是位於德國的一個煤礦區，它是德國的一個重要工業中心。

阿亨工業大學是歐洲最好的理工科大學之一，位於市中心。許多教員都很有名。應用數學系的曼弗雷德・恩斯特教授在大戰前就退休了，但是他和妻子仍然住在他們的老房子裡。在阿亨遭受盟軍空襲轟炸加劇後，恩斯特教授和他的妻子就搬家，到農村和他們的女兒同住。只是偶爾回來看看房子。當恩斯特教授收到厄哈德妻子的一封信，要求用他們的房子小住一個星期，以恢復最近失去了父母的哀傷時，他非常的歡迎。

恩斯特教授是厄哈德岳父的老朋友，也曾是海德堡大學的教授。他們的房子座落在一個獨特有趣的地方，就是在所謂的「三個國家點」。在他們後院有低矮的樹籬，實際上是阿亨市與荷蘭希倫市，以及和比利時尤潘市的邊界。只要跨過這矮樹籬，就可以從德國進入荷蘭或比利時。儘管這兩個鄰國都被德國軍隊佔領和控制，但民政事務仍由荷蘭和比利時的當地警察控制。

他們在恩斯特教授家住的第四天，響起了刺耳的空襲警報。停電了，家人點上蠟燭，拉上厚重的窗簾。

爆炸發生在阿亨市北方，他們能聽到一大群轟炸機經過時發出的引擎聲音。不久之後，就聽到了炸彈的爆炸聲和防空炮火的聲音。突襲持續了不到三十分鐘，但警報是直到一小時後才解除，厄哈德和妻子聽到有人在敲廚房的窗戶，他敲了兩下，厄哈德把手指放在嘴唇上，表示禁聲。

敲門聲在同一扇窗戶上又重複了一遍。厄哈德感到既興奮又害怕。他聽見的是預先安排好的敲擊信號，這是自從他和家人出逃後，美國戰略服務處的第一次接觸。另一方面，這也可能是一個陷阱。厄哈德拿出他的毛瑟手槍，打開了保險，把一顆子彈推進了槍膛。他按相反的順序輕敲窗戶，三次快速的敲擊，停一下，然後兩次緩慢的敲擊。他聽到一個熟悉的聲音：「山姆在這兒。」

「這是迪特。」厄哈德興高采烈地回答。

山姆即刻回答：「後門安全！」

厄哈德打開後門，山姆穿著一身黑衣服走了進來。厄哈德擁抱他：

「山姆，你終於出現，太好了！」他顯然鬆了一口氣說，「我老婆說，你大概是忘了我們。」

「厄哈德太太，我不可能忘記你們。」山姆說。

厄哈德太太很和藹可親：「馬丁先生，迪特從來沒有告訴我你的真名。我就叫你馬丁先生了。」

「就叫我山姆，是我的真名。讓我對你父母的去世表示哀悼。我理解你的感受。在執行任務時，我幾乎每天都會想起自己的父母。」

「謝謝你的體貼，」她說。「對於迪特和我自己來說，離開德國是一個艱難的決定。在阿亨之行途中，我們感到如此的孤獨和絕望，我幾乎失去了繼續下去的意志。」

「父親說過，隔離一點比較安全。」小女孩打斷了她的話。

山姆笑了：「這是真的，我已經在德國和德國佔領區執行過多次的撤離行動，你必須不被人注意，也必須不與任何人有任何互動。這才能保證更安全。」

山姆看著厄哈德一家輕鬆而焦慮的表情，就繼續說：

「你非常遵守指示，只乘坐當地的有軌電車和短距離火車離開柏林。我們還派了三名行動員，在旅途中掩護你們。」

「但是我們沒有看到你或你的同事。」厄哈德太太說。

「他們是訓練有素的專業行動員。你不應該會發現到他們。」埃哈德說。

「一直到了馬格德堡附近的火車站，我們才看見你們，但只看到了母親和女兒。我們以為迪特就在附近。」他繼續說，「後來又在達特蒙附近看到你們，我才鬆了一口氣。一切的情況都很正常，沒有特別的警報現象。也許你的追悼會說服蓋世太保特工，你是真的走了。」

厄哈德笑著說。「很好。我死是為了我要活下去。」

山姆說：「最後是在科隆，我們看到了你們三個人。當你到達這所房子時，我們就在附近。」

「但那是四天之前，」迪特說。「你為什麼讓我度過這四天不可忍受的日子？我睡不著也吃不好，總以為蓋世太保特工會隨時破門而入。」

「我需要把一切都安排好，要費點時間。計劃是這樣，請仔細聽。我們今晚就要進入比利時。」

「就這麼快？」迪特說，「你讓我們在這裡待了四天，不聞不問，然後你才出現，但是馬上就要離開。」

「迪特，你抱怨太多了。你聽著，好嗎？」山姆繼續說，「最困難的撤離部分，是在德國境內，現在幾乎完成了。我相信我們會成功的。但是，我們仍然需要非常小心。」

迪特現在看起來很高興：「山姆，我在聽。」

「今晚將再有另一次空襲，燈光再次熄滅，外面會很黑暗。那是我們進入比利時的時候。」

「等一下，山姆。你是說，你為我們的逃亡，特別安排了一次空襲轟炸？」

山姆說：「我希望你不會反對，你還不知道你自己是個重要人物了。」

迪特向他緊緊握著手的妻子低聲的說了些話，厄哈德太太問：

「山姆，從德國到比利時很危險嗎？」

「如果你認為把腿舉過後院的矮樹籬是危險的，那就是的。這個後院的邊界與荷蘭和比利時接壤。」山姆繼續說，「和往常一樣，當空襲警報響起時，關上窗簾。但你要注意後院，你會看到綠燈閃爍兩次。然後就從後門離開房子，關上門，走向綠燈。」

山姆又說，「請重複我剛才說的話。」

「在空襲警報聲中，關閉所有窗簾。注意後院的綠燈閃爍兩次。從後門離開，關上門，走向綠燈。」

「很好。這是三張葡萄牙護照。請記住名字。迪特，你現在是里斯本葡萄牙沃爾夫拉姆材料公司的何塞・德・卡瓦略先生。你妻子叫瑪麗亞・安妮・約瑟法，你女兒叫安妮・德・卡瓦略。你知道沃爾夫拉姆的事情嗎？」

「它是葡萄牙語中稀有金屬鎢的商業名稱。它在製造軍火方面具有特殊的功能。德國曾經從俄羅斯進口它們。」

「沒錯，現在德國開始依賴葡萄牙和西班牙的鎢。然而，為了保持中立，葡萄牙建立了嚴格的出口配額制度，限制向德國出口鎢的數量。」

「但我聽說還有其他途徑可以獲得鎢。」迪特說。

「是的，現在你就是這『其他途徑』的一部分。葡萄牙向比利時出口鎢礦砂，比利時不實行配額規定，礦砂提煉出的鎢，由比利時出售給德國。」

「非常聰明。它完全繞過了葡萄牙的配額規定。山姆，如果這是得到葡萄牙安全情報局的默許批准，我不會感到驚訝。」

「當然，葡萄牙安全情報局是同情納粹的，並且我相信德國軍事情報局已經滲透到該組織中。在任何情況下，你是在比利時進行官方事務，同時你也帶著家人去法國度假。」

「山姆，我們要去比利時的什麼地方？」

「第一站是布魯塞爾。過去幾周的苦日子就要過去了，你將住進一家豪華酒店。我將是你們的司機，安東尼奧・巴羅梭，受雇於葡萄牙沃爾夫拉姆材料公司。另外，我是葡萄牙安全情報局的一名中士軍曹，已知是與德國軍事情報局合作的一份子。」

「所以在比利時我們不需要轉入地下，但是我們沒有帶來合適的衣服。」

「別擔心，我們已經準備好了。我們的主要目標是把你們安全帶到法國。既然我們要進入佔領區，邊境檢查站可能會很緊，蓋世太保特工們也很可能會在那裡。因此，除了護照，我們還準備了一封信。」

山姆遞給迪特一封信。這是來自第三帝國的軍備和戰爭生產部的信件，信上寫的是，何塞‧德‧卡瓦略先生，是一位受雇於里斯本葡萄牙沃爾夫拉姆物資公司的葡萄牙公民，正在布魯塞爾從事對德國至為重要的業務。所有安全和軍事人員應提供協助和安全通行。這封信是由阿伯特‧斯皮爾部長簽署的。

「當然，這封信是偽造的，但信紙是真的。請收好這封信。在邊境，他們可能想看看。那麼，作為你的司機，我會要求的。記住，你們只會說葡萄牙語，我將是你們的翻譯和司機，」山姆說。

「我們進入法國後會發生什麼事？它仍然是蓋世太保的地盤，是嗎？」迪特問。

「是的，當然。但是，我們選擇了這裡是有原因的。在這裡邊境工作的比利時人是講法語的。他們憎恨納粹。」

「山姆，我現在感覺好多了。但是，如果出了什麼問題，有應急計劃嗎？」

「是的，當然。我們為你們每個人準備了一個發聲裝置。」

山姆遞給他們每人一個黑色的遙控器。這是一個核桃大小的橡膠球，當被壓的時候，會發出兩個硬物相互撞擊的聲音。在演示了它的工作原理之後，山姆又開口了：「當你們在空襲警報後離開的時候，天黑了。你們需要互相握著對方的手才能在一起。當你聽到咔嗒一聲響時，你必須用兩聲響，也就是連續按下兩次來回答，所以我們會知道是你們在靠近。」

山姆的語氣變得嚴肅起來。「我會一直和你在一起。如果蓋世太保特工出現，我會開槍掩護你們。你們要跑進樹林。然後在森林中穿越比利時和法國邊界。我會給你一張地圖，上面清楚地標明可能的越境點。我們已經在該地區部署了我們的人，但他們不知道你們的身分，但是會認識你們的發聲器聲音。」

沒有人出聲，一片安靜，山姆接著說：

「我們的人會聯繫到抵抗組織，他們會設法撤離你們。不必擔心。我是盟軍最成功的撤離專家，此外，迪特還欠我一頓飯，我不會讓他乘機溜走的。」

空襲警報聲響起，厄哈德一家在看到綠燈閃爍後，就從後門出去。天色非常黑暗，他們小心翼翼地走向綠燈，互相握著手，似乎花了很長的時間，他們才聽到了發聲器清脆的聲音。迪特立刻回按了兩下，驚訝的聽到山姆就在離他只有一步遠的地方。

「山姆在這裡，抓住我的夾克，跟我來。」

他們在草地上走了一段時間後，地面變得很難走，到處都是大小的凹洞、岩石和其他碎片。這個地區遭到了盟軍的集中轟炸。當他們聽到解除警報的汽笛聲後不久，就看到了各處房屋的燈火陸續亮了起來。山姆停下來說：

「天快亮了，時間很短。讓我抱著小女孩，這樣我們就能走得更快。」

「山姆，讓我來吧，」迪特說。

「我對這類事情有更好的訓練，確保你和你的妻子不會摔倒就行了。」

小女孩跳到山姆的背上，他們加快了腳步。薄霧中出現了一座部分受損房子的模糊形狀。山姆停下來，把那個女孩從背後放了下來。他看著巨石後面的房子看了一段時間，然後迪特走到他後面問：

「有什麼問題嗎？」

「還沒有，但準備好你的毛瑟手槍，掩護我。」

山姆拿出發聲器，捏了一下。在寂靜的夜晚，聲音很清晰，即刻兩聲咔嗒聲迅速迴響。山姆拿出手槍，他說：「跟在我後面五步。如果我開始射擊，跟著我，瞄準任何移動的物體開火。」

山姆彎彎曲曲的快速走到受損房門前，身體緊緊地貼在牆上。當他看到厄哈德躲在一塊大石頭後面時，他喊道：「密碼！」呼喊聲迴響：「老鷹一號，你的呢？」

山姆回答：「土撥鼠！有兩個人。」

門開了，山姆揮手叫迪特進來。他們發現房子的屋頂有一半不見了。母親和女兒進來後，他介紹了他們：「這是我的同事，金・皮爾艾文和諾蘭・馬可辛。他們會帶領一隊行動員保護你們，直到擺脫危險。」

諾蘭・馬可辛先開口：「請允許我稱呼您為卡瓦略先生和夫人，小女孩為安妮。我給女孩帶了一小瓶蘋果汁，幾分鐘後，我們就要開水煮咖啡了。請注意，這是真正的咖啡，由李少校在葡萄牙的親戚提供。」

「謝謝你，馬可辛先生，真是體貼。我的德國部屬從來都不是這樣的。他們有很多地方需要學習。」

「不是這樣。我需要討好老闆，這樣他才能平息對我的憤怒。」

山姆假裝生氣地說：「諾蘭，你把我嚇得魂飛魄散！應該只是皮爾艾文在這裡。你為什麼也來了？」

「美國戰略服務處要我帶給你新命令。但是等一等，你看到房子裡有兩個人嗎？我以為我隱藏得很好。你是怎麼看見我的？」

「我沒看見你，但是我感覺到房子裡還有第二個人。我馬上聯想到，皮爾艾文被逮捕了。這就是為什麼我要迪特掩護我，我本來想要衝進來，開槍救人的。」

「等等，老闆。你是怎麼能感覺到，另有一個人的存在？」

「我不知道該如何形容，但也許到了我這個年紀，你也能做到。」

「先生閣下，那是不可能的。我的年歲比你大。不管怎麼樣，我帶給你的命令是二十三號小組的電報員提供的。說德軍的第二十六裝甲師，將被重新部署到法國沿海地區。倫敦需要找出他們的行動，以空中攻擊，攔截轟炸任務，來摧毀它。或者是以破壞任務，來減低它的戰鬥能力。」

山姆說：「我本來打算陪你們一路去倫敦，這樣我就可以享受那頓豐盛的晚餐了。看來要等了。」

迪特插話說：「第二十六裝甲師是德國陸軍裡最優秀、經驗最豐富的戰鬥部隊。山姆，你需要聯繫在慕尼黑的南方司令部，找到阿克塞・戈茨。他會知道二十六師的調動計劃。」

「是的，非常感謝。現在，另一個房間裡有兩個手提箱，是我們為一位葡萄牙的高級商務官員和家人準備的。請你們去試穿一下，天亮後我們就要出發了。」

天亮時，大家都準備出發了。山姆穿著司機制服，戴著一頂帽子。他摸了摸帽子的邊，很自然的說：

「Bom Dia, Senhore Senhorade Carvalho.」

美國戰略服務處行動員，皮爾艾文，端著一杯熱氣騰騰的咖啡評論說：

「老闆又在炫耀他的葡萄牙語了。」

「我需要迪特習慣用葡萄牙語跟我說話。他畢竟是一家葡萄牙公司的高級官員。是嗎？卡瓦略夫人？」

「迪特從未教過我葡萄牙語。我想那是因為他有個葡萄牙情婦。他在里斯本給你介紹過一個女人嗎？」

「這是高度保密的訊息。」山姆笑著說。

「難怪迪特把你當成是他最好的朋友。當然，他會保護你免遭叛徒的傷害，作為交換，你也會保護他的多重婚外戀情。所有的男人都是一樣的。」

山姆舉起雙手說：「我投降，因為和迪特同夥而有罪。我的懲罰是什麼？今晚不給飯吃嗎？」

大家開始笑起來。山姆感覺很好，他說：「就是應該這麼高興！畢竟，我們是在度假，不是嗎？」

當迪特·厄哈德和他的家人感到更放鬆時，山姆再次說：

「我們將乘坐一輛帶有外交牌照的公務車，所以我預想比利時或德國安全人員不會攔截我們。不過，為了以防萬一，我會告訴他們，我們是在阿亨視察了一家沃爾夫拉姆礦石廠，正在經由布魯塞爾前往巴黎的途中。」

「你會為我們做所有的談話，對嗎？」迪特問。

「是的，但是我會把他們的問題翻譯成葡萄牙語，你會給我回答，要我翻譯成德語。仔細聽：有些安全人員很狡猾。即使我說你們只懂葡萄牙語和法語，他們可能會突然對你們說德語或英語。這是一個發現真實身分的訣竅。記住，任何時候，你們都不懂德語。」

迪特對他的妻子和女兒說：「最好的辦法是閉嘴，讓山姆說話，」

汽車被藏在部分損壞的房子後面。當山姆把它帶到車道上的時候，厄哈德意識到，為了把他們從納粹德國撤離，已經花費了大量的資源。

這輛車是二十世紀，三〇年代的B型梅賽德—賓士五四〇K高速路廂型汽車，已經不再生產，但仍然受到富有歐洲人的追捧。除了葡萄牙外交許可證外，這輛車的前保險杠右端的金屬柱上還掛著葡萄牙國旗。

山姆指著擋風玻璃，駕駛員側的一個貼紙，解釋說那是葡萄牙國安部的標誌。所有安全人員，包括德國的蓋世太保特工們，會對有標誌者給予特別關照，因為車上的乘客和他們共同熱愛法西斯主義。因此去布魯塞爾的旅程應該是很順利的。但是當行動員檢查他們的武器時，氣氛又開始緊張起來。

首先，一輛很小、很老舊的農家卡車駛過來，前座的一對男女向山姆點了點頭，皮爾艾文跳上了卡車後，向外面開走了。兩分鐘後，一輛法國標緻三〇一型汽車，裝帶著很多農具，來到了房子前面。司機也是向山姆點了點頭，但是仍留在車裡，發動機也在運轉。行動員諾蘭‧馬可辛出來，把袋子扔進了標緻車的後面。他對山姆說：

「我準備好了，房子也打掃了。」

「好的，諾蘭，你間歇性地保持目視接觸，但要確保我們的尾巴安全。」三輛車的車隊開走了。交通不擁擠，但路上有一半的車輛是德國的軍用車輛。山姆的乘客們又一次的緊張和安靜。迪特‧厄哈德打破了沉默：

「他們再也不生產這樣的汽車了，戰爭期間更是不會生產了。」

「你說的真是很對。」山姆同意說道。「梅賽德—賓士五四〇K是獨一無二的，即使是在歐洲豪華轎車中，它的後座像是一對皮革製的扶手椅。」

「別忘了它強大的八缸增壓發動機。在高速公路上，五四〇K型車將捲起覆蓋路面的積雪。」在一聲沉重的歎息之後，迪特爾繼續說，「那些日子永遠不復存在了。剩下的是我餘生的遺憾。」

山姆能感覺到迪特的痛苦和絕望。然後他聽到迪特的妻子說：

「如果你是在說，你很久以前答應給我買一輛五四〇K，我會考慮就是這一輛了。另外當時你沒提，你還加了一個司機。」

山姆有點大聲的說：「夫人，安東尼奧•巴羅梭中士，向您報到。」

大家都笑了，山姆很高興，他輕聲說：「現在，如果卡瓦略小姐提起扶手，會有一個驚喜。」

扶手下面是一個小櫥櫃，裡面有一個裝白蘭地的水晶酒瓶。驚喜就在酒瓶旁邊的袋子裡。山姆說：

「夫人，請讓小女孩打開袋子。」

安妮放聲大叫。「哦！巧克力餅乾！媽媽，我現在可以要一個嗎？」

「問問巴羅梭中士。」她母親說。

山姆很快回答說：「現在都是你的，漂亮的女孩。」

「噢，謝謝您，中士。巧克力餅乾是我最喜歡的。」

迪特笑了：「山姆，你怎麼知道的？我從沒跟你提過這個。」

山姆對他說：「你應該知道，德國軍事情報局，阿布韋，並不是唯一擁有優秀情報人員的機構。」

「我承認你們美國戰略服務處是很不錯。也肯定你是個非常優秀的情報官。可是你不是一個職業軍人，你只是個被徵召的士兵，這是很難以接受的。」

「我需要提醒你多少次？我不是一個徵召兵，我是自願參軍。」

「在我看來，都是一樣的。你之所以知道我女兒喜歡巧克力餅乾，是你曾監視我們在柏林公園野餐，我說的對不對？」

厄哈德的妻子笑著說：「我以為你們是好朋友，還要互相監視。」

「是的，我們是好朋友，」山姆說，「但我們是為處於戰爭中的政府工作。我是奉命監視他。」

布魯塞爾的阿斯托利亞酒店是在一九〇九年應利奧波德二世國王的請求，為一九一〇年的布魯塞爾世界博覽會而建造的，由著名建築師亨利・范迪沃特設計。酒店的路易十六式的大門正面和雄偉的內部設計，最為著名。它含有真正的巴黎內涵，使其具有明顯的貴族氣質。值班經理親自出來迎接預訂了最昂貴套房的客人。

山姆和厄哈德一家走進他們的房間，看著搬運工把他們的手提箱送來。在仔細檢查了房間後，山姆告訴他們，「這些房間看起來不錯，但仍然只能談論度假的事。所有的飯菜都要使用客房服務。不要在公共場合露面。如果有人認出你們，這可能意味著災難。」

「是的，我明白。我們明天什麼時候出發？」迪特問。

「我們的關鍵時刻是從比利時入境到法國。我們到達檢查站時，必須確保有一位我們清楚的警察值班。現在，我們是在計劃下午離開這裡。到了明天，我應該有一個更確定的出發時間。」

每個人都很緊張，所以山姆變得更放鬆了。他說：

「我已經幹了好一陣子的撤離任務，這次是迄今為止最順利的一次，一點困難也沒有。一定是因為這個小女孩。上帝保佑她，我們不會受到傷害。」

「我相信安妮是一個幸運的魅力。但以防萬一，我怎麼能找到你？」迪特問。

「我也住在這家酒店。如果你要找我，打電話給接線生，找巴羅梭中士。正如我所說，我們已經為這次任務部署了很多人。所以別擔心，放鬆點。」

厄哈德一家在套房裡吃了晚飯。這是他們逃離柏林以來吃過的最好晚餐。他們喜歡當地的葡萄酒，以及飯後的咖啡和甜點。但是最高興的是，山姆出人意料的和他們一起喝了杯咖啡，並向他們保證，所有的安排都已就緒。他拿出了一瓶上好的白蘭地，三個成年人都非常喜歡。

山姆一直陪著他們到深夜，然後這家人度過了離開柏林以來最美好的一夜。他們起得很晚，叫人把早餐送到房間。山姆打電話告訴他們，將有一位清潔女工要來收拾房間，請讓她進來做她的工作。

女傭是一個穿著旅館制服的比利時中年婦女。她工作效率高，節奏快，但很有秩序。

在把早餐盤子移到走廊後，開始清理廢紙簍，然後打掃了浴室，換了毛巾。小女孩安妮似乎被她迷住了，從一個房間到另一個房間，一直跟著她。當她整理床鋪時，安妮會幫她拿下床罩。最後，她把鮮花放進花瓶後，女僕用法語對安妮說：「你真是個漂亮的女孩。」

安妮不知道怎麼回答，所以她躲在媽媽後面，媽媽回答：「謝謝。」

女傭微笑著，拿起工具，走出了套房。安妮朝她揮了揮手，捲起她的舌頭，從嘴裡發出一種類似於山姆的發聲器聲音。女傭帶著笑容把手放進口袋裡，兩聲清脆的咔嗒聲傳了出來。安妮很高興，跑了過去擁抱她。迪特搖搖頭說：

「我真想知道，山姆到底部署了多少人來保護我們。」

午餐後，巴羅梭中士開著豪華大房車，載著厄哈德一家人，驅車離開了阿斯托里亞酒店。出了布魯塞爾城區，路上就充滿了各種大小的軍用車輛，有運輸坦克和火炮的平板拖車，大小不等的油罐車，以及其他各式各樣的車輛，其中有不少是搭載著士兵。

它們的行車速度，決定了山姆的車速。圖爾奈位於布魯塞爾西南部的雪德河畔。一片薄霧籠罩了前面的道路，把賓士車藏在所有軍用車輛中。

小城鎮和小村莊來了又去，模糊不清。迪特覺得自己是在一輛墜落天使的汽車裡，在長長的隧道裡前進著，隆隆車聲向著黃昏來臨的邊界傳達。迪特往他坐著的皮製車座沉得更深，聽著車窗外的風聲，似乎是一個有尖牙但是憂鬱的女妖，在唱她的曲調，在哀嚎著死亡的警告。

迪特問：「山姆，我能問你一個問題嗎？」

山姆把注意力集中在前面的路上，但是回答說：「當然，你問吧！」

「你認為在德國人民的眼裡，我是個叛徒和懦夫嗎？」

沉默了一陣之後，山姆回答說：

「叛徒和懦夫是根據他們的背景和時間來定義的。歷史上，存在著許多叛徒和懦夫，他們後來被發現是愛國者和英雄。」

「和我們在這同一條路上的德國士兵，他們會怎麼看我？」

「這取決於他們是否相信納粹主義。你為什麼會在乎呢？」

「因為我也是一名德國士兵，我關心他們。」

山姆沉默不說話，迪特繼續說：「恐怕到最後，歷史會嚴厲的審判我。」

「我不同意你的看法，我不瞭解世上的每一個人。但是對於盟軍來說，文件顯示，在伊比利亞半島上的潛在戰鬥是由你們某些德國軍情局，阿布韋，的軍官阻止的。是他們說服西班牙和葡萄牙政府保持中立，避免了流血，以及數千人的死傷。這才是真實的歷史。」

「山姆，直到戰爭結束後許多年，我們才知道歷史是如何被記錄下來的。」

「迪特，你是一個人。你關心其他人嗎？像猶太人這樣的無辜的人怎麼辦？你不在乎他們對你的感覺嗎？」迪特很安靜，於是山姆繼續說。「我知道讓你在職業軍人和普通人之間做出選擇是不公平的。你要遵守你的行為準則。但我記得你曾經告訴我，你的岳父，一位大學教授，是你最尊敬的人。」

「是的，他是。我一直在想念他。」

「你和他討論過你的行為嗎？尤其是你在第三帝國的未來？」

「是的。我特別告訴他我加入了反納粹組織。他說我沒有讓他失望，這讓我很吃驚。」

「迪特，我沒聽懂，我得說說你岳父的情況。」

「當我追求我妻子的時候，我有很多競爭對手。除了我以外，其他人都來自富裕或有影響力的家庭。我只是個當兵的窮光蛋。但是她父親看上了我，並且說服了他女兒嫁給我。」迪特微笑著回憶。

「所以你的反納粹行動沒有讓他吃驚，因為他瞭解你。你和他討論過你未來的計劃嗎？」

「他只是說，他希望他的孫女不要在一個充滿仇恨的國家裡長大。很明顯，他想讓我把這個家庭從德國帶出去。」

迪特繼續說，「當我問他自己的未來計劃時，他說他和我岳母有義務，需要留守。那時我明白了，他是在保護被通緝的人，也許就是猶太人。」

「迪特，你從沒告訴過我這些事。」厄哈德的妻子想起了父母，已是淚流滿面，哽咽的說。

「你父親告訴我，不要告訴你。他不想讓你擔心。在我們上次的談話中，他說了一些類似於山姆剛才說的話。他說文明必須往前走，而不能後退。這是因為歷史上充滿了有尊嚴的人。如果我要在軍人和普通百姓之間做出選擇，我應該總是選擇後者。」

山姆說：「迪特，如果可以的話，我想提個建議。你不知道你的岳父母到底遭遇到了什麼。他們可能在戰爭中倖存下來，也可能是被殺了。在這兩種情況下，你都需要準備好在戰爭結束時找到他們，要麼幫助他們恢復健康，要麼給他們一個尊嚴的葬禮。」

「山姆，如果我連這都作不到，我就不是人。不管他們是死是活，我一定會找到他們，即使是天涯海角，走到世界的盡頭，我都要完成任務。」緊緊的握著迪特的手，厄哈德太太默默的哭泣著。

邊境檢查站就在圖爾奈城鎮的外面，離實際邊界還有幾公里。所有的軍用車輛都不必停車通關，而是直接進入法國境內。所有其他車輛都被指示停在木欄杆對面的車道。大多數民用車輛都是運送各種貨物的卡車，或者是載送在法國工作的比利時農民的小型農產品貨車，兩國這樣的來往已經持續了好幾代人。這裡的檢查站只是比利時邊境安全人員的一種形式。對於偶爾出現的遊客車輛，蓋世太保警官才會從警衛室出來檢查文件和問話，必要時進行搜查。賓士車上的每個人都很緊張。

「大家記住，保持沉默，讓我來說話。」山姆說。

山姆在一輛輕型卡車後面的右車道上停了下來，小卡車上裝載著農具，還有三個人，兩個男人和一個女人，都是農民打扮。突然，小女孩指了指那個女人：

「看！她是清潔工。」

「再前面的中型卡車裡有五個人，他們都是我們的人。」山姆說。

「他們帶有武器嗎？」迪特問。

「是的，他們是全副武裝，包括機槍和手榴彈。如果蓋世太保要我們下車檢查，我會向他們發出攻擊信號。然後我們將高速脫離。」

輕型卡車的司機把證件交給比利時邊境警衛，後者看著證件，然後向身後舉起橫樑的士兵點了點頭。清潔女的小工卡車，免檢通關，向前行駛。山姆慢行接近邊防警衛，他看見輕型卡車停在路邊。山姆把四本葡萄牙護照交給了警衛，警衛轉過頭來，看著警衛室。

一位蓋世太保的官員走了過來，走得很慢，並且不穩，顯然是喝醉了。他將比利時的邊防警衛推開，粗魯地問道：「證件拿出來，你們為什麼要在此地過境？」

山姆一言不發，把第三帝國軍備和戰爭部的信和護照交了過去。蓋世太保軍官看了這封信後，似乎讓她清醒了一些，同時他也注意到了比利時邊防警衛要他看到的一瓶酒，那是前一輛小貨車的司機拿出來，要送給他的。顯然，他已經清醒了，已經能認出那是一瓶他最愛的德國名牌水果烈酒。

當比利時衛兵看著他時，蓋世太保軍官點了點頭。他的皮靴後跟碰撞出聲，右手平舉，行了納粹黨軍禮，大聲宣呼：「希特勒萬歲！」然後用愉快的語氣宣佈：「卡瓦略先生，您可以繼續。祝您旅途愉快。」

跟在輕型卡車的後方，山姆帶著厄哈德一家人進入了法國境內。他的目的地是邊界的小城，里爾市。小城的行政和安全，是由在比利時布魯塞爾的德國指揮官，直接控制的。到了在里爾市的郊區，山姆就離開了主幹道，彎進一條鄉村小路，路邊的標誌寫著「往圖爾奈」，顯然領路的輕型卡車司機很熟悉這裡的道路，在已經黑暗的小路上轉了許多彎時，一點都不猶豫。

最後，賓士車來到樹林裡，一個停放著許多農具的穀倉。美國戰略服務處行動員，諾蘭・馬可辛和比利時抵抗運動的一名婦女將食物和飲料放在一張桌子上，桌上只有一支蠟燭。大家坐下後，山姆用法語說：

「厄哈德先生和夫人，這裡是我們護送旅程的終點。再過幾個小時，英國皇家空軍的特種空勤飛機將會把你們送到英國的多佛，然後去倫敦。明天早上，你將在倫敦吃早餐。令人害怕的噩夢就將結束。」

「我以為我們是去庇里牛斯山脈，然後偷渡去西班牙。」迪特說，顯然他很驚訝。

山姆說：「現在庇里牛斯山脈的逃亡路線很緊張，太危險了。這一次秘密撤離對我們來說相當的順利，但是也經過了一些擔驚受怕的日子，即使如此，從柏林到巴黎，這一路和你們一家人相處，也給我不少人生裡難得的喜悅。」

迪特站起來，激動地說：「我代表我的家人和我自己，請允許我說幾句話，沒有任何語言和文字可以形容我們一家人永恆的感恩之情。在過去的幾個星期裡，我們一直在逃亡，我們體會到生命是多麼的脆弱。儘管我們在未來還會面臨巨大的不確定性，但有一點是肯定的，你們的恩典將永遠刻畫在我們心裡，此生不忘。」

伊莉莎白臉上帶著笑容走過來說：「太好了，現在這位漂亮的小女孩會記住我了。我們都坐下吃飯吧。這些三明治來自阿斯托利亞酒店，非常美味。我們有很多食物。別害羞，來吃吧！」

安妮走過去給伊莉莎白一塊巧克力餅乾，伊莉莎白一邊吃，一邊從眼睛裡湧出了淚水，安妮抱著她，她母親用法語問她：「你也有女兒嗎？她現在那裡？」

伊莉莎白用安妮遞給她的小手帕擦乾眼淚，回答說：「她和安妮差不多大。我丈夫是一個德國農民，他搬到比利時，因為他不喜歡納粹。我們在那裡相遇，後來結婚，生了個女兒。我們的女兒成了我們的世界中心。納粹入侵比利時時，我丈夫加入了抵抗運動。一天晚上，當我去探望我的父母時，德國人進行了報復行動，燒毀了整個村莊。」

「這是德國納粹黨黨軍和蓋世太保們，對抗反納粹抵抗運動的標準做法。」山姆說。

伊莉莎白說：「我丈夫來到村裡救了我，然後他又進去找我們的女兒，就再沒有出來。」

「這是一場無與倫比的悲劇，」厄哈德夫人說。「我知道如果我同時失去安妮和迪特，我會發瘋的。」

「我變了個人，」伊莉莎白說，「我變成一個殺手和刺客。我殺了這麼多的納粹，都數不清了。」

在長時間的沉默之後，伊莉莎白繼續說：

「我變成了一部殺人機器。納粹一旦成為我的目標就無法逃脫。直到有一天，山姆出現了，要我幫助他去撤離被納粹追捕的抵抗份子或難民。我從來沒有想到，從納粹手中拯救生命會比殺死納粹更能讓我心安理得，更令我滿意。」

「伊莉莎白，有一天你會來英國嗎？」厄哈德太太問。「你知道安妮很喜歡你。她一直在問，她能否再見到你？」

「我也喜歡她，」伊莉莎白說。「安妮很像我女兒。也許戰爭結束後，如果我還活著，我會去找你們。」

「可能會比你想像的要早。蓋世太保正在為一名專門格殺納粹女性抵抗份子建立了檔案。在他們找到你之前，我得把你撤離出去。」山姆打斷了她的話。

迪特對山姆：「我想和你談談，可以嗎？」

迪特說：「幾個月前，我開始在柏林找你的朋友安娜・布門撒。我發現她嫁給了漢斯・馮・利普曼博士，他是奥地利的猶太籍原子物理學家，也是德國鈾俱樂部的重要成員。他直接在阿伯特・斯皮爾的領導下，負責武器部門的鈾濃縮專案。雖然他們都是猶太人，但他們與納粹相處得很好，希特勒已經下令，讓他們受到蓋世太保的特別保護。」

「你認為安娜快樂嗎？」山姆問。

「不，這不是我要說的。我的意思是，這一對猶太夫婦在柏林社會看來很合適，她的丈夫對德國的戰事做了重要貢獻。根據你所說的，她可能加入了抵抗運動，但是我在反納粹組織裡的線民，無法證實。」

山姆問說：「你聯繫了所有的反納粹抵抗組織了嗎？」

「除了其中的一個組織無法接觸外，都探聽過了。這個組織是在柏林，成員都是社會裡的高層人士，連絡人是阿伯特・戈林，很難聯繫到他。」

「這個阿伯特・戈林和赫爾曼・戈林有關係嗎？」

迪特回答說：「阿伯特是赫爾曼的親弟弟，他住在戈林家裡。」

午夜過後不久，他們聽到遠處飛機的聲音。聲音越來越大，直到它在頭頂上呼嘯的飛過，然後停了下來。山姆說：「好吧，就是這樣了，現在我們必須說再見。因為重量有限，你必須把所有東西都留在這裡。但是，迪特，別忘了你偷帶的文件。」

「所有的文件都縫在我女兒穿的外套裡了。」

他們乘坐的賓士車慢慢的駛過田野，這是一個沒有月亮的夜晚，只有星光提供了微弱的能見度。前燈亮了，一架萊桑德飛機出現在汽車前面。一家三口擠進了後座，在最後一刻，伊莉莎白放開了安妮的手。

山姆給了飛行員一個「安全起飛」的信號，伊莉莎白的眼睛裡充滿了淚水，看著安妮按下了發聲器，安妮捲起舌頭，用力的迴響。萊桑德的引擎啟動，幾分鐘後，飛機消失在黑暗的夜晚。

另一個撤離任務成功完成。

請續看《浩劫雙城記：從海德堡到上海》下冊

浩劫雙城記：
從海德堡到上海（上）
From Heidelberg To Shanghai

作者：陳介中
譯者：陳介中
發行人：陳曉林
出版所：風雲時代出版股份有限公司
地址：10576台北市民生東路五段178號7樓之3
電話：(02) 2756-0949
傳真：(02) 2765-3799
執行主編：劉依慈
美術設計：MOMOCO
行銷企劃：林安莉
業務總監：張瑋鳳
初版日期：2020年11月
版權授權：陳介中
ISBN ：978-986-352-896-8
風雲書網：http://www.eastbooks.com.tw
官方部落格：http://eastbooks.pixnet.net/blog
Facebook：http://www.facebook.com/h7560949
E-mail：h7560949@ms15.hinet.net
劃撥帳號：12043291
戶名：風雲時代出版股份有限公司
風雲發行所：33373桃園市龜山區公西村2鄰復興街304巷96號
電話：(03) 318-1378
傳真：(03) 318-1378
法律顧問：永然法律事務所 李永然律師
北辰著作權事務所 蕭雄淋律師

行政院新聞局局版台業字第3595號 營利事業統一編號22759935

定價：380元

國家圖書館出版品預行編目資料

浩劫雙城記：從海德堡到上海（上）／陳介中 著. --
臺北市：風雲時代，2020.10- 面；公分

ISBN 978-986-352-896-8（上冊：平裝）

863.57 109013427